落阳残梦

筱欣奕奕 著

北京燕山出版社

图书在版编目（CIP）数据

落阳残梦 / 筱欣奕奕著 . —— 北京：北京燕山出版社，2015

ISBN 978-7-5402-4012-7

Ⅰ.①落… Ⅱ.①筱… Ⅲ.①长篇小说 – 中国 – 当代 Ⅳ.① I247.5

中国版本图书馆 CIP 数据核字 (2015) 第 297389 号

落阳残梦
LUO YANG CAN MENG

作　　者	筱欣奕奕
责　　编	海　涵　王梦楠
责任校对	甄　飞　杜　睿
封面设计	山水悟道文化工作室
社　　址	北京市西城区陶然亭路 53 号（100054）
网　　站	http://www.bjyspress.com/
微　　博	http://weibo.com/u/2526206071
电　　话	01065240430
传　　真	01063587071
印　　刷	北京前程祥和印刷科技有限公司
开　　本	880mm × 1230mm　1/32
字　　数	160 千字
印　　张	8
版　　次	2016 年 4 月第 1 版
印　　次	2016 年 4 月第 1 次印刷
定　　价	35.00 元
出版发行	北京燕山出版社

版权所有　翻版必究

再见你，恍若隔世
那一瞬
只求让我紧握住你的手
却恨
终究逃不离命运的枷锁
纵然情深，奈何缘浅
一切太匆匆

——题记

落阳残梦

引 言

初见你，微泛涟漪
那一刻
我轻轻吹响手中的笛
也悄悄吹动
你从未开启的心
花前月下，山盟海誓
相约放榜时

再见你，恍若隔世
那一刻
我紧紧握住你的手
也牢牢囚锢
上了枷锁的命运
纵然情深，奈何缘浅
一切太匆匆

回首间，往事如烟
我默默点燃屋里的烛

落阳残梦

落阳残梦

也慢慢点亮
模糊却不曾忘却的记忆
一段故事，片片诗意
装点谁的梦

　　从少年时代起，他就热衷在丝锦扇面上，用小篆体题字作赋，时间久了，便成了习惯。

目录

引　言
—003—

序　章
—001—

第 一 章　噩梦袭来
—001—

第 二 章　蒙冤难辩
—011—

第 三 章　死里逃生
—024—

第 四 章　忍辱负重
—036—

第 五 章　阴差阳错
—054—

第 六 章　似曾相识
—070—

第七章　又起波澜
　　　　－088－

第八　章　恍然如梦
　　　　－101－

第九　章　暗生疑窦
　　　　－118－

第十　章　片片记忆
　　　　－136－

第十一章　蛛丝马迹
　　　　－153－

第十二章　剑拔弩张
　　　　－171－

第十三章　残酷真相
　　　　－191－

第十四章　沉冤昭雪
　　　　－207－

第十五章　尾声　此情绵绵
　　　　－227－

　　　　后　记
　　　　－239－

序　章

　　公元 265 年，司马炎接受曹魏政权禅让，建立晋朝，史称晋武帝。有感于曹魏政权抑制宗室而被自己取代的遭遇，司马炎便大封宗室子弟为王，以郡建国，并允许各王设置自己的军队，诸王可自行选用国中文武官员，收取封国租税。本以为如此可使亲氏子弟支持皇室，保司马氏的统治稳固长久，哪知却因此埋下祸根。由于继任的晋惠帝司马衷是个白痴，政权落入了皇后贾南风及权臣之手。

　　汝南王司马亮按晋武帝遗诏到洛阳辅政，为保个人利益，在收买朝臣的同时，逐步铲除新贵宗室，这引起了新贵们和皇后贾南风的嫉恨。于是他们扶植并指使楚王司马玮与司马亮抗争，一时间卷入人员波及朝野，由于司马诸王实力相当且野心勃勃，很快争斗蔓延至整个中原，就此开始了抢夺政权、惊世骇俗的"八王之乱"。

　　同时，西北边境外的胡人人口激增、日渐强大，不断在边境起事，对中原虎视眈眈，也图谋夺晋朝江山。匈奴、羯、鲜卑、氐、羌，五胡中又以鲜卑东部部族宇文氏实力最为强大，狼子野心可见一斑。

　　故事就从这儿讲起。

第一章

噩梦袭来

这一瞥,你就是我魂牵梦萦的她吗?

1

月儿又圆了。不远处,成排的水杉在寒风的抚慰下瑟瑟作响。一只夜枭似乎被猎物的气息惊扰起了精神,随着一声划破静谧的夜的嗥叫,扑腾着有力的翅膀,向西南方向飞去。

又是一个寻常的夜,没有战火。离开邺城驻守雁门关已经第三个年头了。经历了大小十几次的胡人来犯,再加上关外的风沙雨雪,享誉邺城的二公子,已不再是当年羽扇纶巾的白面书生。如今轮廓愈加硬朗的五官、宽厚挺拔的肩背、英姿勃发的气质,彰显出令人敬畏的大将风范。

"辰熙,明日起,带领精兵五万,驻守邺城北扼雁门关。胡人虽尚未进兵,但其虎视眈眈、觊觎中原之心早现,我邺城作为门户城池,必为主公消除隐忧尽绵薄之力。我是城主,我儿必当身先士卒,保一方平安。十七年来,辰熙一直是为父的骄傲,自小熟读四书五经,各家兵法也熟记于心,又自创刀谱,文治武功在同龄孩儿中屈指可数。此去关外，为父不在身边，更能锻炼实战经验和点兵之计，也为将来成为辰路的得力干将做准备。如此，你们兄弟俩同力，可保邺城百姓安居乐业，主公社稷永祚。"

　　回想起三年前，在邺城的最后一日，临行前父亲的教导言犹在耳，姚辰熙心头一热。父亲、母亲、大哥，三年来，辰熙时刻念叨的你们，如今可安好如初？还有她，心底最深处的牵挂。

　　"伊茗，此去塞外，风沙弥漫，前路渺渺，生死亦未可卜……"

　　"别胡说，我的辰熙哥是天下第一等英雄，一定会平平安安。"卫伊茗半倚在姚辰熙的胸前，听他情绪低落地设想着未来，心头一阵酸楚，"自从第一眼见到你，我就知道我卫伊茗要和姚辰熙牵手走到天荒地老，所以，不管有多困难，辰熙哥一定要记得答应伊茗的话，一定要平安归来。我也会好好的，孝敬爹娘，帮助大哥，照顾好自己，每月给你写家书。"

　　辰熙扳过伊茗缩在他脖子里的脑袋，只见她扑闪的大眼睛里噙着泪。不免一阵心疼，轻轻地吻上了伊茗滚烫的唇。

　　"我答应你，我会好好的。茗儿，等我回来，还你一个顶天立地、铁骨铮铮的男子汉！"辰熙伸手搭上伊茗的肩，让她靠在自己的胸前，"你看，今晚的月儿好圆，我不在的日子，我们可以凭月儿寄情，想我了就告诉月亮，我都能听到……"

　　"辰熙哥，这个你收好。"伊茗起身，从床头暗柜中摸索出一个精致的锦盒，里面是一块碧玺坠子。伊茗小心地取出坠子，认真地绑在辰熙的紫棱刀柄上，"拿着刀，看到坠子就像看到我一样，我就一直在你身边陪着你。"

　　今晚的月儿好圆，茗儿，你好吗？最近三个月，怎么没有收到你的家书呢？

　　辰熙与伊茗自认识以来，感情笃深，一个眼神的交会就能读懂很多很多的感觉。三世情缘也就如此吧。感谢上天眷顾，在情窦初开的年纪就知道彼此的存在，心无旁骛地情有独钟。

那年，辰熙十三岁，伊茗十二岁。在卫府，姚天翔带着辰路和辰熙来拜见回邺城途中救他们于匪贼之手的卫啸。当时的伊茗身着一袭白衣，一曲古筝《上邪》弹罢，辰熙即被她美若天仙的气质和"此曲只应天上有"的气场震撼，随即表演了一套自创刀法配合乐府诗，以示与伊茗的搭调。所以水到渠成的，三年后，他们成亲了。可惜新婚不到半年，为防胡人作乱，辰熙被父亲派往了关外。

想到这儿，辰熙打了个寒战，幽幽叹了口气。

"二公子，篝火熄了，你进帐早些休息吧。"阿乔把斗篷披在了辰熙肩上，提议道，"又想家里人了吗？每次月儿圆了你就特别思绪万千的样子。"

"是啊。"辰熙紧了紧斗篷，深吸了口气，"还是你懂我，阿乔，这是我和伊茗的约定。三年了，好想家！"

"二公子，这三个月没有收到二夫人的家书，我也有些担心，明天我去打探一下。"阿乔皱了皱眉道。

"嗯，兄弟，又要辛苦你了。"辰熙拍了拍他的肩膀。

"啥话，二公子，我们从小一起长大，你一直没把我当属下，我为你分忧也是分内之事，公子别见外了。"阿乔笑笑。

"走吧，将士们都歇着了，我再去看一下巡夜的弟兄们。唉，我总有不祥的预感，最近会不太平！"辰熙情绪不高地说。

"二公子多虑了，如今邺城并未传来任何战报，胡人那边也暂时消停，我们的军队更是士气满满。"阿乔劝慰道，"明天我带一小队人，去邺城姚府看看，公子放心！"

直到紫棱刀上的坠子被辰熙握得发烫了，他才回过神："阿乔，早点休息吧，我巡视一下就回帐篷。"

伊茗，心底深处的那一抹烙印。我想你！

2

邺城，中原最北面的城池，一道雁门关，多年来胡人生事入侵中原的关口。如此军事要地，主公司马亮分秒不敢懈怠，几年来派遣股肱之臣姚天翔严防严控，确保关内居民安居乐业，关外胡人安分守己。姚辰熙的威名这两年来也被朝廷津津乐道，少年英才守护一方安定，屡建战功令胡人不敢轻举妄动。三年来，关内百姓免受战乱之苦，经济文化也有了一定程度的发展。

即便如此，姚天翔深知"生于忧患，死于安乐"之理，仍要求辰熙将雁门关的情况每月以书信形式快报给他，他仔细审阅之后呈报给主公。

不过这三个月，没有收到辰熙的任何亲笔书信。伊茗每月的家书照旧寄出，是有战事耽搁了吗？正在姚天翔有不祥预感的时候，姚府管事任冲跑进了书房。

"老爷，主公座前使维将军急事求见，现在议事厅等着呢！"

"好，这就过去。"姚天翔整了整衣袖，随任冲来到议事厅。

"姚城主，别来无恙！主公命您马上去他宫中，有要事相询。我备了快马，请速速启程。"维将军抱了抱拳，开门见山地说明来意。

"父亲，是否我随您一同前往？"辰路感觉到事情重大，又不知所为何事，有些着急，一时没了主意。

"不用了，我和任冲前去即可。此去洛阳来回也要十天时间，邺城不可一日无主，你留下做好平日为父的工作。况且，你弟弟那儿近日音讯全无，也需要在这几日搞清状况。"姚天翔镇定严肃地说道，"为父这就去洛阳，你这几日的担子要扛好！"

"是，父亲，您放心吧。"辰路点头，"路上小心，早去早回！"

"维将军，我们这就走吧。任冲，准备一下。"姚天翔在姚夫人的帮助下，将朝服穿戴整齐，"夫人，家中之事有劳你了。伊茗抱恙在身，叫她无须多虑，好生歇着。"

"老爷放心吧，我和辰路会安排好一切的。"姚夫人一路将姚天翔送出了府，目送着他们的马车离去。

3

"母亲，我去一趟驿站，询问是否有辰熙的书信，如此一闹，几件事情凑到一块儿，确实有些蹊跷。您别担心，我这就去！"辰路边说着边跨上一匹大白马。马儿仰天长啸一声，驮着辰路飞奔而去。

阳光舔食着绿油油的草地，邺城看起来是那么的平静和谐。尽管如此，辰路依然快马加鞭、心急如焚地往城北驿站赶。

辰熙，好弟弟，你千万不能有事啊，如有万一，你叫我如何面对爹娘，如何面对对你一往情深的伊茗。三年前，你代为兄驻守边关，这些年来你受的苦，要让我有机会加倍偿还啊！

三年前，辰路获悉父亲有意派遣他去关外驻守，一时的贪恋安逸生活，使他心生一计，故意称病卧床不起。因主公催促得紧，容不得姚天翔多加思索，只得委派辰熙去了关外。辰熙受命于危难，还信心满满地立下军令状，保证临阵受命永不言败，还来劝慰大哥养好身体，帮助父亲管理邺城，做好储位城主应尽之事。辰熙毅然离开了新婚妻子，去了风沙漫天的关外，一去就是三年。辰路因此愧疚了三年。所以他勤勉政事，努力学习，尽心帮助父亲，照顾伊茗，要把辰熙在家的那一份工作和情感加倍给予。

两个时辰后，城北驿站终于在眼前了。日上三竿，驿站旗杆的倒影完全看不见了，微风吹过，显得有些安静。不见守门人，却有好几匹高头大马整齐地被缚在马槽里啃着草。

"驿臣，驿臣，可安在？"辰路有些不安，稍感意外。跳下马后，一跃来到驿站大门口，见门虚掩着，略略迟疑片刻后，推门而入。

"大公子，等候你多时了，终于来了！"一个身披银丝风衣的高挺背影映入了辰路的眼帘。

"你是？"辰路压低着声音，有些不安。

"三年不见，连我都不记得了？！"背影转过身来，笑盈盈地望着辰路。深邃的目光，瘦削的脸庞，高隆的鼻梁，右手摇着用小篆体书写扇面的白色丝锦折扇，阳光又忧郁的笑容，怎么可能不记得？

"尉迟剑樟少爷，怎么会是你？'洛阳第一才子'，向来以不过问政事、江湖事闻名，虽身在高官之家，却有颗闲云野鹤之心，只念及诗词歌赋、琴棋书画。没想到，三年不见，会在这个军事重地碰到你。回想当年，辰路感谢你的仗义直言救我于危难。不知今日，少爷来此地，有何指教？"辰路拱了拱手，正了正衣冠。

"跟我来，今日又是救你于危难的。"剑樟招牌笑脸，阳光又忧郁。

通过一条没有窗的小道，辰路见到了正在疗伤的阿乔。"阿乔，你怎么也在这儿？这伤怎么弄的？"辰路有些吃惊，便急急地问道，"辰熙没事吧？"

"嘘，小心隔墙有耳。"剑樟收起折扇，示意道，"你们几个，去外面守着,有情况马上报告!"

"是。"剑樟的四个贴身护卫领命离开,掩上了门。

"好了,现在可以说了。"剑樟晃晃扇子,目光转向阿乔。

"大公子!"阿乔双膝跪地,委屈哽咽地唤了一声。

"起来,阿乔,慢慢说。"辰路扶阿乔坐到凳子上,心想:这小子伤得不轻啊!

4

姚府。

阳光慵懒地洒进房间,窗边摆放着一张木制躺椅,伊茗昏昏沉沉地躺着,手边一卷《乐府诗集》,也许是看书累了,眼睛轻闭,眉头微锁,嘴唇和脸色显得有些苍白,但丝毫不影响她仙子般的气韵。前阵子的一个拂晓,露气颇重,伊茗为给姚天翔采摘新鲜露珠泡茶而受风寒,休养几日未见好,又忧思辰熙,引发了哮喘旧疾。半睡半醒之际,脑海中都是辰熙的身影,那么近又那么远。醒来发现都是胡思乱想,又不禁生悲,如此十多天,依然没有好转。

姚夫人看着心疼。她自己没有闺女,第一眼见着伊茗的时候,就心生爱怜,把她立为儿媳妇的不二人选。乖巧懂事的伊茗,总是那么善解人意、甜美可人,有她在跟前,就像一道光,照亮多彩的世界。

所以每逢伊茗有个小伤小痛的,姚夫人都会特别上心,这次她甚至一连几日亲喂汤药、同住一屋,悉心照料。伊茗清醒的时候,深感过意不去,所以她要求自己振作精神,快点好起来。

"娘,我今日好多了,您就回屋歇着吧,不用担心我。"伊茗这会儿醒了过来,睁眼的这一刻,看到姚夫人忧心忡忡的目光便弱弱地安慰道。

"茗儿,你醒啦,喝药,来!"姚夫人舒展开眉头,扶起伊茗,端起温度正适口的汤药。

"谢谢娘。"伊茗喝了一口,皱了下眉,好苦。勉强冲姚夫人微微一笑,随即将一碗汤药都喝了下去。"不能让娘担心,我要快点好。"伊茗心里念道。

"茗儿,你受苦了,好孩子。"姚夫人抱了抱伊茗,扶她躺下。"再睡会儿吧。"

这三年,辰熙驻兵关外,伊茗担起了照顾姚府的担子,家中大小事务,在她的安排下井井有条,丫鬟下人们都众口好评,姚天翔、姚夫人见了好生欢喜。她还帮助姚天翔断了两个无头公案,将出众的才气、贤淑的性格发挥得淋漓尽致。

伊茗三岁丧母,与父亲卫啸将军两人相依为命,三岁开始学《三字经》《弟子规》,五岁能背四书五经中的篇章,十岁不到便可吟诗作赋,又弹得一手好琴,颇得十里乡亲的赞美,有"邺城明月"之称。

"娘,刚听小鹃说,爹去洛阳了,大哥去找辰熙了?"伊茗有些气喘,缓缓说道,"家里是不是有事?"

"茗儿,别担心,你爹去主公宫里了,例行公事汇报。你大哥,去驿站看看有没有辰熙的信,驿站经常会耽误压着信件,别担心啊。"姚夫人好生劝慰道,"茗儿你要快点好起来,别让娘再为你担心,好吗?"

"嗯,我答应你,娘。"伊茗笑笑,微微点头道,"娘,这些天您也累了,都是茗儿让您操心了,去歇着吧,我精神好点了就看会儿书。"

姚夫人点头,握了握伊茗的手,转身离开。伊茗见她离开,又闭眼睡了好一会儿。

傍晚时分,夕阳如血。伊茗精神好了很多,在姚夫人房里与她闲聊。

忽闻屋外马蹄声,估摸着是辰跸回来了。可是仔细一听,怎么有刀剑出鞘的声音?随之而来的,是丫鬟们慌乱的尖叫声和脚步声。不祥的预感忽然犹如厚厚的乌云般重压过来,笼罩着、吞噬着难得的空闲欢愉时光。

来不及多加思索,房门被狠狠地踹开。"茗儿,快跑!"姚夫人急急喊道,同时被冲入屋子的黑衣蒙面人用大锤重击了头部,倒地的瞬间,一柄长剑刺穿了她的胸膛,血,流了一地。

"娘!"话音未落,伊茗的头上也落下了重重的一锤,大脑震裂般的闷疼,猝然倒地。

"弟兄们听着,主公有令,将姚府上下全部诛杀,不留活口!"一个浑厚的男低音吐字清晰地说道,"每个房间都要搜查仔细,不得遗漏。"

一袭黑丝长袍,一个模糊高大但又看不清具体面貌的人出现在门口,缓缓走近并半扶起伊茗,一股淡淡的檀香袭来。这是伊茗在失去最后一点意识之前的全部感官感受,她软软地昏死在他宽阔的胸膛。

"滚!不准伤她!"黑袍人呵斥手下。这手下正欲拔剑刺她的胸膛。黑袍人将手中长剑插入剑鞘,抱起伊茗。

"你就是我魂牵梦萦的她吗?梦中一袭白衣的女子。"仔细地端详着伊茗这张精致的面孔,黑袍人仍然面无表情,心头却是波涛汹涌般难以平静……

"大少爷,姚府上下已被全部诛杀,除了您这边的这位小姐!"一小头目般的将士来报,"是否让属下将她一并除去,以绝后患!"

"不可以,她是我的!"黑袍人喃喃道。

"少爷,红颜祸水,不得有怜悯之心!"将士继续劝道,仔细看了一眼女子,顿觉眼熟,但又想不起在哪儿见过。

"我说了,不可以,她是我的,谁都不许伤害她,从今天开始,她就是我的女人!"黑袍人怒道,头上青筋暴起。

"是!"将士无奈,不再规劝。大少爷的脾气就是这样,决定的事情,哪怕再离谱,十头牛也拉不回来。

"咣……"长剑掉在地上,"跟我回去,你不会有事的,我要你活着,我不准你再一次离开我!"黑袍人不顾及掉落的长剑,抱着伊茗大步出门,像是保护失而复得的易碎宝物一样,紧紧护她在胸前,坚毅冷漠的眼角滑下了一滴热泪……

"收队!"将士吆喝一声,众人有序地列队,离开了姚府。"大少爷,等我!"

第二章

蒙冤难辩

我会牢牢抓住你的手,不再放开!

1

城北驿站。

没有窗的密室中,剑樟拿着一支红色蜡烛,火苗直直地蹿着蓝色火焰,挨个将屋子靠墙一圈的红烛全部点燃。

"昨天晚上,二公子命我今日来邺城打探姚府消息,已经有三个月没有府上的书信了,很担心是否府上有事。大公子、老爷、老夫人还有二夫人都好吧?"阿乔与辰路面对面坐着,急着问。

辰路来驿站之前,阿乔与手下十个将士,在不远处的小树林打退了三四十名蒙面袭击他们的人,脸上、背上、腿上、手上都受了不同程度的剑伤,庆幸的是,并没伤及内脏。手下将士死了六名,另外四名也伤得不轻。那伙蒙面人个个武功高强、下手狠毒,就是来要他们性命的。殊死搏斗之时,幸得尉迟剑樟和四名护卫的及时出现,将蒙面人打退,救了阿乔,并将他带到驿站中疗伤。

落阳残梦

"你是说三个月来辰熙都给家里寄信了吗?"辰路一愣,"姚府也是,伊茗每月也都向军中问好,难道你们也都没收到?"

"是啊,所以二公子着急了,派我来看看。这不,我原本打算先到驿站再到府上的,一路顺便打探邺城是否有异常之处。没料到,还没到驿站,就遭一群人截杀,而且个个杀气腾腾。幸亏尉迟二少爷仗义相救,才保住小命。刚才还帮我敷药疗伤。尉迟二少爷,请受阿乔一拜,救命之恩,定铭记于心!"说罢,起身朝剑樟的方向叩首就是一拜。

"好说,阿乔兄弟。我和你家大公子是旧识,你们姚府为我大中原驻守雁门关,居功甚伟。见你的军服,我就知是二公子手下;再说一般蒙面人都非善类,正义之士哪有遮遮掩掩的?所以出自以上三个理由,我哪有不出手相救之理?"剑樟将引燃的那支红蜡烛放到屋中央的方桌上,打开扇子,立于桌前。

"剑樟,阿乔,你们可看得出蒙面人身份?"辰路紧皱起眉头,想起维将军奉命急急将父亲叫出城,不知是否会有不测。见他俩都没有头绪地摇头,叹了口气,"上午,城主也被主公急召入宫,现在应该是快马赶去洛阳的途中。剑樟,你从洛阳过来,宫中有何急事吗?"

"这么说,关外现在并无战事?"剑樟有些糊涂,"听我父亲大人说,他接连收到邺城城北驿站战报,说雁门关外胡人挑衅生事,莫非……难道,并无此事?"

"现在关外平静安定,军中无任何战事,二公子每天练兵巡查,并无异样啊!"阿乔听剑樟如此一说,顿觉事有蹊跷。

"此次前来,我是想找辰路问问明白,辰熙公子为何临阵倒戈,投靠胡人?"剑樟说出了此行目的,目光严肃地扫向辰路和阿乔,"到底怎么回事?你们是否投诚?速跟我去洛阳见主公,说清事情,也许主公还能网开一面!"

"倒戈？投诚？"阿乔愈发糊涂，"这又从何说起？尉迟少爷，冤枉啊！"

"驿站中的人呢？都去哪儿了？"辰路忽然发现，除了屋内三人和屋外的四名护卫，别无他人，"怎么回事？"

"这个我还想问你呢！你父亲这个城主怎么当的？重要驿站都唱空城计了！"剑樟有些气急败坏地说，"风、雨、雷、电，来啊，替本少爷将驿站寻个遍，找找人都去哪儿了。还有，有没有军中和姚府的往来书信。"四名护卫领命离开。

屋里三人各怀疑虑，一时全都语塞，气氛有些紧张，又不知从何问起。

桌子中央的红烛，火焰往上蹿着，散发出热热的光，映红了辰路有些失神的眼睛。

"剑樟，说姚府和辰熙倒戈，可有证据？"许久，辰路打破尴尬。

"主公手上有姚辰熙和胡人的私信，信中提及的约定条件十分明白。主公非常生气，投诚者杀无赦！父亲说，现在宫中臣子们都在议论纷纷，说姚城主自恃功高，私通胡人，欲夺主公江山。当然，依我所见，在事情尚未查明之前，不能妄下定论，所以急着赶来见你，想了解下情况，你是我的好兄弟，我相信你的为人。"

"剑樟，我们是被诬陷的。你看，驿站空无一人，阿乔被人截杀，是否都疑点重重？有人要害我们姚家！"辰路急于辩白，又一时找不到被诬陷的证据。

阿乔一时陷入沉思，想着近来军中并未发生任何异于平常之事。不知今日邺城所发生一切，是否会波及雁门关，那二公子这边……还有，姚府！

"报告，二少爷，这是从议事厅暗格中取出的这三个月的三封军中来信，是寄给姚府的；还有三封姚府二夫人的书信，是给二公子的。"雨护卫搜得几封信件，顿觉异常重要，速来禀报剑樟。

"我看看！"剑樟接过信件，均已开封，六封均为互报平安，要对方保重之类的内容，无战事、胡人相关叙述。"这信为何被扣留在此？又是谁干的呢？主公手中的私通胡人的信件又作何解释？是有人故意捏造还是辰熙瞒着姚府的个人行为？阿乔在小树林为何被截杀？凶手又是谁呢？"一连串的疑问蹦入了剑樟的脑海。

"不好，姚府有事！"辰路突然提高嗓门的一句，将剑樟的思绪拉了回来，"今日的邺城发生太多蹊跷事，一切都围绕姚府而来，得立刻赶回去看看。"

这时，风护卫也巡查回来，说发现不少血迹，判断应该是在两三个时辰内有一场厮杀，但不见人，看起来是驿站中的人被全体掳走了。雷、电二护卫查看驿站周围环境回来，说发现很多马蹄印和深深的马车轮毂印。如此结合风护卫的说法，定是被全体掳走无疑了，包括所有死伤人员。

"走吧，事情紧急，大家立刻出发去姚府！"剑樟不多说话，只是冷冷地下了命令。

辰路和阿乔正有此意，便立刻提了刀剑出了门，剑樟收拾好信件，领着四护卫也迅速紧随着出门上马。

2

又到了万家灯火的时候，炊烟四起，邺城仍与往日一样，百姓们依然平静地生活，未见杀戮和血腥。一队人马过去后，尘土飞扬，转眼就不见了踪迹，如此心急如焚地赶路，风在耳边呼啸，吹得脸庞生疼。辰路赶在最前头。母亲、伊茗，你们不能有事啊！他的心头唯此念想。

天际出现了血色残阳，映红了一卷彩霞，金黄色的轮廓与白色缭绕的云烟交织在一起,风追着云,变换着或山脉或动物或几何图形的生动画面。过了这座山,就到姚府了。越临近心里越是五味杂陈。马儿似乎很通人性,急速而又稳健地迈着每一个步伐。

余晖下的姚府,庄严肃穆,道两边的松柏挺拔整齐,微风下树叶轻轻抖动。大门外左右矗立的石狮子,目光坚毅,象征着姚家正直勇敢、百折不挠的气骨,让人敬仰。

一行人终于到了姚府跟前,却见大门紧闭,四周好生安静。

"大公子,你看!"阿乔指向大门右侧的石阶,一串血迹触目惊心,那是血沿着剑口滴下的痕迹。辰路一阵眩晕,翻身下马,箭步跑上十级台阶,一脚踹开了大门。映入眼帘的这一幕,已不能仅用"惨不忍睹"来形容了。

大厅里横七竖八躺着十来具家丁和丫鬟的尸体,面部表情惊恐扭曲,胸口均被捅了大窟窿,血流了满地。桌子椅子、家居摆设全被推翻,玉器摆件碎了一地。浓重的血腥味充斥着整个屋子,视觉、嗅觉的强烈冲击,刺激着每个人的神经。辰路仔细地查看了躺在地上的每一具尸身,随即飞奔进入内宅。

阿乔此刻已泪流满面,挨个抱起昔日的兄弟姐妹,想用自己的体温温暖他们。三年不见,没想到再见却已天人永隔。他忘了之前刚受的伤,动作幅度的无所顾忌和情绪的过于激动,使一些伤口迸裂,又开始淌血。可是这点皮肉伤怎能与心口撕裂的痛相提并论呢?放下已完全没有气息的他们,阿乔深深跪拜三叩首。泪,肆无忌惮地流淌,嘴唇也被自己咬出了血。

"阿乔,冷静点,节哀啊,小心伤口!"剑樟见阿乔背部的衣裳洇出了血迹,知道是那道好不容易止血的大口子又迸裂了。"走,我们去内宅看一下。"剑樟扶起阿乔,朝宅院内走去。

"娘!"只听撕心裂肺的一声长吼。姚夫人倒在大片血泊中,早没有了气息,眼睛睁得大大的,目光中满是恐惧和担心。辰路抱着她，欲哭无泪，一时间停止了任何思绪，只是静静地抱着母亲冰冷的身体。

"大公子，大公子……"阿乔见辰路如此，不免有些情急，迫切地要把他拉回现实。"二夫人呢？"阿乔又急急跑出去，一间间屋子查看，来回转了两圈，不见踪影。

沉默了半炷香时间，辰路用手缓缓合上了姚夫人的眼睛，将她放倒在地，"娘，您走好，不用再担心我们了，姚家的仇儿子会报的，血债必用血还，从此以后，我姚辰路生命中只有一件事——报仇！"自从五年前结发爱妻离世后，辰路一直郁郁寡欢，没有生活的激情和目标，虽知自己是储位城主，但丝毫打不起该身份应有的霸气和魄力。"娘，我会找到伊茗，为您报仇，为姚家上下二十余口人报仇！"

"小鹃，你也狠心离开我了吗？你主子呢？"阿乔回到辰路所在屋子，怀中抱着小鹃已经稍显僵硬的躯体。可是得不到任何回应，以前活泼俏皮的小鹃如今是那么安静。阿乔喜欢小鹃很久了，一直没敢说出口，本打算从军中回来，正式和二公子、二夫人提议迎娶的，可是这突如其来的变故让阿乔一时无法接受。

小鹃是伊茗的陪嫁丫鬟，自小与伊茗共同长大，活泼可爱、聪明机灵，很得伊茗的信赖，情同姐妹。"老夫人、小鹃，我会为你们报仇的！"阿乔在心中默念。

"风、雨、雷、电，你们帮着一起给姚府上下操办后事吧，幸好姚城主一早离开了姚府，辰熙又远在关外，姚府三位男丁尚在人世，这已是不幸中的万幸，大家都节哀吧，我会帮着你们一同找出幕后黑手，为姚家伸冤！"剑樟冷静地说道，"二夫人的下落，我也会派人多方面打探。兄弟，你是姚家长子，一定要振作啊！"剑樟重重地拍了拍辰路的肩膀。

3

"主公,邺城城主姚天翔在殿外候旨。"维将军来到司马亮宫中,对着正埋头于奏章中的主公抱拳禀报。

"快传!"司马亮的语气明显的怒气冲冲。匿名弹劾姚天翔的奏章近来频频出现,起初司马亮没放心上,朝廷上臣子们相互中伤、打压气焰的事常有,某人功劳大些,难免遭人嫉恨。"高处不胜寒",司马亮很能体会这种滋味。姚天翔驻守军事要塞,几年来政绩不菲。自己当初一手提拔起来的官员,如今能独当一面,司马亮深感欣慰,他相信姚天翔的秉性,对他信任有加。所以一些无伤大雅的弹劾也就不足为惧了。

可是,这几日来,出现了姚天翔叛国投胡的传言,臣子们私下还说得有鼻子有眼的,昨日又是两封姚二公子与胡人的私信,信中内容毫无顾忌,叛逆投诚之心昭然若揭。此罪非同小可,要诛连九族的。这下,司马亮可不能再坐视不管了。

"主公,臣姚天翔叩见。"姚天翔进入司马亮书房,深深作揖道。

"罪臣姚天翔,跪下!"司马亮怒喝,"可知本王叫你前来所为何事?"

姚天翔暗自吃惊,来的路上,维将军一脸严肃,他就预料到此去凶多吉少,但不知主公何事动怒于他,一路琢磨一路回想近期邺城发生的事情,除了辰熙三个月没有音讯外,别无其他异样。就为此事吧,不知主公这边是否有消息。但见主公神情如此,不祥之感顿生。

"主公,邺城如今无战事,臣大力支持经济文化发展,百姓们安居乐业,呈现欣欣向荣、和平安康之势。小犬姚辰熙驻守雁门关,天天亲兵操练,兵营中团结一致、军心稳定,并无懈怠之举……"

话音未落,却被司马亮打断:"好个和平安康、军心稳定,就是要用本王的江山做交易换来的吗?"他红了眼,顺手将一封书信扔向跪于案前的姚天翔,"自己看看,这是什么!"信件飘落在地,姚天翔大气没敢喘一下,从未见主公对他发如此大的火,带着疑惑不安又委屈的心情展开了信件。

宇文可汗:

半年前一战,我军与贵方势头相当,您的骁勇善战、力吞山河之势让我由衷敬佩,贵方军士在您的精密部署、沉着指挥下愈战愈勇,我军伤亡不少。万分感激您在最后关头的仁慈之心,未将已被您逼下战马的我斩杀,放我一条生路,此恩我时刻感怀于心!

为避免战事的再次扩大,减少生灵涂炭,我愿将邺城及洛阳的情报及时告知于您,并定期供给贵部粮食马匹,以保邺城百姓免受战乱之苦,并同时以报可汗对我的不杀之恩。如今我约定于您,会在适当时机,帮助可汗实现霸主之愿。

汝南王与您相比,实非我愿跟随之主,但如今仍需在其麾下效力,需静观局势变化,找准时机,作长远计。可汗许我时日,成就霸业,不争朝夕。

不知可汗可否纳我不才之请,暂时避免你我双方战火。盼您佳音!

姚辰熙拜上

读罢此信,惊出姚天翔一身冷汗,似被从头顶浇下一盆冰水,凉彻脚底,怎么会这样!这信件字迹确为辰熙亲笔。"这不可能!这不可能!"姚天翔边摇头边佝偻起身躯,语无伦次道。

"还有回信呢,接着看!"司马亮盯着姚天翔的面部神情变化,冷冷地说。

停顿了几秒钟，姚天翔颤巍巍地展开另一封信。

姚将军：

来信收悉！感谢您对我宇文家族的认可和器重，我鲜卑部对姚城主的胸怀天下、心系百姓以及您的少年英才、宅心仁厚也敬重有加多年。既然您有如此诚意，我部恭敬不如从命，唯愿宇文家和姚家从此再无交战，能携手共谋天下。在此约定，今后需我鲜卑效力之处，随时开口，定当出生入死，全力以赴！平日里的得罪与无礼之处，望将军海涵。

我部众将正在努力学习博大精深的中原文化，以备将来入主关内治国之用。今后还需将军多指教提点，有劳叨扰之处，在此先叩首拜谢！自今日起，你我一家，同命运、共进退。近日我会来你军中，歃血为盟，共商大计！

宇文普拨叩首

姚天翔念完，顿觉五雷轰顶，就此信件看来，辰熙叛投之事已毫无争议。"主公，逆子许是受奸人所迫，望网开一面，饶他不死，待老臣细细审问事情原委，给主公一个交代。如事实果真如此，老臣会提逆子头颅来向主公请罪。"说罢，跪倒在地，泪湿衣裳。

"本王并非他所愿跟随之主；找准时机，作长远计；宇文家与姚家携手共谋天下；同命运、共进退，歃血为盟，共商大计……"司马亮一字一顿，表情冷漠，"这字字句句，你还说'受奸人所迫'？姚天翔，这些年来，我自认待你不薄，将边关要城如此信任地托付于你，两位公子加官进爵、俸禄丰厚，你还有何不满意？还要我如何待你们？口口声声好像对姚辰熙这肮脏之事毫不知情，没有你的授意，他会如此大胆？到今日本王才知，你与鲜卑部沆瀣一气，蓄谋已久，欲夺我江山。朝廷众臣们其实早有察觉，善意提醒过本王，我一直不信，如此抬爱于你，反倒背后捅刀，你让我如何面对众臣，如何服众？"司马亮叹了口气，心寒到极点。

"来人啊，拿鹤顶红，本王要将这乱臣贼子赐死，看在多年情分上，留你全尸！"司马亮闭了眼，轻轻说道。

"主公……"维将军想替姚天翔说几句好话。

"谁敢劝说，杀无赦！"司马亮打断维将军，下了死命令。

很快，鹤顶红被取来。姚天翔也不再申辩。"如此逆子，叫我有何颜面苟活于世？子不教父之过，主公赐死老臣，我心服口服，谢主公留我全尸。老臣死后会去找那逆子给主公请罪。"言罢，对着已背过身去的司马亮又是深深一拜。随即便打开装有鹤顶红的小瓶，一口气喝下，不到一句话时间，七窍流血，已没了鼻息。

"主公，姚大人已仙逝！"维将军抱拳道。

司马亮这才睁开了眼，转过身，轻摇了下头："拖走吧，按城主身份，厚葬。"话音落下，便跌坐在了椅子上。"维将军，看看尉迟老回洛阳没，叫他速来见我。"

4

天边一轮明月，窗外风声呼呼吹过，吹开了半掩着的窗子。屋内，烛光摇曳，月光照映下，显得十分柔和。卧榻上，披着黑丝长袍的尉迟剑枫双腿盘坐，轻闭双眼，嘴唇微启，不断调息，他正运功为一女子疗伤。女子端坐，面朝剑枫，却已昏迷。

承浆、天突、紫宫、膻中、巨阙、上中下脘、神阙、气海、关元，剑枫自上向下过穴一遍后，收势回气，自己稍作调息，起身翻坐到了女子背后，继而自下而上，腰俞、命名、脊中、中枢、至阳、神道、身柱、大椎、风府、后顶、百会，一通真气过穴，在任督二脉上行走了一遍。正收功之时，女子一口鲜血喷出，身体缓缓向后倒去，剑枫赶忙扶住，顺势让她躺下，摆好枕头，将她的头轻轻摆正，未顾及自己头上淌下的很多虚汗。

"大少爷，给。"一黑衣将士递上一块丝质帕子，"大少爷，你脸色不好，去休息吧，这儿交给我，姑娘醒来我叫您！"

剑枫似未听到黑衣将士的话，仅是接过丝帕，坐在床沿上，为女子拭去嘴角边的血迹。一边端看女子面容，目光深邃，久久停留不愿回神。"婉冰，我终于找到你了，此生再不会让你离开，你要醒过来，快点醒过来……"心中默默呼唤，却见女子丝毫未有苏醒迹象。之前阿东用那大铁家伙在她脑门上的一记重锤，当真不是一般人能承受的，如今气息虽微弱但仍均匀有序，已是万幸。

"大少爷，这位姑娘，您认识？"黑衣将士问道，"她是姚府何人？"

"姚天翔没有女儿，看她衣着，我推断是姚辰熙的妻子。姚辰路发妻五年前就过世了，后未再娶……"剑枫说道，"只是婉冰怎么会是姚辰熙的妻子？"

"婉冰？您说的是大小姐的师姐？"黑衣将士似对这个名字有些印象，"她没死吗？但当年我们在破庙里是亲眼见她死去的，大小姐为此还痛苦得茶饭不思有半年之久。"

"阿东，亏你还记得那么清楚，先前那一锤怎么就这么重地敲下去了呢，真是鲁莽！"剑枫语气略带责备。

"大少爷，我当时并未看清，就想着尽快解决掉姚府上下所有人。"阿东也有些懊恼，"没想到姚辰熙的妻子居然是她！"

"罢了，不怪你，婉冰还活着，已经很让我意外了。"剑枫轻轻抓着女子的手，"不管你是谁的妻子，不管你变成啥样儿，此生我都会牢牢抓住你的手，不再放开。"剑枫在心中默念。见他如此，阿东很识趣地退到了门外。

两年前，胡人一支精兵杀入关内，邺城殊死一战，将胡人打

洛阳残梦

退。不过当时并未将那支队伍赶尽杀绝,一干人混入洛阳城内,欲图谋行刺汝南王司马亮。尉迟子宇,时任洛阳刺史,得报后,率大儿子尉迟剑枫封城搜索敌兵。几日后,敌兵被纷纷捕获,或当场斩杀,或送尉迟府中逼供头目下落。眼看就要一网打尽,头目设计绑架了尉迟府的大小姐——尉迟剑心,藏于破庙,以此威胁尉迟子宇开城门放其归胡。一同被绑架的还有和剑心情同姐妹的同门师姐婉冰。

剑枫得知后,率队前往破庙,他并不把这败类头目放在眼里,救人质是易如反掌之事。没料,生死之际的人具有极强的战斗力,小头目一连干掉他四个手下,将剑心扣在胸前,用刀抵住颈部。婉冰见势,偷偷溜到小头目身后,欲击他大椎,却不料他紧要关头,迅速反应,抽刀砍入她胸口。同时剑枫射箭,将小头目太阳穴贯穿,即刻毙命。整个过程速度之快,几条人命归天。剑心毫发未损地被救下。可是婉冰却因伤势过重咽气。剑心被眼前突如其来的变故和师姐的舍命相救吓得心脉大震,一口气没提上来昏了过去。

剑枫因太过轻敌自责不已,对于平日里常在尉迟府与剑心一同吟诗奏乐的婉冰,虽然私交不深,但也一直将她当作妹妹看待。今日舍身相救之举,让剑枫深深震撼,作为大哥的他与之相比,自惭形秽。

剑心醒来后,一直哭闹着要找婉冰,多次因情绪过于激动晕厥。剑枫看着心疼,好生劝说,剑心断断续续地讲了很多婉冰的好,使得剑枫愈发惭愧。

半年过去了,剑心终于从这件事情中走出来,承认了师姐已死的事实,开始正常生活。倒是剑枫,常在午夜梦回之际,婉冰的身影清晰地回旋于脑海,挥之不去。"如果,时间能倒回,我拼死也要护婉冰周全。"与日俱增的愧疚深深压在了剑枫的心头,这会是他此生永远的痛吧。

往事历历，清晰如昨日。面对榻上处于昏迷中的她，剑枫热泪盈眶。"老天待我不薄，让我有机会在未来的日子里好好补偿她。剑心，你如果知道你师姐还活着，会有多开心啊！"剑枫嘴边扬起一抹满足的笑容，眼角的泪水依然流淌不止，俯下身，轻轻地吻上了女子的额头。失而复得的婉冰如此让人心疼，百看不厌。

握着她的手，目光腻在她的脸上。就这样过了许久。夜已深了，窗外很宁静。剑枫回过神，感觉周身疲乏。

"阿东，啥时辰了？"他知道阿东一直在门外守着，未曾离开。

"子时过了，大少爷，您快休息吧！"阿东答道，"我们还要抓紧回去给老爷复命呢。"

"嗯，天亮我们就出发，快马赶回洛阳！"剑枫又恢复了往日冷峻的表情，"我就在这儿休息，你回屋睡吧！"望了一眼床上女子，便席地而坐，闭目调息起来。

"婉冰小姐不是和剑樟少爷一直玩在一块儿嘛，他们年龄相仿，老爷夫人还为他们合过八字呢！怎么大少爷也喜欢她？什么时候的事情？失踪了两年，又以姚辰熙夫人的身份回来！"一串疑问，让阿东有些不知所措。

第三章

死 里 逃 生

养虎为患，这丫头终会变成他生命中的一劫！

1

狂风吹起乱沙。这片沙地没有植被，是平日里姚军操兵比武的场子。日复一日地踩踏，使之长不出任何植被。没有战事的日子，辰熙坚持每日亲自监督士兵操练，并研究出各种队列阵形，姚军队伍精神饱满、士气振奋，颇有以一抵十之风。父亲的教诲言犹在耳——"守关之师责任重于泰山，必是精兵强将之师"。

这日练兵之后，辰熙独自一人来到林间练起了刀法。刀起刀落，周围的树木倒下不少。也许是慑于姚军的威名吧，胡人已有一段日子没来作乱了。如此勤兵勤政，为国效力，是七尺男儿应尽之责。为主公尽忠，为父母尽孝，为兄弟属下尽义，不负爱妻厚望，辰熙时时提醒自己，手上的刀法更加苍劲有力。

忽然，跃起之时，刀柄上的碧玺坠子掉落在地。辰熙赶忙拾起，小心地在战袍上擦拭了几下，幸好没碎，只是绳子断了。顿觉无心再练刀，将坠子紧握在手中，朝营帐方向走去。

"将军，乔副将回来了，受了点伤，正在帐中等您回去呢，说有急事禀告！"一士官急急来报。辰熙点点头，飞身上马，一阵风似的跑了。

"阿乔，发生什么事了？"拉开帐帘，只见阿乔跪倒在地，背上的衣服已被血迹浸湿，"这伤又是怎么弄的？起来说话，快！"

"二公子，你别激动，听我把话说完。"阿乔抬起头，"昨日离开军中，入关后不久，就遭到一群蒙面黑衣人堵截追杀……"阿乔娓娓道来，将小树林遇刺、尉迟剑樟相救、城北驿站遇姚辰路、姚天翔被急召入宫、姚府被血洗、老夫人遇害、伊茗不知所踪全部说了一遍，尽量语气平和，并时刻注意辰熙的表情变化。

辰熙之前虽然已有心理准备，也做了最坏的打算，但如今听阿乔叙述这真实事件的发生，依然感觉五雷轰顶、天旋地转，一时缓不过神来。

"二公子，要振作啊！老爷和大公子还在！"阿乔唤道。

"阿乔，现在我大哥在哪儿？我想回姚府看一下，军中之事先委托于你，你也快包扎下伤口，血流得太多了。"辰熙冷静下来，"我这就走！"飞奔出营帐，跳上了一匹快马。

"二公子，路上注意安全！"阿乔追在后头大声叮嘱。

"母亲、伊茗，说好要等我回来的，怎么可以有事！"飞奔的马上，辰熙脑中只有这念头。

没走多久，一支骑兵的出现拦住了辰熙的去路。"姚将军，你孤身一人，要往哪里去？"领头将领，让辰熙觉得面生。雁门关怎么会出现中原的骑兵？

"大人，在下有急事欲入关，您是？"辰熙停下马，作揖问道。

"你叛国投胡,作奸犯科,主公派我前来将你就地正法。我是来取你性命的,休想抵抗!"来者不善,恶狠狠地说道。

"取我性命,我看你没那本事!"辰熙来不及辩解,先虚晃一枪,跳下了马。"是否有主公手谕,说我投胡,我不服!"

"主公口谕,你投胡证据确凿,不得抵赖!"说罢,一剑刺去。

辰熙的紫棱刀迎上。几个回合下来,未见胜负,对方出剑狠毒、招招致命。辰熙尚未搞清状况,只是一味地防守拆招。这时,对方的手下围拢过来,将辰熙围在中间。

"姚辰熙,现在投降,我可留你全尸,再负隅顽抗,休怪我不客气!"面对围拢过来的四五十人,辰熙知道凶多吉少,但哪有乖乖就范之理,宁做剑下魂,不做投降之辈。一样是死,顾不得是不是全尸了。

想到这儿,辰熙振作精神,使出致命的进攻刀法。一连砍杀了好几人。自己也身中数剑,血流不止。

又是一剑刺在脸颊上,辰熙一个踉跄,摔倒在地,一柄剑紧跟着即将刺入他的咽喉。说时迟,那时快,一支远处飞来的飞镖将那柄剑打落在地。又是一镖,将骑兵头目的胸膛刺穿。辰熙惊魂未定,看清了来人,是半年前交过手的胡人。眨眼工夫,骑兵队伍被围过来的这拨胡人全部灭杀。

"你们……"辰熙刚要开口,因伤重眼睛一黑,昏了过去。

"把他带回去,献给可汗,我们擒获了姚将军,大功一件啊!哈哈哈……""慢着,在这死人堆里,随便找个身材相似的人,将姚将军的衣服给他穿上,再划花他的脸,姚军不久就会寻来的!"

2

洛阳尉迟府。

后园有一道长廊,顶部爬满了常春藤,阻隔了日光的直泻。长廊外侧是木制栏杆和椅子,在这儿闲庭信步是尉迟家少爷、小姐闲来常干的事儿。后园的中间是个大池塘,里面养着好多条锦鲤,这些都是剑心小姐的宝贝,自记事起,她从不让别人喂食锦鲤,全都亲自动手。

这会儿,她半倚在长廊木椅上,远远地向池塘内投食。一群锦鲤围游过来,争先恐后地抢食。剑心今日一袭紫色长衣,脸上化着淡妆,刚用过早膳。

"嫂嫂,这些天,爹、大哥、二哥都上哪儿去了?家里怎么空荡荡的!"见大嫂郭燕笑脸盈盈地慢步走来,便问道。

郭燕是尉迟剑枫的妻子,贤良淑德、美丽大方,总是一副宠辱不惊、看淡尘世的样子。作为家中长嫂,颇照顾弟妹,剑心很喜欢她。

"爹去主公那儿了,你大哥、二哥都去了邺城处理事情,这两日应该就会回来。心儿是不是觉得闷?嫂嫂陪你聊天吧。嗨,看这鱼儿,长得真好。心儿花了不少心思啊。"几条锦鲤从水中微微跃起,颇为有劲。

"嫂嫂,走,我们去假山上坐会儿,你讲故事给我听!"剑心挽住郭燕的手臂,提议道。

"好,今天说个《苏武牧羊》的故事。"

"阿东,去把洛阳城最好的大夫请来。婉冰姑娘一直没醒,不是个事儿,我有些担心她是不是有更严重的伤。"剑枫回到了府上,第一件事就是安顿婉冰。

这闲清阁,是尉迟府最东边的一座楼阁,幽静素雅,从前婉冰每每到府上暂住,就最爱在这儿,吟诗作赋,画画弹琴。

"婉冰,我们回来了。"剑枫将她放到床上,并把她身体摆到最舒适的姿势躺好,她依然昏迷,没有丝毫醒转迹象。剑枫搭上她的脉,细数而发颤,呼吸微弱,不敢再为她运气,只能等大夫诊治了。剑枫闭上眼,深深叹了口气。这时,肩头被人搭了一下。

"秀琳!"

"大少爷,回来了也不打个招呼,直奔闲清阁来了。怎么啦?她是谁?"秀琳是剑枫的贴身丫鬟,半年前被收了房。

"路上救回来的一位故人。看到小妹没有?把她叫来。还有,让少夫人也过来,有事和她说。"剑枫看着秀琳,面无表情地说道,"愣着干吗?还不快去!"

"你凶什么!这不几天没见,想和你单独说说话嘛!"秀琳一脸不开心,又不敢发作,"带着个女人回来,一回来就是找郭燕和剑心,你有没有把我放在心上啊?"

"秀琳,别闹了,事情要紧,改天专程和你赔不是,可以了吧?"剑枫还是一副冷冷的样子,有些不耐烦,"快去吧!"

"剑心,剑心,你在不在假山上?"秀琳在珍玑阁没寻到剑心,便猜到在池塘边或假山上。"你大哥回来了!"

"大哥回来了,哈哈,又给我带礼物了吧?"剑心听得呼声,探头向下张望。"秀琳,我在这儿!""嫂嫂,我们一起去吧!"

"郭燕姐也在啊,大少爷也找您,说有事和您说。走吧走吧,他挺急的样子!这回大少爷从邺城带了个女人回来,昏迷着,我也没细看,他说是故人!"秀琳边走边说。

"什么女人呀,我可没兴趣!郭燕姐才是我的好大嫂,最爱你了!"剑心俏皮地紧勾住郭燕的胳膊。

郭燕微微一笑，没出声。

"大哥，你回来啦！"剑心人没到，声音已经到了。"给我带礼物没？来，抱一下，几天没见，想你了！"

剑枫笑笑，抱了抱剑心的肩。"我身上没礼物，不过确实带了大惊喜给你。"他侧身，让出了剑心的视线，指了指床，"你看，她是谁？"

"咦？"剑心挺好奇地跑到床边，打量起来。高挺的鼻子，薄薄的嘴唇，瘦削的面颊，还有这清新脱俗的气质。剑心心头涌起一阵酸楚和惊喜，拉起她冰冷的手，眼泪瞬间像断了线的珠子往下滴，你知道我有多想你？"婉冰姐姐、婉冰姐姐，婉冰姐姐……"

郭燕这时也认出了婉冰，走上前去，抱住了剑心的肩。"心儿，你看你大哥，果然带回来这么大的惊喜。好了，别摇她了，受了重伤昏迷着呢！"

"大哥，姐姐她为什么昏迷着呀？你要救活她，救活她……"

"大少爷，吴大夫来了。"这时，阿东回来了，身后跟着大夫。

"有劳先生了，请快诊治吧。走，大家都到外屋等候。剑心，快走吧！"剑枫拉起剑心，就往外走。

"不嘛，我要陪着婉冰姐姐。"

"心儿乖，等婉冰好了，你有的是时间陪她。快走吧，别耽误大夫诊治。"

剑心看了看婉冰，依依不舍地退到了外屋："大哥，婉冰姐姐肯定会好起来的。"

屋内，吴大夫在认真切脉，又看了看脸色和舌苔，微微摇了摇头。取出随身携带的诊箱里的金针，施金针过穴之术。一炷香时间过后，走出了内屋。

"大夫，婉冰姐姐怎么样？"剑枫正欲开口，被剑心抢了先。

"姑娘是被重力击伤头部所致的气闭昏厥,脑子里有血块压住了,如果侥幸能醒过来,也许会失明、失语、失忆,如果运气没那么好,她可能就一直这样睡过去了!"吴大夫慢慢说道,"我刚给姑娘施了金针过穴术,稍后还会开一服汤药,如果一周内情况还是这样,大家要做好思想准备啊!"

"这位姑娘原本就有哮喘旧疾,有咯血症状,所以气血亏损、周行不利,又受如此重伤,心窍壅闭,就算醒过来,旧疾加新伤,恐也命不久矣啊!"大夫叹了口气。

"不会的,婉冰姐姐会好起来的,我会天天陪着她。"剑心不信大夫的话,"姐姐两年前没死,现在回来了,肯定会长命百岁。"她边说边又开始伤心,眼泪扑簌簌往下掉。

"大夫,谢谢您了,这边来开药方吧。"剑枫心里一阵绞痛,脸上表情丝毫没有变化。

"我现以'芳香通闭开窍'为治则,配合'活血逐瘀、通窍止痛'之法开药。服用七天,其间或许会有咯血及呕吐症状,切莫惊慌,有此情况发生,速来找我。"大夫说罢,埋头写方。

"这是药方,快去抓药吧!"很快地,方子拟好了。

阿东接过方子,急急跑出了门。

"多谢吴大夫,有劳了!"剑枫弯腰作揖道。

"尉迟大少爷客气了,不敢受此大礼啊!"吴大夫急忙还礼道,"姑娘病情如有变化,速来告知。告辞了!"

"好了,大家都回屋去吧。郭燕,找两个聪明能干的丫头过来服侍。"剑枫命令道,"秀琳,你也回去吧,别杵在这儿了。剑心留下,大哥有话和你说。"

3

"老爷回来了！"傍晚时分，尉迟子宇回到府中。这两天尉迟刺史在洛阳城各处巡视，邺城姚家一出事，恐有胡人来犯，必须先做好安排，以防措手不及。主公又接连召见他共谋点兵之计，尉迟子宇提了诸多建议给主公参考。如今时局动荡，北有胡人虎视眈眈，西有楚王司马玮，南有长沙王司马乂，东有东海王司马越，各地拥兵自重，各立主公，全都垂涎洛阳，万不可掉以轻心。

尉迟子宇想着这些千头万绪的问题，疲惫不堪，坐在宽敞的椅子上，喝了口茶。

"老爷，您累了吧！"尉迟夫人闻声而来。只见她发髻上戴着好些珠宝，身着蚕丝绸衣，面带慈祥笑容，款款走来，显得雍容华贵。

"夫人，来，这边坐。"尉迟子宇招手，让出身边半个座位，"这两日家中可好？剑枫、剑樟都回府了吗？"

"剑枫上午回来了，还带回一名女子，剑心说是她婉冰姐姐。好啊，婉冰这孩子在，剑心就会收心学习了。"尉迟夫人笑笑说。

"哦？有这等事！婉冰姑娘不是当年为救剑心被胡人害死了吗？这倒好，原来没死！"尉迟子宇有些纳闷，"当真是婉冰吗？她自己也承认？"

"你看你，说的什么话，巴不得人家死一样。那是人家姑娘人好，上天有好生之德，舍不得让她死，也舍不得让我们心儿伤心。不过婉冰姑娘头部受了重伤，昏迷着呢！听说是剑枫从姚家把她救出来的，姚家上下被灭门了，唉，真惨！"尉迟夫人叹了口气。

尉迟子宇听罢，暗自吃惊。"剑枫这小子看着老成，怎么也是个难过美人关的情种,如此如何成大器?"他心中暗暗思忖,"还把姚家人带回府上,这不是养虎为患吗?不行,此女必除。"

"你有没有听我说话呀,发什么愣?"尉迟夫人见尉迟子宇失神,埋怨道。

"哦,没事,有点累,夫人,我想先回房了。对了,剑樟回来没?"

"还没呢!说是去邺城寻故友,现在邺城这么混乱,真叫人担心啊!"夫人暗暗叫苦,"成天也不见他干正经事,不像你和剑枫能做大事。"

"看到剑枫,叫他来见我。"尉迟子宇离开正厅,回房去了。

"娘,您来啦!"剑心正坐在窗边发呆,见尉迟夫人走进闲清阁。

"嗯,娘来看看你大哥带回来的婉冰姑娘,唉,苦命的娃儿。"来到床前,见婉冰依然昏迷,面色苍白,不由心头生疼。"剑枫,她怎么样啊?看过大夫没?"

"娘,回来就给婉冰姑娘请大夫,忙到现在,也没过去给您请安,儿子在这儿道歉了!"剑枫不好意思地笑笑,"刚给姑娘喝了药,情况并没有恶化,应该会好起来的吧!"

"嗯,也别太操心了,你爹回来了,叫你去见他呢!儿啊,你要多给你爹分忧才是,如今多事之秋,你爹身上的担子很重啊!"尉迟夫人谆谆教导道。

"我知道,娘,我这就去找爹。"剑枫回头看了一眼婉冰,朝剑心点点头,便离开了。

"心儿,我也走了,你好生照顾婉冰姑娘,有事叫人啊!"尉迟夫人爱怜地摸了摸剑心的脸颊,也离开了。

"婉冰姐姐,告诉我,这两年你都去哪儿了,怎么也不回来找我,心儿还以为你死了,伤心了好久好久。"剑心又伤心起来,想起两年前破庙发生之事，至今心有余悸，"姐姐，你不惜舍命相救，也不回来找我吗？是不是生心儿的气，怪我没救你。可是当时我真的以为你死了，我也吓晕过去了，后来到底发生了什么，大哥也没告诉过我。只是我经常做梦见到你，一直觉得你没有离开，我就这样盼着盼着，想能把你盼回来。你看，你真的回来了啊，快点醒过来吧，心儿不想你就这样一直睡觉不理我……"

剑心握着她依然冰凉的手，搓着想让它回暖："姐姐，你很冷是吧？手怎么一直这么凉！你好坏啊，就让我伤心哭鼻子，你这样我真的心很疼很疼的，不能救了我一命，就这样欺负我的……"

婉冰忽然呼吸变得急促，脸上有了点血色。剑心瞬间安静下来："姐姐，怎么了？醒过来，求你了！"等了好一阵子，婉冰又呼吸变得微弱，脸色苍白如初。

"姐姐，我不吵你了，你睡觉吧，我就在这儿一直等到你醒来！"

"大小姐，你回去休息吧，夜深了，明儿再来！"小芙进屋，端了一盆温水，准备给婉冰擦洗，"这儿有我和小蓉就足够了！"

"没事，我说我要一直陪着姐姐的。"剑心噘了噘嘴，"你们俩刚从嫂嫂那儿过来，还不熟悉呢。你们陪她，我不放心。"

"好吧，全听大小姐的，您也来洗把脸吧！"小芙见剑心时不时地泪流满面，脸都花了，"大小姐，您不用太着急，大夫说了，婉冰姑娘要一周左右才会清醒呢，她吉人天相，到时就醒过来了。您呀，也要漂漂亮亮的，否则刚醒就见您这花脸，姑娘该不高兴了，您说是吧？"

"嗯，有道理，赶紧洗脸。"剑心被小芙这样一劝，宽心不少，冲她一笑，"不过，我还是要在这儿过夜，不准赶我走。"

"呵呵，知道啦！"小芙、小蓉笑道。

4

尉迟子宇书房内。

"剑枫，你在邺城做了哪些事，说给为父听听。"尉迟子宇端坐于书桌前，"来，坐下，喝口茶。"

"爹，我一共带了五百名士兵去邺城，分成两拨，原打算一拨去关外姚军中刺杀姚辰熙，一拨去姚府杀掉全府上下所有人。我们暗插在城北驿站的兄弟来报，已将驿站中的人处理妥当，三个月来截住了姚府与军中的通信，并暗中模仿姚辰熙和宇文普拨的笔迹，伪造了通敌的信件发给主公。我到邺城的那天，姚军的乔副将正好入关，我便临时改了主意，派原要去军中刺杀姚辰熙的那拨人埋伏在驿站周边的小树林里，看到乔副将就立刻截杀，没有乔副将的姚辰熙就会如同没有了翅膀的鸟，扑腾不了多久的。可是没想到，却被剑樟这小子路见不平拔刀相救了。兄弟们见是二少爷，就没敢下手。而我带的那拨人，很顺利地来到了姚府，却发现姚大公子没在，姚城主也一早被主公召入宫中，所以除他们外，姚府上下其余人全被我们诛杀。"剑枫看了一眼父亲，低下了头。

"可是爹，我见到了婉冰，当年为救心儿奋不顾身，我们都以为她死了。这两年我心中充满了愧疚，所以当见到她还活生生地在我面前出现时，让我如何下得了手？不管她是姚家的谁，我都不会杀她，就想着把她带回尉迟府，让我有机会弥补我的愧疚，让心儿有机会报答她的救命之恩！"

"你这样是妇人之仁！你现在是灭她满门的凶手，藏她在身边，是埋了颗定时炸弹啊。成就大事者，不能有那么多的情爱，要让你的心变得冷、变得硬，无坚不摧。有感情就会有弱点，爹平日里的教导，你都忘了吗？"

"爹，剑枫没敢忘记您的教诲，一直严格要求自己铸炼钢铁般的意志。可是，婉冰姑娘，真的不可杀，我下不了手。再说，她如今头部遭受重击，大夫说还有性命之忧。"剑枫顿了顿，说到婉冰，他心头总是难以平静，"要不这样，等过几日，看她恢复的情况再说，就凭如今的她，对我们并无任何威胁，爹，您说如此可好？"

"剑枫，长这么大，你还从来没求过我，这次为了一个女人，说了那么多，爹是担心你儿女情长英雄气短，终会误了大事啊！"子宇叹了口气，"罢了，为父这次就答应你，等婉冰姑娘醒来再议。"

"谢父亲开恩！"剑枫见尉迟子宇应允，激动地跪了下来。

"剑枫，你确定这位姑娘是婉冰吗？当年你们那么多人，亲眼见她死于胡人之手，如今却活着在姚家出现。这事需要派人去调查。还有，剑樟对我们的计划并不知情吧？"

"是的，爹，二弟是去找姚大公子的，他们过去是好朋友。他听到我们散布的姚家倒戈的传言，去问情况的。"剑枫似乎知道得很清楚，"不过不用担心，我们派去的人全部黑衣蒙面，剑樟不会怀疑到我们，姚家大公子也是个不成器的家伙，量他们也研究不出什么事情真相。等他回来，我再适当引导一下，爹，您就放心吧。我们的大计只有我俩知道，娘、二弟、小妹都得瞒着！"

"嗯，这样自信满满的运筹帷幄、一切尽握手中的气魄和无懈可击的缜密分析，才是尉迟大少爷嘛，爹放心。"尉迟子宇微微一笑，"好了，天色已晚，你早些回檀香阁吧！"

"是，爹，您也早些休息。"言罢，大步离去。望着剑枫的高大背影，尉迟子宇既欣慰又担心。"儿子长大了，婉冰丫头终究会变成他生命中的一劫！"

第四章

忍辱负重

我会等你醒过来，寸步不离！

1

雁门关外，黄沙漫漫。几只秃鹰啃食着一头大野牛的尸体，不消半炷香工夫，大野牛已白骨暴露，血肉不在。"嗥！"随着凄厉的叫声，秃鹰们拍着翅膀飞走了。

那日辰熙急急离开后，阿乔便深感不妥，恐其途中出事，如此忐忑不安地过了一夜。第二日天尚未大亮，他便在军中交代了一番，赶忙跨上匹快马，向邺城奔去。

不久便碰到了同样担心他们安危的辰路和剑樟，他俩正骑着马，朝他的方向奔来。

"阿乔！"辰路远远地呼唤了一声，眨眼工夫便来到了跟前，"你回军中见辰熙，可否有事？"

"大公子！"阿乔翻身下马，"昨日回军中，将此前遭遇告诉二公子后,他便离开了雁门关。见他情绪不稳定,担心出事。这不,特出来寻他。军中尚一切如常,我已做安排,暂不必担心。"

"姚将军回邺城了?"剑樟也下了马,向空旷的四周望了望,"我们一路过来并没看到他!"

话毕,三人顿时语塞,努力要把事情往好里想,只是潜意识里仍是深深的不测,气氛有些冷寂。

"我们寻寻吧,也许能碰上二弟!"辰路始终没有下马,过了一会儿,打破沉默,低声说道。

"虽然经过一夜的风吹,地上应该还是会留有依稀的马蹄印,我们仔细辨认,顺着痕迹寻找!"剑樟仔细地观察着周围地面上的沙石,有看似马蹄形状的凌乱的印迹。

"你们看,顺着这边走!"他指了指通往西南方向的沙土地,"这儿似乎有很多人马经过!"

三人并驾齐驱,顺着西南方向走了一段。

"辰路,阿乔,你们看!"随着剑樟所指方向看去,前方百米处横七竖八躺着很多人的尸体。不祥的预感袭来,"走,过去看看!"

"这是洛阳城里的一支骑兵队,平日里供主公应急时调配。"剑樟认识他们的衣着打扮,"我在洛阳城,经常见到骑兵队,他们都武艺高强,是谁那么厉害,把他们都杀了?"剑樟疑惑地说道。

"二公子,这是二公子!"阿乔在另一处,指着一具尸首失声叫道。

他穿着和阿乔一样的战袍,身上都是剑伤,脸上也是,几乎认不出五官轮廓。"二弟,你怎么死得这么惨!"辰路大吼一声,"怎么回事,主公的骑兵队怎么会和你打起来,究竟做错了什么,要如此殊死搏斗?"

剑樟不忍又一次看到如此悲壮的场面，转过头去。这两日，这样血腥残忍的画面太冲击他的视觉了。

"一切都是冲着姚家来的，有人要杀他们满门，不遗余力，难道是主公？"剑樟打开折扇，掩住口鼻，心中默默思量。

"他们身上不仅有剑伤、刀伤，还有飞镖伤！"阿乔忽然发现，"骑兵用剑，二公子用刀，这飞镖？我想起来了，鲜卑宇文部落擅用飞刀，我们交过战！"阿乔很细心地查看死者伤口。"胡人也参与了这次混战！二公子也有可能是被胡人所害！"

"我先回军中，二公子一死，没有了主帅。现在最重要的是必须稳定军心！大公子，姚家如今只有你了，你要管理好邺城等老爷回来。再大的悲伤不能打倒我们，必须要振作起来，查明真相，为姚家上下报仇！"阿乔这会儿异常冷静地劝慰辰路，也同时劝慰自己。

风如此凛冽，吹起满地黄沙。看着辰熙血肉模糊并夹杂着沙粒的脸，辰路脑中飞过一幕幕他们兄弟俩小时候嬉笑打闹的场面。不愿意相信，不敢相信！多希望躺在地上的是自己！

"阿乔说得对，辰路兄要振作！我陪你回姚府吧，邺城你不能不管！"剑樟拍拍辰路的肩膀，跳上了马。"走吧，阿乔兄弟，你也多保重，我们就此别过了！"辰路回过神，一个飞跃，也上了马。

阿乔目送他们快速离去，整了整装束，将辰熙的遗体放到马上，准备带回军中。"老天，您这是要灭姚家吗？如此精忠报国，鞠躬尽瘁，到底是哪里错了啊！"阿乔仰面长叹。

军中，值得宽慰的是，这个时期，胡人并未来犯，乔副将带领士兵们简单而郑重地处理了辰熙的后事，又开始了往日的军中生活，每天勤兵操练，并没有因为辰熙的突然离世导致军中事务混乱、军心动荡。

"主公手谕,姚辰路接旨!"刚回到姚府第二日,维将军便到了。

"维将军,臣有失远迎!"辰路弯腰听旨。维将军站定,展开主公的手谕:

罪臣邺城城主姚天翔,叛国通胡主谋,证据确凿,有负本王多年栽培和信任,其行为天地不容,罪无可赦,已饮鸩伏诛。

罪臣雁门关驻关大将、邺城城主姚天翔之子姚辰熙,叛国通胡主犯,罪大恶极,遣骑兵至关外执法,得之杀无赦,不得有误。

罪臣邺城城主姚天翔之子姚辰路,叛国通胡从犯,悉知父亲兄弟之心之行,秘而不报,参与谋反,其行为罪当诛杀,遣维将军邺城执法,不得有误。

夺姚家政权、兵权,撤销一切职务,家人贬为庶民,囚于邺城大牢。待新城主上任后立即执法。

汝南王司马亮钦此

读罢,从衣服内袋中取出一个小瓶。"姚辰路,主公念姚家多年来勤勉政事,军功显赫,也曾立有汗马功劳,可留你全尸。这是鹤顶红,就同你父亲一样,自己了断吧!"

姚辰路伏倒在地,一声未吭:姚家忠心耿耿、兢兢业业地维系主公江山,竟换得主公叛国通胡的评判,祸及满门,天地不容。皇天在上,可知姚家的奇冤大辱?主公如此相逼,姚家的冤屈我无力洗雪了。

辰路伸手接过维将军递过来的鸩毒瓶:"谢主公留我全尸,我这就去和父母兄弟团聚。维将军有劳了!"辰路打开瓶子,一饮而尽,当场毙命。

风如此狂烈,天空显得惨白。待维将军离开后,一直躲在屋内一角,未敢出声的剑樟走了出来,他目睹了刚才发生的一切。前后事情串联起来回想,疑点重重。姚家果真叛国投胡吗?但总觉得主公的背后有一只黑手推动着整个事情的进展,要置姚家于死地,谁才是幕后主使呢?如此居心叵测,究竟有何目的?

"辰路兄,我不会让你们姚家白白蒙受冤屈的,这就回洛阳城,父亲和大哥会帮助我共同查明真相!"剑樟对着辰路七窍流血已无气息的脸暗暗发誓。"姚府血案不是主公指使的,黑衣蒙面人的主子才是幕后主使!"剑樟忽然灵光一闪,"事不宜迟,我这就回洛阳。"

夜深了。关外的月亮特别明亮,照进营帐中,阿乔此刻并无睡意,他正整理辰熙留下的刀谱和作战队列图。阿乔知道,辰熙的死讯会很快传入胡地,与胡人一战在所难免,也许,胡人早已参与其中,辰熙身上的飞镖伤痕足以证明。如今唯有勤加练兵,以应对任何战事,保卫主公江山和邺城百姓。

突然,一个黑影从窗外闪过。阿乔警觉起来,退到窗边,提起了刀。来者脚步轻盈而快速,想来武艺高强,正朝他的营帐逼近。

"嗖"的一声,一支飞镖插入他耳边的木窗框上,黑影同时出现在他面前。阿乔挥刀砍去,被对方及时躲闪,几招过后,阿乔有些力不从心,背后的伤还未愈合,让他使不出全力。在阿乔反应稍一迟疑之际,对方点住了他的穴,同时用镖抵住了他的脖子。

"乔副将,我来并无害你之意,奉可汗之命,请你随我走一趟。姚将军如今在我们手上,很安全。那日他被中原骑兵追杀,被我鲜卑宇文部所救。你在这儿也是凶多吉少,姚府上下都死了,你早晚也会被司马亮迫害。我们交战多年,可汗十分敬重姚将军和你,只是觉得你们为如此昏庸的主子效力不值。"黑影压低声音说明来意,放下飞镖,鹰一样犀利的眼神,盯着阿乔的眼睛。见他的目光中充满敌意,便从身上掏出夬碧玺坠子,"这是姚将军的贴身之物,你认得吧?我知道你怀疑我说的话,但就算为见你家二公子,你也得跟我走一趟,到时我们可汗会给你解释。"

由不得阿乔说话,被点了穴无法动弹的他,就被来者半扶半劫持地放上了马背,悄然而迅速地离去。

他们离去不到一个时辰,一大队人马举着火把声势浩大地来到营地。"奉主公令,雁门关驻关大将,今日起由我接任,姚军旧部,副将及以上官衔者杀,剩下弟兄们如有心可追随我,不愿追随者,杀!"又是一位少年将军,马背上的他英姿勃发,"我叫郭鹰,洛阳禁卫军副统帅,洛阳尉迟府大少爷的妻弟!"简单自我介绍了一下,"明天开始,带领大家练兵习武,重整军队,保卫主公江山!"

姚军旧部有的自杀,有的被郭鹰手下所杀,一阵混乱之后,活着的全部被郭鹰收编。"我军治下严明,有乱军纪、反叛之心的,一经查实,必定严惩,请各位今后严格守纪,万不可有反叛之心!"

2

东方露出了新的一天的第一抹曙光。

洛阳尉迟府闲清阁。屋内很安静,窗边的烛光还在跳动,床上女子依然沉睡,看起来情况和昨日并无差别。剑心趴在屋中央的桌子上,手枕着头,睡意正浓,丝毫没有察觉有人推门进来。

来人是满腹心事、一夜未睡的剑枫,他轻轻地进屋,见屋内此景,微微摇了下头,解下披风,披到了剑心身上,随后来到床榻边坐下,抓起婉冰依然冰冷的手在唇上轻轻地碰了下。"婉冰,你怎么会是姚辰熙的夫人呢?我是杀你全家的凶手,你若醒来,会如何看我？天意弄人啊，好残忍的玩笑！"剑枫心中波涛汹涌。"第二天了，你要快点醒过来，哪怕想杀了我报仇！"

"大哥，你来啦！"剑心睡梦中听到屋内有动静，睁眼一看，见是大哥，便站起身，伸了个懒腰，"你来得真早，天还没亮呢！"

"这不来看看你嘛，守了一夜，困不困？"剑枫松开紧握婉冰的手，走到剑心跟前，"你呀，刚刚睡得真沉，我进屋来你都不知道。万一坏人进来绑了你们，你也不会知道吧！"

"尉迟府戒备森严，又有爹和大哥在，坏人来了我也不怕，再说谁会绑架本小姐啊？"剑心吐了吐舌头，"哦，你是担心婉冰姐姐吧！对了，还没问你呢，你在哪儿救的姐姐？她为什么伤这么重，谁干的？伤她的人会不会找到这儿来？"

"我在邺城姚府救的她。据我推断，她是姚家二公子姚辰熙的夫人，姚家被血洗，我到的时候，只有她还活着，后来又发现她居然是你的婉冰师姐，我就把她带回府了。这不是想让你高兴嘛，她没死，你以后就不要伤心了，也不要再怪我了。"剑枫轻松地说道。

"嗯，还是大哥厉害，想得那么周到。"剑心听剑枫说完，崇拜之情油然而生，"大哥，两年前的事我确实怪你，不过现在不怪你了，还要谢谢你。你坐好，受妹子一个礼！"剑心挺正经地给剑枫作了个揖。

"好了好了，别闹了，你是我宝贝妹子，只要你高兴，大哥做啥都愿意！"剑枫笑道，伸手拉过剑心，让她坐在身边，"听大夫说，你婉冰姐是大脑受重创，一时醒不过来。如果有适当的刺激，可能会对尽快清醒有帮助。你们以前不是经常一起念书吟诗弹琴的吗？我想，要不试试，你做些你以前经常一起做的事，看看能不能唤醒她！"

"嗯，大哥说得有道理，等会儿我就去把古筝抱来。"剑心忽然感觉能为婉冰的苏醒做些什么，非常高兴，"大哥，你真好！"撒娇地将头倚在剑枫肩上。

"唉，不知道我们剑心妹子找到心上人以后，还会不会对大哥这么好？"剑枫撇了撇嘴，故意逗她。

"大哥是世界上最好的男人，又英俊又聪明又体贴又会保护人，谁还会比你好啊？"听剑枫这么一问，剑心脸有些红，嘟起嘴，还口道，"找不到心上人的，你也休想急着把我嫁出去。"

"好吧，不着急嫁，就多做几年我们尉迟府的大小姐，大哥照顾你！"剑枫笑着弹了弹剑心的脑门，"好了，天亮了，今天我还要出去办事，晚上再来看你们。你好生照顾你师姐，自己也别累着了。"剑枫起身，披上披风，又回到床头看了婉冰一眼，便离开了。

"小芙，到珍玑阁，把我的古筝取来，我要弹琴给姐姐听！"剑心到外屋唤道。小芙、小蓉正在厨房做早点，灶炉上熬着药。小芙闻声走出来。"大小姐，等您用过早点，我就去。"打了盆热水，递上热毛巾给剑心，又走向婉冰。

"我来我来，你去忙吧。"剑心拿过热毛巾，"把热水搁这儿，我来帮姐姐擦脸。"

婉冰的脸色依然苍白如纸，嘴唇也毫无血色，额头上有密密的汗珠。剑心试了试水温，拧干毛巾，帮她轻轻拭去。比两年前长得更漂亮了，眼睛、鼻子、嘴唇的轮廓是那么精致，无可挑剔，造物主在创造她的时候特别用心吧，剑心感叹。"姐姐，你啥时候醒过来啊？想你一直陪我吟诗弹琴画画，这两年我都不碰这些了，睹物思人的滋味真的不好受！"

"大小姐，用早膳吧，姑娘的药也熬好了。"小蓉端了药进来，放

落阳残梦

在床头柜子上凉着，"早膳也端进来吗？"

"好啊，麻烦小蓉了。"剑心冲小蓉一笑，"等我吃好早点，我来给姐姐喂药。小芙是不是去拿古筝了？"

"是的，大小姐，去了一会儿，应该快回来了。"小蓉将早膳放在桌子上，菜色清淡细致，很合剑心胃口，顿感饥饿难耐，风卷残云般地迅速将食物席卷一空，这吃相实在不怎么雅观。小蓉捂着嘴笑，心里默念道："大小姐豪爽率真，真是性情中人。"剑心没注意到小蓉的神情，已经将心思全部投向了那碗药。她走到床边坐下，将药尝了一口，哇，真是极苦！"姐姐，良药苦口，你要乖乖喝药，咱们争取一滴不浪费。"

用小木勺舀起一勺汤药，轻轻拉了下婉冰的下巴，使她嘴唇微启，将一勺药缓缓送入她的齿缝间，看她咽下，继续第二勺。如此小心翼翼、认真细致地照顾人，剑心还是第一次。一碗药喝完，果然没有浪费一滴。小芙抱琴进屋的时候，见此情景，也没打扰，退在一边看着。

"大小姐，原来您也这么会照顾人呀！"小芙这会儿开口了，"古筝替您取来了。"

剑心回头对小芙点点头，一边擦了下婉冰的嘴角。"谢谢你小芙，把药碗端出去吧。"

"姐姐，我现在弹琴给你听好不好？《阳春白雪》吧，你最爱听的。"剑心坐下，调了下弦，开始弹奏。

缓缓滑动下细细的弦，优美的音符流水般跳出。一会儿如涓涓小溪，流淌于山间；一会儿如急雨敲阶、细雨抚桐；一会儿似朔风吹雪，舒展微风拂柳；一会儿似霓裳仙子翩然起舞、衣袂飞旋。剑心用心用情弹奏，自己也陶醉其中。一曲终了，意犹未尽，看了看床上的人儿，不免又有些悲悲然起来。

"再听一曲《高山流水》。"剑心许久未练琴,稍显生疏,但她今日在弹《阳春白雪》时忽然悟到:用心用情地演奏,才能体会出古筝的灵魂——深厚灵透、淳朴飘逸。

一整天,就伴着剑心的古筝弹奏过去了。她每曲终了,就和婉冰说会儿话,回忆她们的过往,以期唤醒婉冰。

3

鲜卑,宇文部落,宇文普拨可汗府。

床上躺着一个手、脚、头被白布包得严严实实的人,布上渗出不少血迹。他已醒来,抬手摸了摸自己的脸,却发现手上缠着很厚的布。闷闷咳了一下,胸口阵阵生疼。

"姚将军,您醒啦!别动,您身上都是伤,才上过药包扎好,这儿很安全,安心养伤吧!"不太流利的汉语在耳边响起。

辰熙睁开眼睛,环顾了下天花板和四周,极具胡地风格的图腾及装饰映入眼帘,让他立刻明白自己身处何处,想起了失去意识前发生的事。"主公要杀我,我被胡人救了。这儿是鲜卑的可汗府。"他喃喃自语道。

"士可杀,不可辱。投靠胡人苟活于世,我姚辰熙做不到!"他举起手想运功击打百会穴自我了断,却发现无能为力,气恼地闷哼一声。喘息了一会儿,他挣扎着坐起身,来到了床边的铜镜前。忍着痛,咬着牙,将包扎在头上的布一层层拆下,紧张地盯着铜镜中的自己,最终映入眼帘的是有四道又深又长交叉缠绕伤口的陌生的脸,惨不忍睹!"啊!"辰熙大吼一声,推翻铜镜,跌倒在地。

"姚将军,别激动,小心伤口!"一边的胡人扶起辰熙,将他安置到床上，"我这就去禀告可汗，您醒了。"

议事厅。宇文普拨端坐在宽敞的木椅上，椅子上覆着一整张雪貂毛皮。对面坐着的是身穿战袍的阿乔。

"姚府被奸人设计，蒙受不白之冤。主公昏庸糊涂，听信谗言诛杀忠良。多谢可汗的救命之恩，我会找出事件的幕后黑手，为姚府上下二十余口报仇。可汗英明神武，阿乔愿从此跟随可汗，为可汗的千秋大业贡献绵薄之力，万死不辞！"阿乔目光炯炯，真诚地看着普拨，一字一句地说道。

"可汗，姚将军已苏醒，不过情绪比较激动，他拆了脸上的绷带，看到了已毁容的面貌，又说什么'士可杀，不可辱，不愿苟活'，可汗，如何是好？请指示。"这名汉语不太流利的胡人从辰熙在的屋子一路小跑到议事厅，急急地告知可汗情况。

"乔副将，要不你去看看你家二公子吧，见到你，他会冷静的。"普拨见阿乔欲言又止，明白他的心思，"今后我就叫你阿乔吧，既然你如此诚意追随于我，今后就是自己人。这个坠子，还给姚辰熙，受伤昏迷还紧紧握着的东西，一定对他很重要。"说罢，将碧玺坠子飞传给阿乔，阿乔抬手接住："多谢可汗，我去了！"

"木拓！"普拨向身边的手下使了个眼色。

来到辰熙的房间，阿乔想将门关上："将军，我和二公子有话要说，能否让我们单独聊聊，放心，我会劝他归顺可汗的。"

"好，那我在外面守着，有事叫我。"木拓点点头，将门掩上。

辰熙靠在床架上，闭目养神。阿乔见到了他那张有着可怕伤口的脸，不免暗暗吃惊。"二公子！"阿乔眼中含着泪，轻唤一声。

"阿乔，是你！"辰熙睁开眼睛。

"二公子，我还以为你死了。胡人用别人的尸体套上你的衣服冒充你……"阿乔上前扶住了辰熙的肩膀。

"还不如死了干净，清清白白为国捐躯好过投靠胡人苟且偷生！"辰熙情绪低落到极点。

"不能这么说啊！如今姚家蒙受不白之冤，叛国投胡的罪名已被坐实，中原人人皆知，姚府已不再清清白白。姚家上下二十余口人全被杀害，伊茗夫人被人掳走不知去向，姚家就只剩我们俩了。中原之大，已无我们容身之处，目前只有在胡人这儿可保全性命！"阿乔劝说道。

"为保全性命，就投靠胡人吗？那与叛国投胡有何区别？"辰熙提高了嗓门，呵斥道，"阿乔，亏你是与我一起出生入死的兄弟，竟然也是胆小怕死之辈！"

"二公子，自从我跟随你驻守雁门关那日起，就将个人生死置之度外了，为国尽忠是我们军人的本分，为正义而死毫不足惜，怕就怕蒙受冤屈被世人唾骂，这样会死不瞑目。姚家满门的沉冤一定要昭雪。二公子，听阿乔一句劝，我们如今委身鲜卑部实为权宜之计，我们唯有借助胡人力量，才可保全性命找出事情真相，手刃仇人为姚家报仇。真相大白之后，才能重树姚家精忠报国之名，让姚家流芳百世！"阿乔冷静地分析自己的看法，见辰熙默不作声，他拿出碧玺坠子，递给辰熙，"可汗帮你收着的，现在还你。为了她，你也得好好活着。"

一滴泪落在坠子上，伊茗，你在哪儿？还好吗？落入歹人手中，你也要挺住，等我找到你！

沉默了片刻，辰熙扬起了头："爹、娘、大哥，我一定为你们报仇！"流着泪，望着窗外的天空呼喊。

阿乔欣慰地笑笑："二公子，脸上的伤，我还是替您包扎好吧！"

一周过去后，辰熙的伤好了很多，拆除了所有绷带，换上了宇文部的专用服饰。脸上的伤有失风雅,他拿了条貂皮围巾遮面。之前宇文普拨派人传唤他去议事厅谈话,第一次在不是战场的地方见鲜卑可汗,辰熙还是很慎重的。

"姚将军,来,快请上座。"普拨见姚辰熙已到,分外热情地打招呼,"伤势恢复得不错啊!"

辰熙行了个大礼:"有劳可汗挂心了,辰熙前来感谢您的救命之恩!"

"姚将军莫见外,您能看得起我小小的鲜卑宇文部,我已觉得十分荣幸了。"普拨很真诚地说道,"你我今后兄弟相称,共谋江山大业,将军意下如何?"

"我也正有此意,可汗抬爱感激不尽!"辰熙一抱拳,"不如我们今日就歃血为盟?"

"说得好,来人,准备好酒!取匕首!"普拨吩咐手下,"本王虚长你三岁,你就屈做弟弟了。送你个名字,宇文庭岳,可好?从此告别过往,与为兄共创天下!"

"兄长在上,受小弟宇文庭岳一拜!"辰熙双膝跪地,双手抱拳,目光赤诚地望着普拨。"好!庭岳老弟,来,快起来,咱们干一杯!"普拨爽朗地笑道。

二人用匕首划破掌心,滴血于酒杯中,将酒一饮而尽。

"这是金丝甲战神面具,老弟武艺超群、战功卓越,今后就戴着吧。"普拨打开一雕琢精美的盒子,展示给辰熙,"战神,受之无愧!"

"多谢大哥赏赐,小弟必当追随大哥,共创霸业!"辰熙接过盒子,再次抱拳感谢。

"从此祸福同当,永不弃誓!"两人异口同声,酒杯碰到一起。

4

一条漆黑深邃的狭长走道，什么都看不见，壁上光滑无尘，脚踩在不知何处，使不上劲儿，飘浮空渺的感觉。一路前行摸索，路漫漫，不知何处是尽头。

依稀能听见泉水叮咚的声响，好似悠扬的琴声，异常遥远，只是无法循着声音前行，能做的只是顺着这条道走，很久很久，声音依然遥远如初。脚步并不因此停止，心中有个信念，要寻找光，寻找出口。

关关雎鸠，在河之洲。

窈窕淑女，君子好逑。

参差荇菜，左右流之。

窈窕淑女，寤寐求之。

……

"心儿，我来看看你们！"闲清阁内屋的门帘被掀开一角，进屋的是大少奶奶郭燕。听得剑心在边踱步边念书，郭燕莞尔一笑："在读《诗经》呀，这么用功！"

剑心见是嫂嫂前来，便放下书，笑盈盈地迎上。"嫂嫂，帮我喂鱼儿了吧？这些天，就麻烦你了，我走不开，只想待在婉冰姐姐身边等她醒过来。"

"嗯，婉冰姑娘还是老样子，没有醒过吗？"郭燕走到床前，看了婉冰一眼。

"是啊，老样子，我昨天弹了一整天的古筝，今天继续弹，顺便再念念诗，这是婉冰姐姐以前经常做的事。"剑心拉过郭燕，在桌前坐下，"大哥说这样做会对婉冰姐姐的尽快苏醒有帮助。嫂嫂你说是不是？姐姐会醒过来的！"

"你大哥天天来这儿吗？"郭燕问道。胞弟郭鹰新接任雁门关驻关将军，去了邺城，主公身边的禁卫军人员也随之调整，剑枫这两日公务特别忙碌，在檀香阁待的时间少之又少，倒有工夫跑这儿来。

"是啊，这两日，大哥都是天没亮就来，干差回来也到这儿，待上挺久才走，怕我寂寞嘛，陪我聊天。"剑心想到大哥，心里就美滋滋的，"他也挺关心婉冰姐姐，想各种方法让我试着唤醒她。"

"嗯，你大哥确实关注一件事情的时候，就会特别上心，千方百计地达到要求。不像你二哥洒脱豁达，凡事随缘的。爹一直以来对你大哥寄予厚望，他也时刻如鞭在身，不得一丝懈怠。现在对姚府带回来的二夫人也一样，切切在心，救人就要救到底。"郭燕每每讲到剑枫，也是满满的仰慕之情，"说起你师姐婉冰，这不明生死的两年中，成了姚辰熙的夫人，这点让人费解啊！"

"是啊，我也觉得奇怪。那时候，婉冰姐姐来我们府上走动多，和二哥经常玩在一起，还有说不完的话。我一直以为她会变成我的二嫂呢！爹娘不是还给他们合过八字吗，怎么就变成姚家二夫人了？"剑心说着噘起了嘴，"等姐姐醒来，我一定要问她，二哥那么喜欢她，为什么要嫁给别人？嗯，不过那个姚辰熙不是死了嘛，姐姐还是可以嫁给二哥的！"剑心脑子倒是转得快，一个人嘀咕起来。

"小丫头，就你主意多，帮哥哥姐姐们的终身大事都给做主了呀！"郭燕见剑心一个人嘀咕不停，觉得好笑，轻轻戳了戳剑心的脑门，"甭操心了，姻缘自有父母做主，再说这事情还有很多没搞明白的地方，这些都要等婉冰姑娘醒来再说。所以呀，心儿现在别操太多心了，就好好照顾你师姐，希望她快点醒吧！"

"知道啦，嫂嫂，我就随便说说。"剑心朝郭燕一吐舌头，转身坐到了床边，拉拉婉冰的手。"姐姐，听到没有，大家都要你快点醒过来。嗯，时间到了，该吃药了。"

"心儿，我先走了，你自己也注意休息。"郭燕起身，见小芙端了药进来，冲她微微一笑，便离开了。

剑心接过小芙递过来的碗，吹了吹，不觉烫手，便开始喂婉冰，一如昨日的精心细致、目不转睛。

罢了，弹古筝，念《诗经》，实在困了，就伏在桌上打个盹儿。就这样，很快夜幕又降临了。窗外的夜空，一轮明月，在闪烁繁星的装点下，显得妩媚冰洁，一如床上静静躺着的人儿。剑心出神地望着星空——

"姐姐，天上有几颗星星呢？"

"很多很多啊，就和心儿的头发一样多。"

"那为什么它们会一闪一闪的呢？"

"就像心儿的眼睛会扑闪扑闪一样呀。"

"为什么月亮只有一个呢？"

"因为心儿只有一个姐姐，姐姐就疼心儿一个妹妹。"

"那又为什么月亮这么亮呢？"

"为了让迷路的孩子找到回家的路呀。"

"嗯，那月亮一会儿圆一会儿弯的又是为什么呢？"

"就像心儿会一会儿开心一会儿不开心一样。"

"姐姐，我有好多问题想问你，你会不会觉得心儿好烦？"

"不会，心儿好聪明的，所以小脑袋里才会有那么多的问题。"

这是她们俩第一次坐在屋顶上看星星。那年剑心六岁，婉冰八岁，一晃十载春秋过去了，往事历历在目。婉冰姐姐，你舍得让心儿一个人赏月看星星，一个人回忆过往吗？

剑心收回目光，叹了口气，不要陷入过往了，要相信婉冰姐姐会醒过来的。

"姐姐,加油哦,我知道你现在迷路了,天上的月亮那么亮,就是让你找到回家的路,你说过的,心儿记得!"剑心看着婉冰,脸上露出甜甜的微笑。

"大小姐,又到喂药时间了。"小芙端药进屋。

"嗯,我来!"剑心小心地接过。

和之前一样,一滴不浪费地全部喝下。可是没过多久,只听得婉冰呼吸急促起来,头开始微微摇晃,脸上也现出红晕。

剑心一惊,赶忙握住婉冰的手,感觉她的掌心也有了温度:"婉冰姐姐,姐姐,你要醒了吗?醒醒啊,醒醒,快点看看我,我是心儿,心儿!"剑心激动地呼唤,眼泪不自主地扑簌簌流下,滴在婉冰的手上。

"扑通"一声,似乎是一脚踏空,掉入了一个深渊,在黑暗中摸索,飘然前行的人想大声呼喊却似被扼住了咽喉,发不出声音,也看不出光亮,唯一有感觉的就是遥远的地方有声音传来,或如泉水叮咚或如锣鼓喧嚣,抑或闹市嘈杂又似婴儿泣咽。想要爬出深渊,却又无能为力。

"噗!"一大口鲜血从婉冰口中喷出,紧接着又是两口。之后,脸色顿时苍白下来,头侧歪到一边。"姐姐,姐姐……"剑心被突如其来的这一切吓得心脉震动,激动地晕了过去。小芙、小蓉听得房中异样,赶紧跑进屋。

"怎么了?"剑枫正巧来到闲清阁,只听得一阵吵闹哭叫声,赶忙往内屋跑。

见屋内乱成一团,他立刻镇定下来。"小蓉,送大小姐回珍玑阁,好生休息。小芙,快去门口找阿东,让他把上回来过的吴大夫请来。然后在外屋守着,我先行运功将婉冰姑娘的心脉护住。"

屋内只剩下剑枫和婉冰两人后,剑枫开始盘坐调息,他没敢让婉冰坐起,自己前倾着身子,摊开婉冰的掌心,将掌心覆于上方,微闭双眼,开始过气。半炷香过后,又对准婉冰的膻中穴,深吸一口气后,开始过气。又是半炷香时间,见婉冰呼吸渐渐平缓,剑枫舒了口气,俯身用指尖轻轻擦拭婉冰嘴边的血迹。指尖能感觉到微弱而平静的鼻息,触碰到轮廓清晰而又冰冷的嘴唇,让他停留了许久。

"婉冰,不论你变成什么样我都不在乎,只要你活着。"剑枫闭眼,吻上了婉冰的唇,眼角的泪滴顺着脸庞滑落。

过了一会儿,剑枫忽然想到什么,起身站到了一边整了整衣服,很快调整好情绪。

又过了一会儿,阿东把吴大夫请来了。"尉迟大少爷,老夫来了!"

号脉、望脸色、看舌苔之后,吴大夫若有所思,剑枫冷冷地看着,身体却无力地靠在木窗框边,心里七上八下。

"多亏大少爷给姑娘真气过穴,疏通经络,护住心脉。她今日呕血,是老夫的药起作用了,帮助她将瘀血排出,姑娘在三日之内即可苏醒,只不过醒来之后是否失明、失语、失忆,尚不可知!"吴大夫作了个揖,"这几日可能还会有呕血或呕吐现象,切莫惊慌,及时帮她疏通经络即可。"

送走吴大夫后,众人又被剑枫请到外屋。"我就知道,你不会让大家失望的,婉冰,我会等你醒过来,寸步不离!"

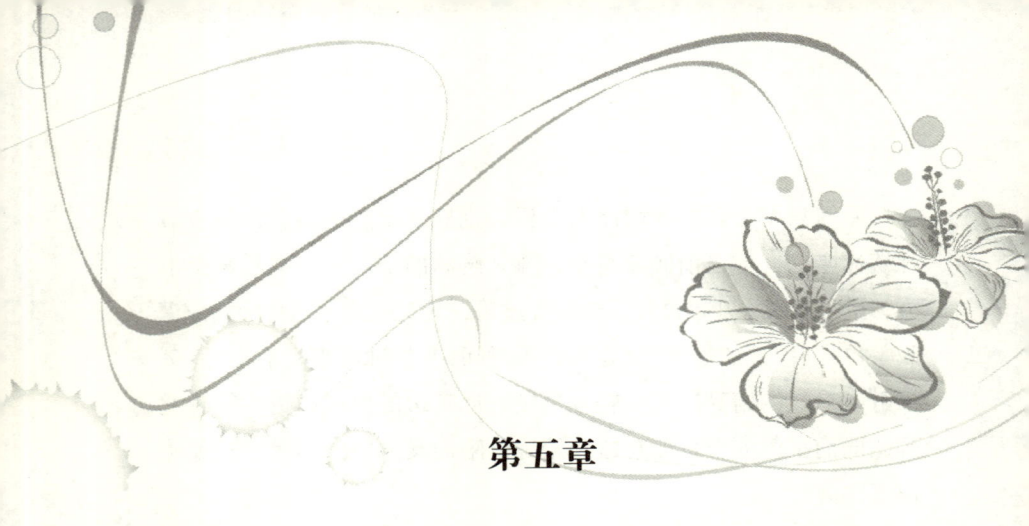

第五章

阴 差 阳 错

这是哪里？婉冰是谁？我又是谁？

1

珍玑阁是尉迟府中最精致小巧的庭阁，背靠后园，从窗口望出去，能见到池塘。每个清晨和黄昏，阳光投映水波泛起的清影斜斜照入，将屋内原本简洁内秀的装饰色彩渲染得活泼灵透，一如阁中主人——尉迟剑心。

剑心醒来已是第二日午时。前日晚，在婉冰房中吓晕后便一直沉睡，几日来的担忧心焦和睡眠不足让她昏沉混沌。这一觉醒来，自觉精神好了很多，急急穿戴整齐后便往闲清阁跑。

婉冰依然昏迷着，脸色依然苍白。剑枫端坐在桌前，独自饮茶沉思，那日父亲的话言犹在耳，婉冰醒来是福是祸，尚不可知。但是不论怎样，都不能让父亲赶尽杀绝，剑枫必然护她周全。

剑心进屋后便见到了正幽幽叹气的剑枫。"大哥，你还在呢，今天都不用去主公那儿吗？"边说着边在剑枫身边坐下，"嗯，给我倒杯水，才想起来，睡醒都没喝过水！"

"你不多睡会儿吗？三天没好好合过眼了！给，喝水。"剑枫都没看剑心一眼，自顾着倒了满满一杯水，放在桌上。

剑心捧起杯子，一饮而尽："大哥泡的茶真好喝！我睡醒就跑来了，这不是担心婉冰姐姐嘛！她没事吧？昨天是吐血了呀，把我吓坏了。"想起昨晚的画面，剑心依然心有余悸。

"没事。吴大夫看过了，说这吐的是体内的瘀血，三天内她会醒过来。不过可能还会发生吐血的情况，要小心照看。"剑枫这会儿抬起头，冲剑心扬了扬下巴。

"哦，婉冰姐姐真的会醒过来吗？太好了，那我还是一直待在这儿，看着她，等她醒。"剑心眼睛一亮，跑到床边，帮婉冰拉了下被子。

"哟，这儿真热闹，兄妹俩都在呢！"郭燕笑盈盈的声音响起，"给剑心带来了午餐，剑枫也在，就一起吃吧。"

"小芙、小蓉表现可好？"郭燕问剑心。

"嗯，药煎得好，饭菜做得好，洗脸水打得好，收拾房间和伺候我换洗衣物都好，没啥缺点！"剑心夹了菜放到嘴里，"那是嫂嫂教导有方啊。今天本小姐好高兴，婉冰姐姐过两天就会醒了。嫂嫂做的菜也特别好吃！"

"小丫头，嘴真甜，这些天你也累坏了，嫂嫂看着心疼啊，给你补补！"郭燕捏了捏剑心的脸颊，微笑着说，"你看，都瘦了！"

剑枫没参与她们的对话，自顾吃饭，一如往昔的冷漠寡言。

"大哥，二哥啥时候回来？"剑心自己吃得起劲，才意识到沉默的剑枫，给他夹了一筷子菜。

"哦，说是去邺城找朋友了。他闲散惯了，随他去吧，过两日就会回来的。"

"不知道二哥回来，看到婉冰姐姐会有什么反应？他们以前可要好呢，爹娘还给合过八字的，要不是两年前那事儿，婉冰姐姐早就是我二嫂了……"剑心乐滋滋地讲着。剑枫脸上划过一丝尴尬和不快，瞬间又恢复了平常，剑心丝毫没有注意到。

"心儿，来，你最爱吃的，多吃点。"郭燕将剑枫的表情变化全部看在眼里，开口打断剑心的话，夹了块秋水鱼放在她碗里。

吃过饭后，剑心给婉冰喂了药。

"这一家子原来在这儿团聚呢！"这会儿进来的是剑枫的侍妾秀琳，打扮得花枝招展，满身香气，"在檀香阁没见你们在，就猜你们在这儿。"

"说话声音轻点儿，别吵了婉冰姑娘。"剑枫没好气地对着秀琳，"你来凑什么热闹！"

"切，能吵醒姑娘倒好了，不是你们求之不得的嘛。你们都在这儿，为什么不让我过来？关心一下婉冰姑娘嘛，真是不识好人心！"秀琳翻了翻眼皮，不开心地说道，"这些天，大少爷你都不来我房里了，我还没说你呢，这会儿来见见你，还是我的不对！郭燕姐，你说这是啥道理？难不成还看上这丫头了，又想纳妾呀？"语气酸酸的，想发火却又压制着。

"秀琳，没有的事，剑枫把婉冰姑娘救回来，那就要救到底的，不能中途不管。再说了，她又是我们心儿挂念了那么久的师姐。这几天是关键时期，等婉冰姑娘醒过来，剑枫就会去看你了。"郭燕很识大体地劝道，"是我不好，应该拉着你一起来的，别生气了啊！"

"哎，你烦不烦啊，想吵架别在这儿吵！"见秀琳又要开口，剑心忍不住了，"嫂嫂，别和她多说，她又不会领你情！我告诉你秀琳，你要吵着婉冰姐姐或者不尊重她，我和你没完；要欺负嫂嫂和大哥，我也和你没完。他们会让着你，我可不让的！"

"你……"秀琳顿时怒火中烧，正欲发怒。

"好了好了，都别说了！郭燕，你陪秀琳去后园走走吧！最近家里事多，大家情绪不好。秀琳，我不怪你，快走吧！"剑枫发话了，只想打发她快走，否则就真要有战火了。

"好，都是我的错，不该来凑热闹的，你们一家全都欺负我，我找老夫人评理去！"秀琳非常委屈，又气不打一处来，转身便往门外走。

"我去劝劝她！"郭燕说了声，尾随秀琳离去。

"郭燕姐，你就没看出来，大少爷他对婉冰那丫头关心过头了吗？哪有这样日夜守着的！姐姐你那年小产的时候都没见他这么上心的！"秀琳委屈得紧，出了闲清阁，见郭燕尾随而来，便放慢了脚步，"哦，姐姐，我不是故意提您不开心的事儿。我是说，大少爷他对那丫头太关心了，就算是心儿的师姐和救命恩人，也不必这样的！那丫头真要醒过来，还不知道会怎么样呢。这堂堂尉迟家的兄妹俩是中了哪门子邪？对个死不死活不活的人这么夜以继日地亲自照料，还都不管自己吃喝睡觉了！"秀琳越说越激动。

郭燕心中也早有这想法，难免没有把剑枫往这方面想过。但是对于剑枫的心，她是了解的，从来没有属于过任何人，包括情真意切的她郭燕。本以为是他的性格使然，做大事的人不在乎儿女私情，但如今见到剑枫看婉冰的眼神，哪怕只是尽量克制不让旁人察觉的那一瞬心疼和温存，也是她郭燕从没见过的，但真是如此的话，又能怎么办呢？

"不会的，秀琳，剑枫他做事有自己的打算，邺城姚家被灭了门，这唯一的活口他留着有用。再说当年是因为他的轻敌，导致婉冰姑娘为救剑心而死，他懊恼了两年，现在这死了的人又出现了，为了弥补过失，也应该如此，否则有失他的英雄自尊。剑枫是个很骄傲的人，不允许自己犯错！"郭燕心中那样想，嘴里却还是这样劝慰秀琳，同时也是劝慰自己。

"姐姐，你就替他说话吧，我可不光为自己急，更为你急啊，你可是他明媒正娶的夫人！就不怕有人抢你心爱的丈夫？"秀琳又是直直地说，"现在纵容他这样,将来你可别后悔啊！哎，真气人，不和你说了，我还是回屋乖乖待着去吧！"秀琳见郭燕不和她一个鼻孔出气，还一个劲儿帮剑枫说好话，懒得再耗下去了，一扭头，便走了。

谁又能阻止"情不自禁"呢？我又何尝不想剑枫能对我情有独钟，但这不是努力就能得来的。"情"这一字，深藏了多少玄机和天道！如果事情发展下去，真如此所料，我何不成全了剑枫，他会感激我的，作为妻子，为丈夫纳妾，也是情理中事。郭燕心里思忖。

伸手不见五指的黑，挣扎着寻找爬出深渊的方法，想呼喊却似乎被扼住了咽喉，发不出声音。刚又是很遥远地传来嘈杂的声音，要探寻声音，可依然没有方向。这究竟是哪里，让人如此身不由己？一急，狠狠甩了下手，却似敲到了东西。

"婉冰姐姐，你醒醒啊！"剑心叫了一声，"大哥，你看，刚刚姐姐手动了，敲到了床沿。"

剑枫抓起婉冰的手，握了握，将它放回被子里。剑心又将婉冰的手拿出被子，双手捧握："姐姐，你快醒了是不是？刚刚有没有敲疼，心儿帮你揉揉。"不知道是激动还是期待，剑心眼角又开始淌泪。

剑枫看着，暗觉心疼，清了清嗓子，坐回桌边，一声不吭地继续喝茶。

过了一会儿,见剑心还是愣着出神:"剑心,来,弹首曲子吧,你婉冰姐一时还不会醒。《国殇》怎么样?"

"嗯!"剑心放下婉冰的手,把它塞进被子,坐到了古筝旁,"大哥,这曲儿好难的,心儿弹不好,不许笑话我。"

"操吴戈兮被犀甲,车错毂兮短兵接。旌蔽日兮敌若云,矢交坠兮士争先。凌余阵兮躐余行,左骖殪兮右刃伤。霾两轮兮絷四马,援玉枹兮击鸣鼓。天时怼兮威灵怒,严杀尽兮弃原野。出不入兮往不反,平原忽兮路超远。带长剑兮挟秦弓,首身离兮心不惩。诚既勇兮又以武,终刚强兮不可凌。身既死兮神以灵,魂魄毅兮为鬼雄。"随着曲,剑枫喃喃念道。

战马、长戟、战车和双眼血红的兵士,绘成了一幅激烈的战争画面。念此诗,时感杀气阵阵。血腥而残酷的是浓浓的战火,永垂千载的是战士的灵魂。一首《国殇》道尽屈原慷慨的一面,也激扬起剑枫心系同胞与胡人厮杀的场面。不知如今几日,西北边境是否有战事?妻弟郭鹰此去雁门关,是否安然?还有二弟剑樟,何日归来?

2

那日剑樟目睹辰路饮鸩惨死后,正欲离开邺城回洛阳。途中碰到了赶往雁门关上任的新任驻关大将军郭鹰。嫂子郭燕的胞弟,自然熟络,以观看大将军接任军队为由,随军来到雁门关,以了解阿乔的情况。当见郭鹰下令将副将以上身份士官全体处死后,心中发怵,找了个借口便离开了。之后又在邺城待了两日,确定并无胡人乘机来犯,便心急火燎地赶回洛阳。

姚家除失踪的二夫人外,全被诛杀。他答应过辰路,要为姚家洗刷冤屈,要找到二夫人。说起二夫人,从未见过,寻起来有些难度,剑樟一路骑在飞奔的马儿上琢磨。"回去先问问爹和大哥,也许他们能帮上忙!"

尉迟子宇的书房。他坐在书桌前的椅子上,头靠着椅背,闭目养神。案头上堆满了各种纸张书籍和待上呈的奏章。自郭鹰接替姚辰熙做了守关大将几日来,顺利过渡,并没有任何战报。汝南王司马亮把尉迟子宇叫去宫中商议了几次,邺城城主是个举足轻重的职位,必须上联主公,下联郭鹰大军,内联邺城百姓,面面俱到。人员的选择,尉迟子宇提议由现任洛阳尚书令郭崇年担任。司马亮权衡之后,无疑这是最好的安排,父子同盟有利于集权,最终认可了提议。

郭崇年是郭鹰的父亲,也是尉迟子宇的亲家公。郭家与尉迟家是世交,儿女的联姻使得他们的关系更加密切。如此一来,尉迟子宇就有如控制住了北方的咽喉,可及时掌握胡人的举动,为司马亮的战报提供强有力的保障。

忽然听得周围有动静,尉迟子宇睁开眼睛,见是夫人在帮他整理堆得凌乱的书桌。"夫人,不劳烦动手,我自己会收拾!"尉迟子宇起身笑道,拉过夫人的手,"夫人哪,我桌上的书籍奏本都由我自己整理就好,你收拾了,我就不知道放哪儿了。美意心领了啊!"

尉迟夫人领会地点点头:"老爷说的有理,一些重要公文如果找不到了可要误大事的,都怪我刚才考虑不周全。"

"不怪夫人,这二十多年了,有如此聪慧贤淑、深明大义的夫人一直陪在我身边,是我尉迟子宇几世修来的福分呢!"尉迟子宇真诚地望着夫人,由衷地说,"只是身逢乱世,我只想给夫人一个安稳的家。"

尉迟老夫妻俩，感情笃深，二十多年来相濡以沫、夫唱妇随、相敬如宾、恩爱有加。朝廷中事，尉迟子宇在家不说，夫人也不多问，心照不宣，十分默契。

"夫人，找我何事？这几日怎不见剑枫、剑心？"尉迟子宇问道。

"都在闲清阁呢，说是照顾那个婉冰姑娘，这俩孩子也真是上心，就为报两年前的救命之恩呢！"尉迟夫人笑盈盈地说。

"俩孩儿重情重义，都是夫人教导有方啊！剑樟那小子有消息吗？说是去邺城找朋友，这么些天了，也没个消息。不过，夫人不用担心，剑樟武艺高强，头脑又灵活，就是贪玩，没事的，很快就会回来。"尉迟子宇劝慰道，见夫人脸上飘过一丝担忧又转眼消除了。

"爹、娘，我回来了！又在说我坏话了呢！"剑樟的声音在门口响起，"这不回来了嘛。"

"樟儿！"尉迟夫人迎上前去，"怎么这么风尘仆仆的？"

"嗐，别提了，这次去邺城真是经历了太惨的事情！"剑樟叹了口气，心事重重地说。

"你没事儿吧？顺利找到朋友没？"尉迟子宇接着问。

"我没事儿，就是先救了人又看到别人杀人，每去一个地方，都是满眼血腥的！我那朋友好惨，满门被杀，自己也被杀了，不过据我所知，他们是被冤枉的，主公糊涂！"剑樟有一句没一句地说着，听得尉迟夫人一头雾水。

"你朋友莫非是姚府中人？"尉迟子宇抓着剑樟话里几个关键词，明白了几分。

"是啊，姚辰路，姚府的大公子，我和他认识很多年了。上回听父亲说，姚府与胡人暗中勾结，我是想去看看情况，顺便劝辰路别走歧路。没想到，主公动作真快，还有一群蒙面的黑衣人，个个下手狠毒，把他们全家都给杀了。就剩下一个二夫人，不知去向！"剑樟想得到父亲的帮助，所以把事情原原本本地说了出来，"爹，你是否知道，蒙面黑衣人是谁派的？我推测不是主公的手下，他们更狠更想让姚家上下全部丢命。所以事情有蹊跷，姚府肯定是被陷害的，主公中计了。"剑樟说出自己的推论。

"哦，是吗？照你这么一说，似乎有些道理，待为父暗中调查调查，如果真有奸人设计，那主公可是丢了姚家的两位重臣哪，奸人意欲何为，可就难说了。"尉迟子宇一本正经地皱着眉，颇有心事地说道，"剑樟啊，你从来不关心政事的，如今怎么也有此心了？好啊，好男儿就应志在社稷！"

"爹，这下你又错了啊，我对政事、战事一点儿没兴趣，你也别想让我像大哥那样成天为公务事儿奔波。我只要琴棋书画诗酒花就足够了，再和三两知己品品茶、研究研究玉石玩物，那才是我要的生活。如今姚府这事儿，也就是为了我好兄弟姚辰路，我答应他要让他们家沉冤昭雪的。"剑樟打开了折扇，向父亲慢慢道来，"爹，你会帮我的吧，找到蒙面黑衣人的头儿，查出事情真相。就算为主公，这也是臣子应该做的，对吧？"剑樟拿扇掩面一笑。

"嗯，爹会帮你的。"尉迟子宇拍了拍剑樟的肩膀，笑笑，"你不是说姚家二夫人不见了吗？她呀，被你大哥救了，在一个安全的地方！"

"真的？有这么好的事！"剑樟听了，不敢相信自己的耳朵，有些激动，"这也太巧了吧，爹没骗我？这么快就找到姚二夫人了！我这就去找大哥！"

"剑樟，你大哥在闲清阁！"见剑樟不假思索地往檀香阁跑，尉迟子宇在他背后叫道。话音刚落,只见他连忙止住脚步,左转往闲清阁方向去了。

"这剑樟,说风就是雨的,一点沉不住气,也不知姚家大公子是他什么朋友,还要帮人家报仇,唉,不省心啊!"尉迟子宇叹了口气,见视野内已没了剑樟的身影,心中思虑颇多,如今剑樟又被牵扯进来,他得想个好法子,稳住剑樟,他和剑枫的计划万不能透露半点风声。

尉迟夫人在旁听着父子俩的对话,明白了事情的大概。"老爷,剑樟是个没有心机、热情不羁的孩子,你要多提点他。和剑枫不一样,满腹才华,都用在了他的'写意人生'上。我不想让他涉政,能开心无忧地做好自己就行。"

"夫人,在这乱世,又有几个能抽身洒脱、诗画人生?涉不涉政,不是自己想怎样就怎样的。只要剑樟能护自己周全,已经很不错了,别的只能看天意了!"尉迟子宇明白,剑樟如今已经涉入这潭浑水了,前面的路究竟会怎么走,他也没有底。

"老爷,你记得吗?那位婉冰姑娘是咱们当年看上的儿媳妇,准备许配给剑樟的,还合过生辰八字的。"尉迟夫人忽然想起。

"这事以后再议吧,婉冰姑娘现在可是姚家二夫人!"多种原因,使尉迟子宇不愿提及婉冰,更不可能接受她做儿媳妇,是否留得她的命,还要视情况而定!

3

"大哥,大哥,我回来了!"剑樟的声音在闲清阁外响起。几秒钟工夫,他便出现在了内屋。"心儿妹子也在呀!"剑樟很兴奋地看着他们。

"气色不错嘛，一回来就找我？"剑枫捶了捶剑樟的胸，笑笑说，"怎么样，邺城一趟，可找到朋友？"

"这个说来话长了，爹说你把姚家二夫人给救了，在哪儿呢？能否让我见见？"剑樟急急地问。

"难道他知道姚家二夫人就是婉冰了？这么急着见，是两年来余情未了吗？"剑枫心想，不禁皱了皱眉。

"呵呵，二哥，你见到姚家二夫人，一定会激动得落泪的！"剑心在旁打趣道。

剑樟见他们二人表情各异，便向床头望去。剑枫瞪了剑心一眼，剑心吐了吐舌头。

女子仍在昏迷中，脸色依旧苍白，眼睛微闭，眉毛的弧度很标准，额上微微冒着虚汗，小而笔挺的鼻梁，线条柔润而又苍白的唇。剑樟目不转睛地看着她，一边走向床头，站定后沉默了许久，脑海中不断涌现的是他和婉冰小时候在一块儿聊天玩乐的画面。

"婉冰！"他轻轻呼唤了一声，泪不由得滑落脸颊，"她怎么了？"

"二哥,她是婉冰姐姐,你也认出来了吧！"剑心看着剑樟，"姐姐她到家里来第四天了，一直昏迷着，不过大夫说她会醒的！"

剑樟顿时感觉脑袋混乱起来：姚家二夫人、婉冰、剑心死去的师姐、被大哥救回来的陷入昏迷的女子……她们是一个人吗？

剑心慢慢地叙述着来龙去脉，将剑樟拉回现实中，事情来得突然，让他不知所措。他默默地站在床边，看着这名女子出神。

"我先回沉香阁了，明天再过来，大哥，明天告诉你我在邺城发生的事。"过了一会儿，剑樟回过神低声说道，用力地甩了甩脑袋，离开了。

月光下的沉香阁，显得古朴淡雅，楼阁有三层，楼顶尖尖的，扬起的四个角上装点有各种小兽，窗很多很大，在外就能看见阁内的布置，笔墨书画居多的屋子里，点着冉冉的香，袅袅青烟后是正在抚琴的楼阁主人——尉迟剑樟。

琴声时而婉转，时而奔放，时而低靡，时而高亢，抚琴人的思绪已飞向了很远。

"这脚要踩实地面，双腿自然分开，不要坐得太深，手臂和肩自然松弛，然后自然手型，是这样，大拇指略微展开，手指自然弯曲，手呈半握拳状。嗯，婉冰真聪明！"

"剑樟哥，你真厉害，什么都懂！"

"这是最基本的姿势，你已经做得很好了，接下来给你说说左右手的指法。有吟按指法和拨弹指法……"

"嗯，可以弹出乐曲声音了啊！"

"慢慢来，这基本功练好了，弹起琴来不仅别人看着美，而且自己也舒服，弹再久也不会累！"

这是婉冰第一次见到剑樟抚琴，便被吸引，闹着要剑樟教她，于是剑樟就变成了婉冰的古筝启蒙老师。那一年婉冰七岁，剑樟八岁。

"婉冰，你怎么看《诗经》？"

"孔夫子说：'不学《诗》，无以言'；又说'《诗》三百，一言以蔽之，曰：思无邪'；还说'诗教，温柔敦厚'。"

"嗯，那都是孔夫子说的，你怎么说呢？"

"《诗经》里写的都是周朝时期的社会生活，比较平和，念起来很上口，我很喜欢！剑樟哥怎么看？"

"三种体裁和三种修辞手法，合称'六义'，是《诗经》的精华所在，我很欣赏它的表达方式，多意境和气氛的渲染，让人身临其境。是我最近最爱念的书。"

"嗯,我以后来找剑心的时候,你也来好不好,我们一起念诗!"

"好,一言为定!"

那年,婉冰九岁,剑樟十岁。

"剑樟哥,你看我画的《秋霜图》。"婉冰站在画桌前,刚完成一幅画,手中的画笔还没放下。

"哦,取名《秋霜图》?有点意思!"

"你看,哪儿需要改进吗?"

"这儿的知了,来,这样点几笔,你看,是不是就活了!"剑樟覆上婉冰的手,画了几笔。

婉冰脸一红。

那年,婉冰十二岁,剑樟十三岁。

回忆那么多,不断地涌现在剑樟的脑海中,婉冰你真的没死吗?你躺在那儿,我却没勇气一直陪着你。

这天夜里,婉冰又吐了两大口血,剑枫及时替她运气疗伤,没出什么岔子。剑心也一直不眠不寐地照看,不敢丝毫懈怠。

眼前还是漆黑一片,依然身处深渊,努力地想往上爬。遥远的地方还是会传来各种声音,只是发现在更远的地方有一丝光,很细很细,可是无法走近。

4

天刚蒙蒙亮,剑樟就来到了闲清阁,剑心趴在桌子上睡着了,剑枫盘腿坐在凳子上调息养神。剑樟未出声,在一边等着。少顷,剑枫睁开了眼睛,见弟弟站在跟前,便拉起他来到了外屋。

"我在郯城遇到的两次蒙面黑衣人,应该是同一个地方派来的，个个身手很好，据我推断，他们不是主公的人。大哥，你救婉冰的时候，姚府是什么情况？看到凶手了吗？"退到外屋，剑樟说起了邺城的遭遇。

"我去的时候，姚府人都已倒在血泊中，唯独婉冰还活着，头部是被钝器重力击伤的。没看到凶手，已经撤退了！"剑枫说道，同时也舒了口气。从剑樟的话听出来，对蒙面黑衣人的身份一点没谱，压根儿不会和剑枫联系起来。"二弟，你说你的朋友，是姚辰路？"

"没错！我想为他找出事情的真相，不能让他一家二十余口白死！"剑樟很认真地说。

"如果找到凶手，你打算如何处置？"剑枫不动声色地问。

"手刃凶手，为姚家报仇，为天下正义之士立威！"剑樟信誓旦旦地说。

"好，大哥答应帮你一起找！"剑枫拍拍剑樟的肩膀，"二弟长大了，有担当了！"

"大哥，还没谢谢你呢，你救了姚二夫人！也算帮我完成了一件答应辰路的事。"剑樟始终称呼她为姚二夫人。

"不用谢我，她是我自己要救的，不是替你救的！婉冰是我心头一直的愧疚，也是心儿的师姐。和你没关系！"剑枫严肃地说道，"找到她的那一刻，我就发誓此生再不让她受一点伤害！"

剑枫说完，不等剑樟回话，转身回了内屋。他，知道自己的心，所以霸道。

剑樟怔怔地站住。他很敏锐地抓住了剑枫的心思，心里一阵抽疼。"婉冰，你还记得我吗？快点醒来，告诉我，你从小就喜欢我，我们要继续两年前的约定！只是为什么，我现在连看着你等你醒来的勇气都没有？为什么你变成了姚二夫人，你终究还是负了我!"剑樟各种念想涌现,头疼不已,便离开了闲清阁。

"大哥,你看,婉冰姐姐的脸色好了很多,是不是快醒了呀?"剑心指着婉冰,拉着剑枫的胳膊。

"是的,第五天了,照吴大夫所说,这两天应该要苏醒了。"剑枫道,走到床边号了号婉冰的脉,"心儿,你今天继续弹琴,对你姐姐有好处。"

沉香阁。地上横七竖八地丢弃着被画得乱七八糟的纸,剑樟在不断地乱涂乱画,心里烦躁不已,不时拿起一旁的酒壶,往嘴里灌。

这不可能,婉冰是爱我的,她嫁给姚辰熙是被逼无奈的,大哥对她也只是一厢情愿,她不会接受的。半醉半醒之际,胡思乱想,不知不觉地醉倒在画桌旁。

等酒醒来,已经是黄昏了。剑樟赶忙收拾了一下自己,朝闲清阁跑去。

远处又是泉水叮咚作响,那么让人心旷神怡,黑暗中似乎找到了踏脚的搁板,爬出深渊有希望了,爬出去找到泉水就能找到洞口,重见天日。这样想着,如此激动人心。

"哇!"突然婉冰又是一口鲜血喷出,同时人坐了起来,睁开眼睛。

剑枫立刻坐到婉冰身后,以防她倒下摔着头。"婉冰!"

"婉冰姐姐!"剑心也迅速跑到床前,抓住了婉冰的手,目光与她交会,示意着她,"认得我吗?我是心儿啊,剑心,尉迟剑心。"

眼前忽然一道强光,终于爬出深渊了,见到的景象是如此陌生。一张秀气扑闪着大眼睛的脸,表情喜忧参半又充满期待地望着自己;陌生的房间和布置。这是哪里?她是谁?尉迟剑心是谁?

婉冰是谁？我又是谁？一时间不知所措，只是茫茫然地望着剑心，忽感头痛欲裂，眼睛一黑，便向后倒去。那是一个宽阔的胸膛，似乎有些熟悉，还有淡淡的檀香，也不陌生，他又是谁？婉冰想睁开眼睛，眼皮却沉重地睁不开一丁点儿，随后便失去了意识。

剑枫让她靠在胸前，一手运气握住她的内关，待呼吸平稳后，扶她躺下。

"小芙，让阿东去请吴大夫！"冲外屋喊了声。

"大哥，姐姐怎么又晕过去了，刚不是睁开眼睛了吗？不过眼神很空洞，好像不认得心儿！"剑心颇失望地问剑枫，"她睁眼看着我的时候，我真开心，婉冰姐姐又回来了，可是就一会会儿，又昏了！"剑心想想伤心，受委屈似的泪流不止。

剑枫抱了抱剑心，替她拭去脸上的泪。"心儿乖，别伤心，你婉冰姐姐已经醒过来一次了，不过还没算完全苏醒，毕竟伤那么重，能保住性命已经不错了。要有耐心哦，心儿，下回再醒过来就好了。"说罢，又望望婉冰，"我能感觉到，你姐姐也在努力地想醒过来，她舍不得离开我们！"

吴大夫不久便到，仔细查看病情之后，在药方中加入了石菖蒲、远志、酸枣仁和茯神。"大少爷可放心，姑娘已无性命之忧，很快就会苏醒，但可能会有失忆、失明、失聪的情况发生，要有心理准备啊，治疗起来时间会比较长，甚至无法治愈！"

"有劳吴大夫了，非常感谢！"送走吴大夫后，剑枫在内屋慢慢踱步思索。"失忆是会忘记过去吗？这样也好，忘了姚家，和我重新开始；失明、失聪，那就让我做你的眼睛和耳朵！婉冰，不管你变成啥样，我都会一直在你身边！"

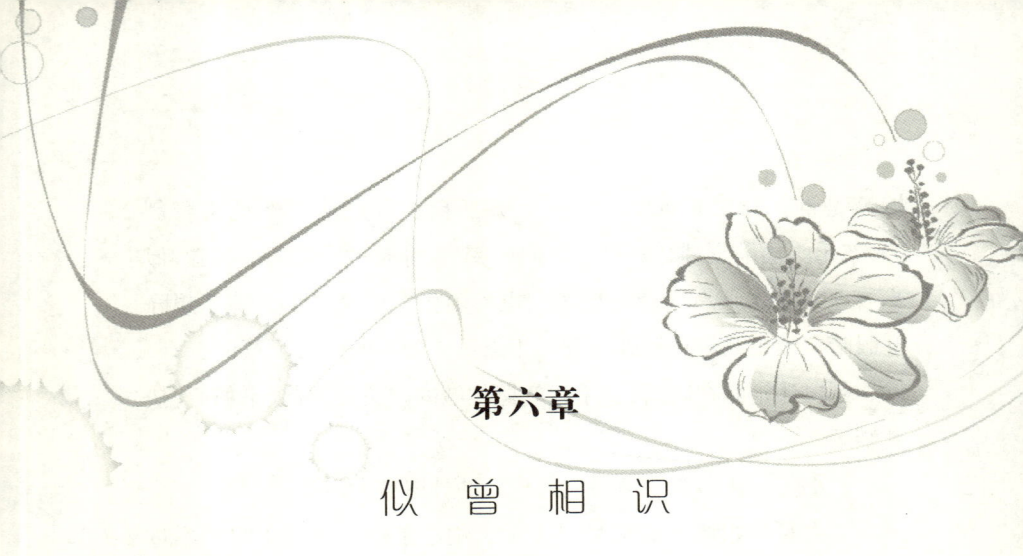

第六章

似曾相识

千万不可因儿女私情误了军政大事!

1

襄阳,也是个繁华的城池,与洛阳相距六百里,在主公司马玮的掌管下,各项事务井井有条。司马玮,封号楚王,年少有为,平日里对百姓乐善好施,民意颇高;对手下诸文武官员奖惩严明,备受拥戴。又得皇后贾南风厚爱,势力逐日扩大。

司马玮的襄阳宫并不奢华,面积不大,风格颇有江南园林秀美精致之韵。亭台楼阁错落有致,低调温婉,看不出一丝霸气。

"主公,潜龙来了,在望水亭等您!"贴身护卫冥将军禀告。

"好,这就去。"司马玮搁下手中繁忙的公务,起身便走。

望水亭是襄阳宫中一隐蔽的处所,三面环水,一条被茂密植被覆盖顶部的小路,连接着亭子和书房一侧。来人身着黑斗篷,斗篷遮住了除眼睛外的身体所有部分。司马玮急急地赶到,冥将军退到一边守着。

"潜龙,事情办得如何?"司马玮对着来人背影问道。

来人听得司马玮声音,转过身对他抱拳道:"主公计划周密,潜龙已顺利完成任务。如今邺城已全部掌握在我手中,请主公放心,有任何风吹草动,我必速来通报!"

"好,潜龙办事,本王放心!"司马玮拍拍来人的肩膀,"只是一直委屈你穿戴如此来见我,着实有失你体面呀!"

"为主公做事是臣的使命,不惜肝脑涂地。臣明白,此事事关重大,臣的身份切不可暴露,为主公大业所做一切,臣赴汤蹈火、万死不辞!"来人单膝跪下,再次抱拳说道。

"潜龙,快请起,你自己也一定要小心!"司马玮连忙扶起他,"来回路上你可要多加注意,万不能暴露身份!"

"是,主公,那我走了,再等我消息!"整了整斗篷,便快速离开了。

洛阳尉迟府沉香阁。

"二少爷,你怎么没去闲清阁,在这儿发什么愣呀?"秀琳走进剑樟的屋子,酸酸地问道,"哥哥妹妹都在那儿,你一人落下了!"

剑樟看了秀琳一眼:"那你怎么不去?"

"去过了,被你大哥赶出来了,说我嗓门大,怕吵了他的宝贝婉冰。你妹妹呀,也帮着一起凶我,说我欺负他们。唉,真不知道中了哪门子邪,见到个婉冰姑娘都像丢了魂一样!"秀琳酸溜溜、添油加醋地说道,"我真奇怪了,你不是婉冰的未婚夫嘛,怎么反倒不守着那丫头?"

"我的事不用你管,婉冰的事也不用你操心!"剑樟见她是来故意挑拨关系的,语气很冷漠地说道。

"哎哟哟,看看,这二少爷原来也一样丢了魂了,一门心思都在婉冰身上呢！"秀琳阴阴一笑，"别怪我没提醒你哦，好歹我也算你嫂子，你这样啊，婉冰早晚被你大哥抢去，你就傻站着吧！"

"你闭嘴，我大哥是正人君子，婉冰该是我的终究是我的，不是我的，跟着大哥也不错，不用你操心！"剑樟被秀琳直直地触到了脆弱的神经，愠怒地说，"你走吧，别烦我！"

"唉，真是不识好人心啊，未婚妻要被抢了，还不敢去争取回来，真够窝囊的！"秀琳白了剑樟一眼，扭腰离开了。

剑樟愤怒，随手摔了个杯子。

"婉冰，我喜欢你，想一直这样陪着你。"

"说什么呢？真害羞。"

"我是认真的，明天我就去和爹娘说，给我们定亲，你愿意吗？"

"剑樟哥，让我想想吧，我还没想那么早嫁你！"

"哦，那就是说想好嫁我的，就是没那么早，对吧？"

"哼，你欺负我，不想理你了！"

"呵呵，回来，这辈子你都休想跑。"

"好吧，饶了我，不跑了！"

"这么说，答应嫁我了？太好了，婉冰，我会让你做天下最美丽最幸福的女人！"

往事如烟，婉冰，你忘了我们的约定吗？等你醒过来，我一定要你回答我。剑樟深深地咬住了自己的嘴唇！

"大哥如此尽心尽力地为婉冰耗费真气，彻夜不眠，痴痴守候，换作是我，也不过如此吧。"前一日，剑樟在闲清阁外屋看到婉冰吐血醒来又昏过去的那一幕，剑枫的表现深深拨动着他内心深处的那根弦，生生的感动又生生的嫉妒。"别多想了，等婉冰醒来，一切就都有答案了！"

午后，阳光透过没有拉严实的窗帘间的一条缝，直直地照进屋里。婉冰脸上有了血色，整个人看起来也不像之前那么没有生机。剑心小心翼翼地帮她擦脸擦手，充满期待地等着她的再次醒来。剑枫在旁翻看《史记》，又时不时地看看婉冰。

剑心回到古筝边。这几日，弹古筝的水平着实进步了不少，领悟到用心与作曲者交心，不需要言语，琴声可以诉说很多很多。一曲《夕阳箫鼓》信手拈来，开始诉说优美柔情的江南水乡。

婉冰缓缓睁开了眼，那梦里依稀的泉水叮咚声原来是古筝的乐声，在抚琴的美丽少女如仙子般甜美温婉，她是谁？坐在茶桌前正看着书、微微蹙眉的男子，五官轮廓如此俊朗，他是谁？这舒适的床，布置清雅的房间，是哪里？

"婉冰，你醒了？！"看着书的男子忽然一声呼喊，吓了婉冰一跳。"是谁醒了？是我吗？"她有些困惑。

琴声戛然而止，继而响起的是少女的惊呼："姐姐，你终于醒了！"

没等婉冰反应过来，他们俩就出现在她的面前。"姐姐，你认识我吗？"剑心问，见婉冰摇头，剑枫直起身退后了一步。"我是心儿啊，你最疼最亲爱的师妹啊！"剑心不死心，想让婉冰赶快想起她。

"那他呢？你认得不？是他救你回来的！"剑心指着剑枫，问道。婉冰依然摇头，无力地闭了闭眼，又睁开。

"剑心，你姐姐刚苏醒，体力还很差，别惊扰了她，不着急啊，慢慢来。"剑枫抱抱剑心的肩，缓缓地说。

"那我呢？你不会忘了我的，婉冰，对吗？"不知何时，剑樟出现在床头。

婉冰看了他一会儿，默不作声，闭起了眼睛。"他们是谁？好像都和我很熟。我又是谁，究竟怎么了？"

一阵淡淡的檀香，婉冰又睁开了眼，循着香味，目光定格在剑枫脸上。"可以告诉我，你是谁吗？"终于，她开口说了醒过来后的第一句话。

"尉迟剑枫。婉冰，谢谢你醒过来！"剑枫说得很小声，生怕惊坏了她。

"婉冰姐姐，我是剑心啊。"剑心拉起了婉冰的手，"你师妹啊，我们十年前就在一起玩了！"

"尉迟剑心？"婉冰问道。

"是啊，是啊，姐姐记起我了是吗？能叫出我的全名！"剑心兴奋地灿烂一笑。

"剑枫、剑心，你们是兄妹，我能听出来，那肯定都姓尉迟了！"婉冰也莞尔一笑，"你弹琴很好听！"

"嗯，姐姐，你比我弹得更好呢！等你身体再好些，我要你弹给我听！"剑心恢复了活泼的本性。"还有他呢，我二哥，尉迟剑樟，你们以前定过亲的，记得吗？"

婉冰一怔，又看了看剑樟："没印象，好像真的不记得！"又有些不好意思地笑笑。

两兄弟沉默无语，各怀心事。剑心却打开了话匣子，把她们小时候的回忆有一搭没一搭地说给婉冰听。

"好了，心儿，你姐姐累了，让她好好休息吧，你也赶紧回去睡觉，五天没好好休息了。"剑枫见剑心眉飞色舞地说个不休，忍不住打断了她，"等休息好了，再过来，来日方长嘛！"

"嗯，好吧，那姐姐你好好休息，我去睡觉了，大哥不说我还没觉得呢，现在发现真的很困，呵呵，那我回去了。大哥，你陪姐姐一会儿，也去休息哦！"剑心笑着离开了。

"我也走了，婉冰，你好好休息，改日再来看你。"剑樟温柔地一笑，转身离开了。

"剑枫少爷，你能不能告诉我，我这是怎么了？为什么剑心说的，我一点都不记得？"婉冰见屋里只剩下剑枫一个人，便不好意思地问道，冥冥中感觉他是个可以让她信任的人。

"叫我剑枫就好。你头部被重器击伤了，昏迷了几天，现在才醒，暂时一些事情想不起来，没关系，慢慢会好的……别担心，我会一直在你身边。"剑枫握着婉冰的手，目光凝滞在她的脸上舍不得离开，"两年了，我一直活在深深的愧疚中，也许是上天可怜我，从我找到你的那一刻起，我决定这辈子不会让你再受一丝伤害。你昏迷的这些天，我想得很清楚，不论你是什么身份，不论你变成什么样子，只要你活着，我就不会再让你离开！"言毕，将婉冰拉入了怀中。

婉冰听得云里雾里，不知所云。被忽然的拥抱一惊，刚想闪躲，却感到这个胸膛并不陌生，还有那淡淡的檀香味，如此的似曾相识。

2

尉迟子宇的书房内。

"爹，婉冰姑娘是得了失忆症，对过去的一切一无所知，连自己是谁都不记得！我看就算了，我们不必对这样一个弱女子赶尽杀绝吧！"剑枫郑重地向尉迟子宇表达自己的想法。

"失忆就不会恢复吗？万一哪天她想起来，可如何是好？剑枫，不可有妇人之仁啊，爹的意思还是要杀了她，以绝后患！"

尉迟子宇不肯让步,为了主公,为了尉迟家,姚家的人一个不能留!

"爹,我会一直看着她,不会有事的,她如果真的恢复记忆要报仇,我们再杀她不迟!"剑枫坚持自己的想法,爹要婉冰的命,说什么也不会同意的,"您叫儿子现在对如此弱女子动武,我实在下不了手。"

"也罢,你不小了,做事也向来有分寸,爹就随你吧。但是,剑枫,有一点一定要牢记心上,千万不可因儿女私情误了军政大事!"尉迟子宇叹了口气,语重心长道。

"谨遵父亲教诲,儿子牢记在心!"剑枫叩首道,松了口气,心中放下块大石头。笑容在心中绽放,脸上依然冷峻。

大清早的闲清阁,婉冰半躺在床上,闭目养神,刚喝了口水,有些恶心,头依然昏昏沉沉的,还会不时地剧烈疼痛。对过往,一片空白,努力要回忆些什么,丝毫没有丁点记忆。对昨天剑心叙述她俩的姐妹情深,也一点无感。

"婉冰姑娘!"来人是位衣着考究、慈眉善目的老妇人,慈祥的笑容极有感染力,让人舒心。婉冰回报以浅浅的微笑。

"我是剑心的娘。"老妇人说,"他们兄妹仨见你醒了,个个都跑来跟我报喜呢!"

"老夫人,小女子劳您费心了!"婉冰很有礼貌地说道,轻轻还了一个礼。

"姑娘,千万别见外,都是一家人,你打小就和剑心玩在一起,和剑樟又定过亲。等你病好了,我还准备迎娶你进门呢。"尉迟夫人很开心地说,"这事儿,硬是被耽误了两年。"

见婉冰沉默不语,以为她又不舒服了。"哪儿不舒服要说哦,及时请大夫,那样才好得快。婉冰,你好好养着,多想伤神!恢复记忆是需要时间的,不用着急。你休息吧,我先走了。"

"老夫人慢走！"婉冰在床上行了个礼，尉迟夫人爱怜地笑笑，转身离开了。

脑子依然一片空白，每个人都在说两年以前的事情。从各人的话语中明白，婉冰两年前不知为何离开了尉迟家的众人，并且杳无音信，使大少爷剑枫愧疚不已，几天前又被剑枫无意间所救，昏迷至今，众人对她的忽然回来深感意外。还有那个二少爷居然还与她定过亲，但怎么感觉那么生疏呢？婉冰的故事似乎有些复杂？我就是婉冰？她想着，又感觉头疼。

小芙端来了药，婉冰不劳烦她人，自己喝了。"小芙，谢谢你啊，这些天辛苦你们了！"

"姑娘，不用见外，我也没帮什么忙，是大少爷和大小姐日夜守候着你呢，都没离开过！"小芙笑笑说，"姑娘以前对我们就很好，小芙现在所做的都是应该的。"

"大少爷，您来了，你们聊！"小芙正收拾药碗，抬头见到了穿着官服神采奕奕的剑枫。

剑枫冲她点点头，来到婉冰床前："婉冰，今天气色不错，感觉好很多了吧？我今天要去宫里，压了很多事，主公召见！你好好休息，我处理好公务就回府。"剑枫拉了下婉冰的手，淡淡一笑，便起身离开了。

婉冰目送剑枫的背影离去。两年前该是他的爱人吧？怎么会是二少爷的未婚妻？如何才能尽快找回失去的记忆？

"小芙，房里有书吗？能否拿本给我看看？"婉冰觉得无趣，问道。

"有本《史记》，是大少爷这些天一直在翻阅的。"小芙把书递给半倚在床上的婉冰。

《史记·卷四十九·外戚世家》，婉冰打开了卷轴，开始翻看。婉冰想起，这书她读过，但理解不深入，她最喜欢的是《乐府民歌》。

"婉冰姐姐，今天可好，我醒得太迟了，这才过来。"内屋门帘掀起，剑心的脑袋探了进来，"嗯，精神不错，还看书呢！"剑心见她捧着书，便乐呵呵地坐到了床边。

"剑心，你来了，休息得好吗？不用担心我的，我很好。"婉冰微笑而有礼貌地说道，"你照顾我那么多天，寸步不离的，真是辛苦你了，让我很过意不去！"

"姐姐，你别和我这么见外嘛，心儿照顾你都是应该的。两年前你舍身救我，我一直以为你死了。现在多好，你又回来了，还能和我说话。虽然不记得过去，但是心儿会慢慢告诉你……"说着说着，有些哽咽，喜极而泣，"姐姐，我们还是和以前一样，最亲密的姐妹，不要和我那么客气，心儿会觉得陌生的。"

"好，知道了，那心儿弹琴好不好？我喜欢听你的琴声，我昏迷的时候，就依稀听见这声，循着声醒过来的。"婉冰故作亲密地和剑心说。

"这个善良的姑娘对我如此情深，虽然如今她对我来说完全是个陌生人，但还是要尽量尽快地熟悉起来，适应婉冰以前的身份。"她暗自对自己说。

3

"心儿，陪我去屋外走走吧！"过了几日，婉冰感觉精神好了很多，向剑心提议。

"可以吗？姐姐，出去走走也好，带你去池塘边，那儿有我养的锦鲤，可漂亮了。"剑心满面春风地说。婉冰这几日恢复得迅速，头疼次数越来越少，已不是整日待在床上了，时常在屋里走动。

"衣服都要穿好,千万不能着凉了!"剑心转头冲外屋喊了一声,"小芙,我要陪姐姐到屋外走走,准备衣帽鞋子!"

待一番精心打扮后,剑心终于放心地拉着婉冰出门了。小芙、小蓉在后跟着。后园的长廊倒映在池塘水波中,与安然游戈的锦鲤融在一起。

"心儿,这鱼都是你养的吗?"婉冰望着池中体格健美、色彩艳丽的鱼儿,"真好看!"

"嗯,我天天亲自喂它们的。它们是我的宝贝,其实姐姐你以前都知道的,你看那条,通体鲜红的,是你最喜欢的,我们叫它'红宝石',还是你先叫起来的!"剑心伸手指着水里的一条鱼,"就那几日,我在你房里没出来,委托嫂嫂帮忙喂了下。哦,对了,嫂嫂是大哥的妻子,叫郭燕,人特别好,改日带你见见她。你昏迷的时候,她也来看过你,还给我送好吃的,小芙、小蓉也是她房里的。"

"哦,你大哥成亲啦?"婉冰微微有些失落。

"是啊,还有秀琳,是大哥的侍妾。"剑心介绍道,"不过我挺讨厌她的。"

"哦。"婉冰应了声。

"大哥很好的,我以后要嫁就嫁像他那样子的!"剑心昂头笑说。

"二哥还没成亲呢,两年前和你定过亲,后来大家都以为你死了,爹娘要给他说亲事,他都没答应。现在,婉冰姐姐,定的亲还算数吗?你会不会嫁给他?"剑心挺关切地问。

婉冰摇摇头:"我想应该不会吧,我对这事儿一点没印象,和你二哥也觉得陌生。"对如今的她来说,剑樟完全是个陌生人。

"没关系,姐姐,以后会想起来的!"剑心见婉冰情绪不高,连忙换了话题,"这鲤鱼呀,从我记事起,就一直是我喂它们了……"

不远处的沉香阁中传来琴声。"心儿,府上还有人弹琴吗?"婉冰问。只听得琴声低沉悠扬。

"嗯,是二哥!说起弹琴呀,他可是你的启蒙老师,他教的你,然后你教的我,再后来我们一起拜师傅学。二哥是自学成才的。"剑心边解释边拉着婉冰来到了沉香阁下。

"二哥,你下来,我们在这儿。"剑心抬头对着楼上窗户里的身影喊道。

半分钟后,剑樟出现在她们跟前。

"婉冰姑娘,恢复得不错啊!"剑樟打开扇子,笑笑。

"二少爷,打扰你弹琴了!"婉冰回礼道。

"二哥!有必要那么客套吗?"剑心见他们如此,忍不住了,"还是我在,你不好意思啊?那我先走了,你们好好聊聊,我就在那儿和鱼儿说说话。姐姐交给你了,还给我时,不准少一根汗毛!"说完,调皮地一笑,转身跑开了。

"婉冰,你真的一点不记得我吗?"剑樟打破了尴尬,问道,"姚辰熙也不记得吗?"

"姚辰熙,是谁?剑心他们好像没提起过。"念在嘴边不觉拗口,但的确记不起来!

"他是你的丈夫,大哥把你从姚府救回来的时候,姚家上下除你之外,全部被害。姚辰熙是雁门关驻关大将军,也被害了!"剑樟观察着婉冰的情绪变化,见她有些茫然,并无情绪波动。不记得了也好,就不会伤心了。

"婉冰,不记得也罢,重新开始新的生活吧,一定要开开心心的。不管你是否有一天会想起我,不管你以后是什么身份,我会一直在你身边,护你周全!"剑樟温柔地望着婉冰,风吹起她的秀发,剑樟伸手理了理吹乱在她肩上的碎发,"不管你以后做什么决定,我都会支持你、理解你,所以你不要因为我而有任何压力,我只要你平安快乐!婉冰,你现在也许不太明白我说的话,但你记着就好,以后会明白的。"这些天来,剑樟想了很多——如果婉冰能重拾记忆,不仅是他大哥和他之间,还有姚辰熙,她或许会因为不忍心伤害任何一个人而为难痛苦。而他能做的,就是尊重婉冰,不争不抢。

"嗯,谢谢你二少爷,我记住你说的了。"婉冰低头勉强一笑,"姚府"这两个字也同时印在了她的脑海。

"叫我剑樟就好,否则太见外了。"剑樟笑笑,"外面风大,和剑心一起回去吧,走,我送你。"

"剑心,你姐姐还你了,没少一根汗毛的!"剑樟拍拍剑心的头,"快回去吧,出来挺长时间了,对于大病初愈的人来说,还是要以休息为主!"

"嗯,遵命,这就回去了。"剑心俏皮地和剑樟敬礼。剑樟目送她们的背影消失,叹了口气,转身回沉香阁。

又是一轮明月,淡淡的月光洒在尉迟府,剑枫骑着马回到府上。刚下马,便往闲清阁走去。那是一曲不常听到的《上邪》,弹奏得如此动人心魄。他缓步走入内屋,怕惊扰了弹琴人。婉冰沉浸在自己的乐曲声中,没发现剑枫的到来。一曲终了,抬起了头。

"剑枫,何时来的?弹琴失神,没注意到你来!"婉冰不好意思地笑了笑,站起身,见他还是一身官服,"才回府?用过晚膳了吗?"

"不麻烦,婉冰,我在主公宫中吃过了。"剑枫坐下,从抽屉里拿出一包茶,"方便的话,沏壶茶喝吧。这儿有主公赏的滇青茶，我来泡给你尝尝。"

"剑枫，我来！"婉冰拿过茶，将茶具放到桌上，信手泡了起来。烫壶、置茶、温杯、高冲、低泡、分茶、敬茶、闻香、品茶，一气呵成。剑枫看着发怔：婉冰何时学得如此专业的泡茶手法？两年时光说短不短，足以让一个人变化很多，包括那曲弹奏得如此缠绵动情的《上邪》。

"婉冰，这泡茶手艺倒没忘记，还有那曲《上邪》。"剑枫握住婉冰的手说。

"是啊，拿在手上就觉得熟悉，可能以前经常干这些事吧。"婉冰笑笑，她也惊讶于自己如此娴熟的沏茶手法。"但为什么尉迟家人所说的过往，一点想不起来？"婉冰暗自奇怪。

"你还记起什么吗？"剑枫问道，"比如两年前破庙的事，还有你在姚府的事儿？"

"不记得。"婉冰摇摇头，努力回忆的时候忽然有些头疼，不禁揉揉太阳穴，闭了闭眼睛。

"好了，婉冰，别想了，别强迫自己回忆。"剑枫见此，有些不忍心，"你坐着，我来替你真气过穴。"说着，起身站到她背后，调息，掌心对准婉冰的太阳穴。

"好些了吧？"过了一会儿，剑枫收回手，坐下，额头上布满了密密的汗珠。

"嗯，头不疼了。剑枫，谢谢你！"婉冰感激地看了他一眼。

"那我走了，你也早些休息吧！"剑枫喝了一口茶，转身离开了。

4

沉香阁。

剑樟站在窗前欣赏月色,右手拿着折扇轻敲着左手掌心。

"婉冰对那日发生的一切没有任何记忆,在她这儿是找不到杀害姚府上下的线索了,我得另找办法。辰路兄,你的弟妹找到了,我和大哥必定会保她平安无事。只是案发的线索至今没有头绪,给我些时间,一定会让你家沉冤昭雪。"剑樟心中默默念叨,"大哥近日一直在主公宫中做事,他该能帮上忙的。"

整理出六封在邺城城北驿站找到的姚辰熙与卫伊茗的来往信件,自己誊抄了一份。又沉思了许久,整了整衣服,出门了。

"大哥,你看这个。"剑樟来到剑枫房里,见他正盘腿端坐,闭目调息,知道他又耗过真气了。

"怎么了,剑樟?"剑枫睁开了眼,接过他递过来的信件。

这六封信他都看过,是他的手下控制了城北驿站。不过不能告诉剑樟。"果然,在主公手上定姚辰熙叛国罪的信件是假造的。不过二弟,这事不能禀告主公,这是让他承认自己杀错忠臣的证据,叫他以后如何让文武官员臣服?为了主公的名誉,我先替你收着。你放心,我会找出写污蔑信的幕后黑手。我明天就去主公宫中问问情况,当时事发紧急,几日之内就将姚家正法,也许确有很多尚未查清之事!"

剑樟走后,剑枫舒了口气,这几封信件手下一时大意没有带走,再去找时就已寻不见了,还好在剑樟手中。如此重要的证据,万不可见天日啊!同时,又有一丝担忧,剑樟似乎铁了心要查清事情真相,最终会不会发现是他和爹在一手策划,变成他们尉迟府的较量?"万万不可让此事情发生,必须尽快让剑樟抽身!"剑枫有了主意。

尉迟子宇书房。

"爹,这几封信找到了!是二弟剑樟,这小子胆子不小啊,脑瓜也好使,平时是我低估他了。他在小树林将我们的一队黑衣蒙面人打退,救走姚军副官。后去城北驿站,搜到了这些信,握着如此重要的证据。幸好对我信任有加,交给了我。"剑枫压低了声音,将信交给尉迟子宇查看。

"这信如果让主公或者文官武官看到,必然对我产生怀疑。是我一直明里暗里地在朝中煽动传播姚家叛国投胡的谣言,逐渐将他们罪名坐实。剑枫,务必将此信件收好,万不可落入他人之手啊!"尉迟子宇叮咛道。

"爹,我明白!"剑枫点点头,"还有一件事,想听听爹的意见。剑樟似乎要对此事一查到底,不找到幕后主使誓不罢手,这可如何是好?"

"嗯,这也是我心头的一件大事,一直没想出合适的解决办法。如今能做的只有稳住和拖延,还能如何?剑枫,你怎么想?"尉迟子宇叹了口气,目光盯住了剑枫的脸。

"爹,我想说的是,婉冰姑娘万万不能杀!我们一动手,剑樟必然会将此联系起来,相反我们还要加倍地对她好,对姚家唯一的活口好,这样会让剑樟觉得我们与他在同一战壕,在帮姚家报仇。所以,我想最好的办法就是让婉冰嫁给我或者剑樟,成为尉迟府少夫人,地位就名正言顺了。但我已有一妻一妾,剑樟尚未娶妻,之前姑娘和剑樟就有婚约,爹何不就此成全了他们的好事,您说呢?"剑枫挑了挑眉,层层分析给尉迟子宇听。

"不妥不妥,嫁给剑樟甚是不妥。你前面一半说的,我同意,婉冰姑娘目前确实不能杀,但是嫁给剑樟的话,我不放心,两个要为姚府报仇的人成天在一块儿，又是在尉迟府中，而且还不能伤害他们，这哪还有安稳日子过？这点，爹不同意！"子宇语气坚决地说道。

"那爹的意思是……"剑枫紧接着问道。

"剑枫，你娶她！"尉迟子宇语气肯定地说。

"可是我已有妻有妾……"剑枫压低声音，但是吐字异常清晰。

"无妨，可效仿娥皇、女英，与郭燕同大，同为你妻！"尉迟子宇做出了决定。

"好，就听爹的！"剑枫抱了抱拳，神情依然严肃，心里正中下怀，如此提出来顺理成章，还是全凭父亲做的主。

"你天天看着婉冰姑娘，我也放心。但是，爹丑话说在前头，万一她恢复记忆，要替姚家报仇阻碍了我们的大计，希望你到时不要念及夫妻情分，以大局为重！"尉迟子宇继而又严肃地说。

"全凭爹做主！"剑樟单膝跪地，又抱拳说道。

尉迟子宇知道剑枫早已有娶婉冰之意，只是没想到他会用如此合情合理的想法提出，还与他们的大计周密地联系在一起，并给足了做父亲的面子，完全遵循恭听父母之命的古训。"这剑枫，心思如此缜密，我没有看错他呀。真希望今后也能一直完美地处理好军政大事与儿女私情。"爱怜地望着剑枫离开的背影，尉迟子宇默默想着。

"婉冰，爹同意了，你愿意吗？"怀揣着这样的问题，第二天天一亮，剑枫就来到了闲清阁。

婉冰背靠在床架上，半坐着，闭着眼，脸色有些苍白。"婉冰，怎么了？哪儿不舒服吗？"剑枫见此，急切地问道。

婉冰幽幽睁开了眼，还没来得及开口，被一阵咳嗽打断。"大少爷，姑娘昨晚头疼得厉害，又咳嗽不止，一夜没睡好。"小芙插话道,"姑娘怕惊动大家,就没让找大夫……"

"小芙,你……"婉冰及时打断小芙,转而又将目光投向剑枫,"没事的,别担心,已经好多了。"

"你这样我怎么能不担心,小芙,还是去请一下吴大夫吧!"剑枫挺着急地说,"婉冰,不舒服要随时告诉我!你要好好的,千万不能有事,知道吗?"剑枫坐在床沿上,用力地握着婉冰的手,着急又埋怨地看着她。

"没有那么严重的,看你急的!"婉冰见他如此,微微一笑,"剑枫,这么早过来,有什么事找我吗?"

"我是有非常重要的事找你,不过现在先不说了,等你身体好些再说吧!"剑枫有些失落地说。婉冰闭了嘴,只觉得天旋地转。剑枫见状,扶着婉冰躺倒,深深皱起了眉。

吴大夫来过后,在药方中加了天麻、法半夏、紫雪丹、黄芩,说是恢复期的常见症状,不必太过担忧云云。剑枫又详细询问了诸多细节,才让吴大夫离开。

婉冰喝过药后沉沉睡去。待醒来已是傍晚时分。见剑枫、剑心两兄妹都在,便坐了起来。"剑枫、心儿,怎么都在?我没事了。"说着掀开被子就要下床。

"今天你就好好待在床上!"剑枫过来扶住婉冰,将她塞回被子里,让她用最舒服的姿势靠好。

"见到姐姐不舒服呢,大哥就乱了阵脚,一点不像自己了。"剑心摇晃着脑袋,笑话起剑枫来。

"婉冰,我说过的,我想一直在你身边照顾你,不让你受一点伤害。你愿意嫁给我吗?"剑枫直直地问道。

"我……"婉冰被这样一问,不知如何回答。

"没关系,我知道有些突然,等你想好了再告诉我,我等着你,不管多久。"剑枫温和地看着婉冰,"但你要答应我,身体快快好起来。"

"剑枫,我……"婉冰也看着剑枫,欲言又止。剑心见此情景,脸一红,很识趣地悄悄退到了外屋。

"婉冰,想说什么?"剑枫抓起她的手,双手上下握着,坐了下来,"你答应我了,是吗?"

"是不是该问一下你爹娘?"婉冰道。

"这也是爹的意思,他还要我明媒正娶,让你和郭燕效仿娥皇、女英。"剑枫说道,将婉冰拥入怀中,"这两年来,你一直是我深深的愧疚,未来的日子就让我好好保护你、补偿你。婉冰,谢谢你让我有机会这么做!"

婉冰眼睛湿了,剑枫捧起她的脸,深深吻住了她的唇,一滴泪缓缓流下。

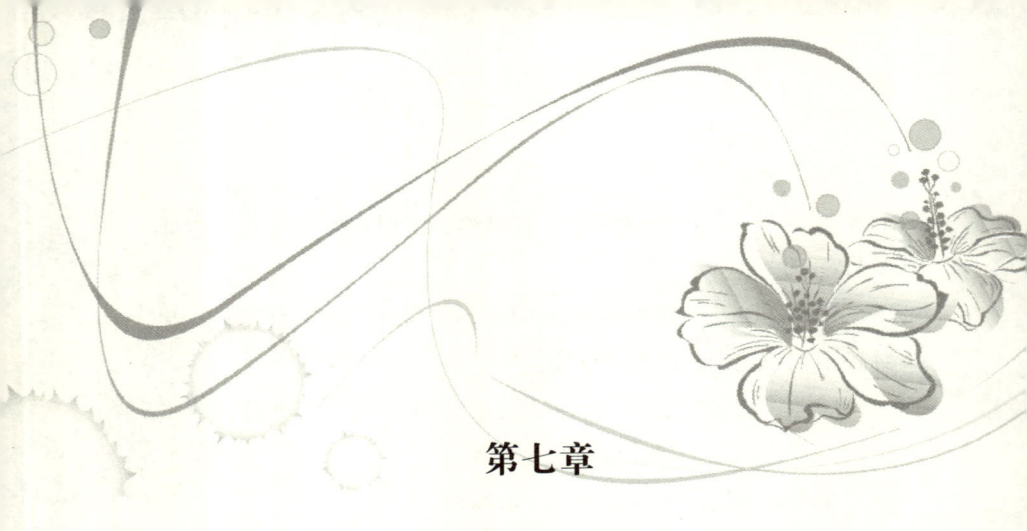

第七章

又 起 波 澜

他缓缓回过头，是一张戴着面具的脸。

1

　　狂风肆虐地吹起黄沙，无尽的苍穹，满天的星斗，一颗流星划过，绚丽地点亮了整个星空。一个身着胡服，面戴战神面具，身材高大挺拔的男子出神地望着夜空。

　　一轮明月如此皎洁。茗儿，你在哪里？

　　转眼间，来鲜卑宇文部已两个春秋了。这两年来，姚辰熙在宇文普拨的帮助下，一直寻找灭他满门的幕后黑手以及爱妻卫伊茗的下落。经过诸多排查，将目标锁在汝南王司马亮及楚王司马玮的亲信臣子身上。一年来，阿乔率宇文部一支精兵，二十余位士官，个个智勇双全，挨个蹲点查找线索，暗中在相关各府安插眼线，窃取消息，一直未果。

　　终于，他们将目光投向了洛阳。

在洛阳城里，乔装打扮成各种小贩商人、普通百姓、巡城小吏，混迹于市井，深入百姓生活，各途径打听几个大府宅院里的家庭结构、人物关系。这样一个月后，事情有了进展，他们发现刺史府有藏匿姚二夫人的重大嫌疑。事关重大，阿乔计划了一次夜探行动。

洛阳刺史府尉迟子宇的府邸，戒备森严，主人和侍卫皆武艺高强。阿乔不敢轻举妄动，在一个月冷风清的夜晚，带了两名手下，翻入了尉迟府。事先他们装扮成果农，为府里送过水果，对阁楼房间的位置比较熟悉，所以较为顺利地探了珍玑阁和沉香阁。看到了府里的二少爷尉迟剑樟及他的四位贴身护卫风、雨、雷、电。两年过去了，阿乔仍对当年在小树林救他于危难的这几人充满感激。但是没敢惊动，如今是敌是友尚不明朗，万不可打草惊蛇。他纵身一跃，往书房方向去了。

"谁！"剑樟忽感一黑衣人在窗外经过，顿有警觉，忙跑出查看，四护卫也被吸引而来，但不见人影。

"没事，许是我看错了！"剑樟沉默了一会儿，对着护卫们说道，随即回了屋。自婉冰嫁给剑枫后，剑樟把对她的感情深埋了下去，只要每天能看到她平安快乐，就足够了。只是经常地会担心她的安危，怕对姚府下手的那拨人突然出现，对她不利，所以有个风吹草动，他还是相当警觉的。虽说婉冰在剑枫身边很安全，剑枫如此无微不至地陪伴守候，他还有什么不放心的呢？但是，剑樟依然禁不住地担心。

阿乔见惊动了剑樟，怕暴露，另外几处就不去探查了，连忙召集手下，翻出了尉迟府，计划着下次再探。

"大哥，昨夜有一个黑衣人从我窗前经过，速度很快，我没来得及看清，出去找时就不见人影了！"第二日，剑樟特地去檀香阁找剑枫。

"也有可能是我看错了。不过大哥还是小心点儿好,现在嫂子有孕在身,一定要注意安全!"剑樟小心地叮嘱。

"知道了,二弟,我会注意防范的,你自己也小心点。"剑枫笑笑,拍了下他的肩膀,"我现在让阿东日夜守着呢,没事的。"

剑樟走后,剑枫来到婉冰房里,她正在小芙的服侍下洗漱,肚子隆起已经很高了,剑枫满脸幸福的笑容。"婉冰,你在家好好待着,我今天又得去主公那儿,北方又有战事了,等处理完事情我会尽快赶回来。"说罢,在她额头上轻轻一吻,"我走了。"

"剑枫。"婉冰拉住他的手,帮他整了整衣领,"去吧,小心点。"

"郭燕姐!"剑枫刚走,郭燕就来了。

"婉冰妹妹,身体可好?剑枫叫我来陪陪你。"郭燕永远如此的恬静温和、波澜不惊。

"嗯,我很好,我们去后园长廊走走吧。"婉冰微微一笑,"屋子里怪闷的!"

"好,走吧。"郭燕扶起婉冰。

池塘边,剑心在给锦鲤喂食。"呀,姐姐,你怎么出来了?我正准备喂好鱼去找你一起弹琴呢!"

"屋里闷得慌,出来走走。"婉冰替剑心理了理被风吹乱的刘海,笑笑说。

"姐姐下个月就要生了,你说是叫我姨呢还是叫我姑?"剑心调皮地碰碰婉冰的肚子,对着肚子说。

"小丫头,看你乐的!"郭燕拍拍剑心的头,"这么心急做长辈呢!也是,改天,我和你婉冰姐姐合计合计,找个好人家,把你嫁了!"

"是啊,心儿都快二十了。"婉冰接着郭燕的话说。

"不嫁不嫁。我要嫁就嫁自己喜欢的人,遇不到喜欢的人,我就陪着你们一辈子!"剑心噘了噘嘴,脸上飞过一抹红晕。

"走啦,回屋弹琴去。"剑心在另一边挽起婉冰的胳膊。姑嫂三人嬉笑打趣着向檀香阁走去。

2

阿乔再探尉迟府是三日后的夜晚。那日剑枫接主公命令去邺城雁门关视察军情,来回约要十日。阿乔得到消息后,便趁此机会,又翻入了尉迟府。尉迟剑枫不在,探他的檀香阁就有了更大胜算。

一曲缠绵的《上邪》轻轻地在夜空里回响,阿乔落在檀香阁的屋顶上屏息静听,如此熟悉的曲调让他激动不已。揭开一片瓦,往屋内看去,只见一名女子正在安静地抚琴,整个人散发出高贵脱俗的气质,那感觉是如此亲切熟悉。等一曲终了,女子起身,阿乔惊异地发现她大腹便便。在她抬头的那一刹那,看清楚了那张终日盘旋于他脑海的脸。"二夫人!"阿乔在心中呼喊。正欲进入房间看个仔细,被身边的手下一把拉住,摇了摇头。

"谁!"只听一声干脆的质问,楼阁下面传来脚步声。阿乔赶忙将瓦片放回原处,一跃,快速离开了尉迟府。

"少夫人!"阿东跑进婉冰的屋子。

"怎么了?阿东。"婉冰疑惑地看看他。

"哦,没事就好。我刚看到屋顶好像有人,转眼又不见了。"阿东解释道,"少夫人,早些睡吧,我去看看郭少夫人那边。"

婉冰点点头。这两年来,她的记忆没有丝毫进步,这样也好,没有牵挂和烦恼。如今只想着肚中的孩子,能健健康康生下来,为尉迟府开枝散叶，以报剑枫的深情。

雁门关外，一群士兵正在列队操练，士气满满，斗志昂扬。主将郭鹰骑在高头骏马上，看着他们，手中提着一柄长戟，神情严肃。

几日前，又是一拨胡人来犯，被他们打退了。但明显感觉到，胡人的力量日益强大，一小支人马，就要郭鹰安排人数成倍的队伍才能勉强击退。所以心中焦急，每天勤兵练武，不敢懈怠。

"郭将军，尉迟大少爷来了！"副官赶来禀告。郭鹰忙调马向军帐走去。

"剑枫兄，近来可好？"郭鹰抱拳。

"鹰弟如今越发英朗了！"剑枫感叹道，"我挺好的，洛阳城中还算安定。主公听说胡人又在边境闹事，派我来问问情况，鹰弟，你看是否还需调军填充？"

"能否再补充五万士兵？"郭鹰问道，"近日一战，死伤不少兄弟！"

"好，我回洛阳即向主公禀告。"剑枫嘱咐道，"如今胡人越发猖獗，不断挑衅，鹰弟驻守边关，任务颇为繁重，一定要勤加练兵，研究兵法布阵以随时备战！"

"是，谨遵尉迟将军命令！"郭鹰站正抱拳道。

"好了，鹰弟，这儿也没外人，咱哥俩聊聊。"剑枫微微笑了笑，找了个椅子坐下。

"听说，婉冰嫂子怀孕了，剑枫兄什么时候当爹呢？"郭鹰话起了家常。

"你小子，在边关打仗，消息倒是灵通。"剑枫扬起了嘴角，"下个月生。多亏得你姐姐尽心照顾，关心陪伴，婉冰头部受伤，又有哮喘旧疾，近来一直没有发作，腹中胎儿也健康。她俩关系如此融洽，也是我甚感欣慰的一件大事啊！"

"姐姐自小知书达理、颇识大体,性格又平静如水、与世无争,得妻如此,剑枫兄确是有福之人啊!"郭鹰想起姐姐,目光中流露出无限的想念,"婉冰嫂子也肯定心胸宽广、德才兼备,如今又有了身孕,剑枫兄,好生让小弟羡慕啊!"

"对了,鹰弟,邺城和雁门关,是否还有姚家旧势力?"剑枫忽然想起。

"目前没发现,如今这儿都是我们郭家的势力范围了。爹把邺城治理得井井有条,家书中也从未提及姚家旧势力作乱之事。我想姚家势力应该被灭尽了,就算有,也是些乌合之众,不足为惧。"郭鹰说道。

"嗯,郭城主也兢兢业业、尽忠职守,我回洛阳,定向主公汇报你们父子俩的政绩。"剑枫说道。

"为主公办事,守一方平安是我和爹应该做的,剑枫兄不必向主公多言啊,我怕引起宫中文武官员嫉妒,说我们拥兵自重!"郭鹰小心地说。

"嗯,我自有分寸,鹰弟放心!"剑枫笑笑,"明日我去邺城看看岳父大人!"

办完汝南王交代的任务,剑枫回到了尉迟府。

"大少爷,您不在的时候,一天夜里有黑衣人前来,不过府内没有人员受伤,也没少东西。他们武艺均在我之上,动作极快,一眨眼就没了人影!"阿东见剑枫回来,立刻来禀告。

"上回二弟也说有黑衣人来府上,我没放心上,看来真的有事,不知道是何人马,来府有何企图?"剑枫感觉事有蹊跷,"待我去禀告爹再做商议。阿东,府里加强戒备,先别告诉府上其他人,以免人心惶惶,造成不必要的担忧。"

尉迟子宇的书房内,剑枫将雁门关及邺城所见一一汇报,府里出现黑衣人之事也问了下尉迟子宇的意见。最后决定，加强警卫，等待黑衣人再次前来一举擒拿。

剑枫走出书房，不喘一口气地回到了檀香阁。

"郭燕、婉冰，你们都在！"

"剑枫回来啦！"郭燕笑盈盈地迎上去，帮剑枫脱下官服。

"郭燕，这几日有劳你费心了！我见到了爹和弟弟，他们都很好！"剑枫笑笑，对郭燕说道。

"婉冰，让我瞧瞧，有没有长胖一些？"剑枫坐到婉冰身边，拉拉她的手。

"才十日工夫，哪会长胖？"婉冰一乐，"倒是他，不消停，净踹我。"婉冰指指肚子。

"是嘛，臭小子也好臭丫头也罢，给你爹听好了，要欺负你娘，爹可不答应！"剑枫冲着婉冰肚子说。

3

鲜卑宇文可汗府。

"公子，我回来了。"姚辰熙在房里，刚脱去战神面具，准备洗脸。

"阿乔！"辰熙让他进屋，关上了门，"可有收获？"

"公子，大收获啊，我找到了二夫人！"阿乔兴奋地告诉辰熙。

"伊茗！"辰熙一惊，"她在哪里？现在好吗？你怎么不把她带回来呢？"急急地问。

"公子，你要冷静地听我说，不要激动。"阿乔见辰熙如此，放平语气慢慢说，见辰熙不作声，接着说道，"她在洛阳尉迟府中，现在是尉迟剑枫的妻子，并且已经怀有身孕。"

"什么？怎么可能？"阿乔的话有如晴天霹雳，让辰熙有些喘不过气来，额头上青筋暴起，愤愤地说道，"伊茗与我情深意重，怎会负我嫁给别人？"

"公子，我确定是二夫人，看得很清楚。"阿乔解释道，"这事儿我也想不明白，或许二夫人有难言的苦衷吧。不过，她还活着，公子就有机会问出真相，把她夺回来。"

"是啊，至少她还活着！"少顷，辰熙冷静下来，红了眼睛，"尉迟剑枫，夺妻之仇，姚辰熙与你不共戴天！"

"公子，这事要做长久计划，尉迟家的势力非比寻常，我们要找个万全之策。"阿乔提议。

"嗯，让我好好想想。"辰熙微微抬起头，闭上眼，深深地叹了口气。

夜已深，辰熙立在可汗府后园一片茂密的白桦林中，挥刀砍断了几棵树，心潮难平，思绪万千。"无法忘记你动情的双眼，总在脑海中睡梦中若隐若现，等待花开花谢仅此两载，曾经誓言就如风中花瓣随风飘散吗？狼牙月寄着我的思念，以为你会为我等候。伊茗，告诉我为什么？我们果真情深缘浅吗？我不信。"辰熙握着碧玺坠子，眼泪不禁滑落……

"大哥，小弟准备去洛阳，阿乔已觅得我爱妻的下落，此事还可能与我姚家灭门冤案有关。"辰熙来到宇文普拨房里，请示道。

"哦？有消息了？你具体如何打算？说与我听听。"普拨关心地问道。

"我打算混入尉迟府，我妻子就在那儿，而且我推测这尉迟府与我姚家冤案有关。尉迟父子是汝南王司马亮十分倚重的股肱大臣，小弟还能有更多机会掌握司马亮的动向，为大哥的大业扫清障碍。"辰熙说道。

"这样也好,一举多得。只不过尉迟父子非等闲之辈,庭岳一定要多加小心。"普拨听后,同意了辰熙的请求。

这一日洛阳城中异常热闹,车水马龙、人头攒动。这是每月一次的庙会,寺庙周围的大街上百货云集。和往常一样,尉迟夫人带着女儿剑心去敬香礼佛。

剑心很爱凑热闹,见到那么多人尤为兴奋,出了庙门之后,自顾自看着各式百货,在熙熙攘攘的人群中与老夫人走散了。等反应过来,已不见了身边府里人的踪影。不由心生不安,四处张望起来。

忽然,只觉手边一阵风,低头一看发现手袋不见了,再一抬头,发现偷手袋的人已经跑远。剑心拔腿就追了过去。话说她的轻功也不差,平日里抓个小毛贼是轻而易举的事儿,不过今日的这个贼看似练过几下子,剑心始终与他有段距离。

一段路后,剑心将贼逼近了死胡同,眼看前方已无路可走,那人便转过身,一拳向剑心挥来,剑心一闪,两人打了起来。几个回合过后,未分胜负,那人急了,从口袋中掏出一个飞镖,直直地飞向剑心。剑心一时没反应过来,眼看躲闪不及,忽然不知从哪儿飞出了一颗小石子,将飞镖打偏,接着又是一颗石子正中贼人太阳穴,应声倒下。同时一个人影跃入剑心眼帘,身形高大挺拔,肩膀很宽,一股英气袭来。他缓缓回过头,是一张戴着面具的脸。

剑心一时看得出神。

"小姐,你没事吧,给。"面具人将剑心的手袋从地上拾起,还给她。

"哦,谢谢!"剑心这才回过神,见他正欲离开,她又开口道,"你救了我,要我怎么谢你?"

"不用谢!路见不平,拔刀相助而已!"面具人转身要走。

"不行，我要谢你，这样吧，你送我回府，我让我爹赏你！"剑心不依不饶。

"不用了，大小姐！"面具人依然要走。

"你看万一我回去路上又遇到歹徒怎么办？你就好人做到底，送我回府吧！"剑心换了个方法，想来如此，面具人应该不会拒绝。

"那好吧，敢问贵府是？"面具人果然松了口。

"东面过去几条街，刺史尉迟府。"剑心不好意思地笑答。

面具后的表情一怔，幸好有面具作掩护，他心中暗暗激动。

"走吧，送你回府！"说着，便迈开了步子。

一路上，剑心有些害羞起来，面具人也无语，气氛显得些许尴尬。

4

尉迟府大厅。

"老爷，剑心回来了吗？"尉迟夫人问道，满脸焦急。

"她没和你在一块儿吗？"尉迟子宇不解。

"出庙门之后，街上人多，我和剑心不小心被人群冲散了，周围寻了寻没看见人影，我便回来了，看看她是否已回府。"尉迟夫人解释道，神情甚是忧虑。

"夫人莫着急，心儿爱热闹，贪玩去了，想来不会有事，我这就派人去寻！"尉迟子宇安慰夫人，一边叫来管家丁松。

"阿松，快派人去庙会找大小姐，与夫人走散了，孤身一人的，还是寻回来的好！"尉迟子宇盼咐道。

"是，老爷，这就派人去！"丁松领命。

"爹、娘、松叔，我回来喽！"剑心的声音传来，"不用去寻我了。"

"心儿！你啊，大姑娘家的，还乱跑，害娘担心！"尉迟夫人爱怜地责备道。

"娘，心儿知错了！以后不会乱跑了，就是看到了好看的玩意儿，买来送给婉冰姐姐嘛！"剑心拿出一串琥珀手珠，"您看，漂亮吧，戴着这个可以顺利生下小少爷或者小小姐。"

"嗯，漂亮，心儿真有心。"老夫人笑道。

"不过呢，就为买这个，我遭了贼了，还和他打了一架！"剑心嘟起了嘴。

"啊！怎么回事？"老夫人上下打量了剑心一番，见她俏皮的样子，知道是有惊无险。

"那贼抢了我的手袋，就去追他，没想到他还有两下子，就和他打起来了，他武艺比我就好那么一点点，不过他使暗器，害我差点受伤。"剑心讲起了她的故事，"就在这千钧一发之际，我被一位高手救了，两颗小石头，一颗打掉了暗器，一颗打晕了那贼，就这样。"

"然后呢？"老夫人挑起了眉。

"然后我就回来啦！"剑心调皮地笑，"是那位高手把我送回来的，他就在门外。"

"哦，快请他进来！"一直没出声的尉迟子宇开口道。

"是，爹，我去叫他！"剑心吐吐舌头。只见她从门外拉进来一位身材高大戴着面具的年轻人。

"多谢壮士救了小女，受老夫一礼！"子宇说着作了个揖。

"尉迟大人，不敢当，路见不平，这是我应该做的，不足挂齿！"面具人忙还礼。

"您为何戴着面具？可否脱下……"

"大人，我因练武受伤毁了容，相貌丑陋，怕污了你们的眼！"面具人推辞道。

"哦，老夫冒昧了！您是洛阳人吗？以前从未见过。"尉迟子宇好奇地问道。

"我不是洛阳人，近日才来的洛阳，以前在太行山里习武，如今天下动乱，想出来找事做，就来了洛阳。"面具人有些害羞地说。

"哦，这倒好，请问壮士用的是什么武器？"尉迟子宇问。

"刀！"

"阿松，拿把刀来。"尉迟子宇冲丁松叫道，"壮士，可否与丁松比试一下？"说完对丁松使了个眼色。

"小人不敢……"话音未落，接住了丁松忽然扔过来的刀，同时躲过了丁松刺来的剑，被丁松引到屋外打了起来。

很明显的，两人武艺不在一个档次。面具人一直以防御为主，让着丁松。丁松招招进攻，丝毫不留情。三十多个回合过后，面具人无心恋战，趁丁松一个疏漏，一刀架在了他的肩头，这才结束了这场较量。

"好，壮士武艺果然了得，一直如此退让，还滴水不漏！"尉迟子宇看得十分中意，"这样吧，我们府上正缺护卫，不知是否有兴趣留在这儿？"

"多谢大人器重，小人愿意！"面具人欣然接受，单膝跪地抱拳。

"你叫什么名字？还没敢问称呼！"尉迟子宇扶起他，问道。

"小人庭岳，愿效忠尉迟大人！"他依然抱拳。

"好！那从今日起，你就负责我们整个尉迟府的安全，归在丁松手下。"尉迟子宇拍拍他的肩。

"是，庭岳必当不辱使命！"他声音虽低但字字有力。

剑心在一旁看着，心里翻腾着各种滋味，脸一直红红的，等自己意识到，顿觉不好意思，转身跑开了。

"我顺利进入尉迟府了，以后一定要小心行事，新的生活从今天开始。"待丁松将工作交代完毕，办好入府事宜，辰熙回到丁松分派给他的小屋里，脱下面具，脸上全是汗。"伊茗，我来到你身边了，你感觉到了吗？"

阿乔得知辰熙进入尉迟府后，也在洛阳寻了个房子，安顿下来，以应辰熙不时之需。

第八章

恍 然 如 梦

一切以玮主利益为重，勿打草惊蛇！

1

"大少爷，昨日府上新来了名护卫，听说武艺特别高强，松叔完全不是他的对手，他让了三十多招，最后不耐烦了才进攻，将松叔一招拿下。"这日，阿东跟随剑枫去汝南王宫中，正走在路上，说道。

"是吗，有这么厉害！啥来头？"剑枫问道，松叔也不是等闲之辈，府里的管事，武艺不差。

"昨天大小姐在庙会上遇到贼，被此人救了，带回府来。老爷让松叔和他比试了武艺，就把他留下当护卫了。听说他从小在太行山上长大，习得一身武功，名叫庭岳。"阿东解释。

"哦，太行山确实了得。庭岳，没听说过。"剑枫自语道，"只要他能保府上平安，别出岔子，别的也就无所谓啦！对了，上次的黑衣人,最近还来过府里吗?"

"没有,可能没找到有用的东西,也可能走错地方了吧!"阿东猜测。

"嗯,还是不可掉以轻心,是需要多招募些护卫。"剑枫说道。

汝南王宫殿中。

"主公,派去邺城雁门关的五万士兵已到任,正加紧学习队列、勤练战法。请主公放心!"剑枫禀告。

"胡人如今兵强马壮,来势汹汹,中原又不太平,恐是要大乱啊!现今能做的只有本王治下诸地官员能勤于兵政国事,强大自己,有敌来犯也能抵挡。"司马亮叹了口气,天下乱世,封地为王也不得安生啊!

"主公不必多虑,现今您治下各地皆无战事,文武官员均兢兢业业、勤于军政。"剑枫劝慰道。

"楚王司马玮一直打压我,处处与我作对,皇后又在不断挑唆,实在让我每日寝食难安啊!"司马亮吐苦水道。

"主公,如今各王皆拥兵,难免自恃狂妄,不必为此多忧啊!"剑枫道,"另微臣最近需要告假,微臣妻子临盆在即,近几日不便天天来主公宫中,请主公体恤。"

"好,那先恭喜剑枫了,不方便的话就不必过来了,有事本王差人去叫你便可!"司马亮勉强一笑,"先好好照顾妻儿吧!"

尉迟府珍玑阁。

剑心坐在书桌前,手中握着毛笔,在认真地练字。案头上摞了厚厚一叠,有几张纸被风吹落在地上,纸上密密麻麻写满了字。

"心儿!"那是郭燕的声音。剑心一惊,赶忙收拾桌上的纸,抱起来,急着想找地方藏,又见地上还飘落了几张,一慌乱,抱起来的纸又全都撒落了。

"你这是干吗呢？满屋子都是纸！"郭燕进屋，见此情景，有些哭笑不得，"来，帮你一起收拾。"

"不用了，嫂嫂，我自己来！"剑心脸一红。

"庭岳……"郭燕看到了纸上的内容，"怎么满纸都是'庭岳'啊？还那么多张！"郭燕忽然恍然大悟，满脑子搜索这个名字。

"就是新入府的那个侍卫吧？那日英雄救美的那个？"郭燕笑着问，"嗯，确实是个英雄才俊，不过你报答别人救命之恩也不必如此吧！"

"嫂嫂，你嘲笑心儿，讨厌！"剑心嘟起了嘴，"找我有事儿啊？"

"你婉冰姐在阁外等着呢，她说出来散散步，顺便找你一起啊，昨儿个就没见你，原来在这儿用功呢！"郭燕笑着打趣道。

"哦，那我们走吧。这纸我回来再收拾。"剑心想起大腹便便的婉冰，不觉莞尔。

庭岳正在府里巡逻，来府上已半月有余，这是每日例行的工作。没敢去找伊茗，一是怕打草惊蛇，身份被怀疑，二是没做好心理准备，不知该如何面对。这会儿走到了珍玑阁楼下。却见不远处的杨树下站着一个孕妇，他不由停住了脚步。

是茗儿？！再见她，恍若隔世！

"姐姐，我来了！"剑心跑出了珍玑阁，后面跟着郭燕。

"心儿，这两日躲在房里干吗呢？都不过来看姐姐，只能求着郭燕姐陪我来找你啦！"婉冰捏了捏剑心的脸颊，"脸怎么这么红呀？"

"心儿妹子呀，在练书法呢！一张纸一张纸的全是心上人的名字！"郭燕笑着说。

"是嘛！心儿啥时候有心上人了？"婉冰很有兴趣地问，"是谁呀？我们认识吗？"

"就是那天英雄救美的庭岳，现在是府上的护卫。"郭燕先开了口。

"嫂嫂，害不害羞呀！"剑心这会儿脸红到了脖子根，"姐姐，你不能嘲笑我！"

"怎么会呢？能让心儿看上的，肯定不一般。"婉冰拉住了剑心的手。

"可是他成天戴着面具，都不知道长啥样的！他跟爹说是练武毁了容，相貌丑陋，所以不肯摘面具的。"剑心向她们诉苦，"不过这个也无所谓！"

"嗯，已经是情有独钟了！"郭燕又道。

"是啊，小丫头长大了，终究是留不住的。"婉冰接着郭燕的话说。

"你们太讨厌了，都笑话我！"剑心有些招架不住，"不理你们了，我去喂鱼。"说着，便撒腿跑开了。

"心儿，你慢慢跑，别摔着！"

"姐姐，你慢慢走，别摔着！"剑心边跑边回头笑说，却不料，一头撞在一个人身上。

"哎哟……"剑心被撞得眼冒金星，刚想开骂，却见是庭岳，脸又一红，不说话了。

"大小姐，对不起，没敢躲开你，否则你就要摔跟头了！"庭岳先打破了尴尬。

"呵呵，谢谢你啊！"剑心不好意思地摸摸头，"对了，带你去见婉冰姐姐和郭燕嫂嫂，你来府里那么久了，都没见过她们吧！"说罢，拽着庭岳的胳膊就走。

"姐姐、嫂嫂，他就是庭岳。"剑心在她们身后叫道。庭岳也在她们身后站定。

婉冰回头的一瞬间,庭岳强忍着没叫出口,还是多谢有面具作掩护,很好地遮住了他的表情变化。茗儿,果然是你!

"你好,庭岳!"婉冰笑笑,见面具后的眼神分明地看着自己,似曾相识的感觉。

"庭岳,好好照顾大小姐,我们先走了!"见庭岳不出声,郭燕说道。

"庭岳见过二位少夫人!"庭岳这才反应过来,抱了抱拳,打了个招呼。

"庭岳不必多礼,府上还有劳你多费心。"郭燕笑盈盈地说。

婉冰也微微笑了笑,被郭燕挽着,转身走了。没走多远,忽感腹痛,既而站立不住,摇摇欲坠。"婉冰,怎么了?"郭燕一惊。

庭岳飞奔而来,到了她面前,刚想伸手却又缩了回去。就在这迟疑的瞬间,剑枫到了,一个公主抱,抱起婉冰,急急地往檀香阁飞奔而去。"快叫吴大夫和产婆!"丢下一句话。

2

屋里的烛光在轻轻摇曳,婉冰已满头大汗,小芙、小蓉、郭燕、剑心都在屋里帮忙。

"婉冰,要加油啊!如果是少爷,以后我们爷儿俩保护你;如果是小姐,以后我保护你们娘儿俩。"剑枫心急如焚,但又不能进屋,在外屋胡思乱想,"你一定要好好的,不管孩子如何,我只要你健康平安!"

"伊茗,你一点儿也认不出我吗?我只是戴了个面具而已。他们为什么都叫你婉冰?这些日子到底发生了什么?不过你活着就好，哪怕在为别人生孩子，你依然是我最爱的茗儿。终有一天，你会回到我身边的，不管多久，我会一直等你。"庭岳站在檀香阁外，手中握着碧玺坠子。

"哇！"婴儿响亮的啼哭声划破了天际。

"是小姐！"稳婆报喜道，"母女平安！"

庭岳闻此，舒了口气，离开了。

剑枫激动地冲进内屋，见婉冰满头是汗，脸色苍白，却笑容满面地看着他，不禁眼睛一热，轻吻了下婉冰的额头："谢谢你，婉冰，辛苦了！"

"吴大夫，劳烦开些药吧，我想要夫人尽快恢复！"剑枫望着吴大夫，恳求似的说。见吴大夫点头，他又转身去看女儿。

第二日，老夫人、秀琳陆续来探望。老夫人很是开心，尉迟家终于有了孙辈，千关照万嘱咐了一群人很多话，才放心地离去。秀琳也收敛起往日的骄纵脾气，开心地逗孩子玩。

剑樟在沉香阁得知了檀香阁的一切，倍感欣慰。这孩子的身体里同样流着他的血，婉冰注定是尉迟家的媳妇，不管他们兄弟俩谁做她的丈夫，都会为尉迟家开枝散叶。只要婉冰幸福，忘了他就忘了吧，这些都不重要了。

尉迟子宇得知孙女诞生后，也异常高兴，连忙根据生辰八字、阴阳五行，给她取了个名字"尉迟牧晱"，希望她的人生如牧草青青、热情似火。一连几日在洛阳城中广做善事，免费发放布匹粮食，以贺小千金的到来。

一日清晨，庭岳巡查到珍玑阁楼下，故意放慢步伐，来回徘徊了一会儿。剑心在窗口看到他后，便跑下了楼。

"庭岳，你在这儿等我吗？"剑心笑嘻嘻地问道。

"没有，刚巧路过。"庭岳微微一笑。

"骗人！那你走来走去的干吗？"剑心一哼，朝庭岳翻翻眼睛。

"好吧，我承认，啥事都瞒不过大小姐！"庭岳无奈地笑笑，"是想和你聊聊天！"

"是吗？那我们去后园吧，我顺便去喂鱼。"剑心一乐，走在了前头。

"大小姐……"庭岳开口道。

"打住！以后我们两个人的时候，你就叫我剑心吧！"剑心走在前面，头也不回地说。

"剑心，少夫人刚生了孩子，你不用过去看看她吗？"庭岳开始有一搭没一搭地聊起来。

"这会儿还早，我等会儿过去。婉冰姐姐屋里成天都有一大群人，其实我帮不上啥忙的，又没经验。不过我还是不放心，要天天去看看她和我的侄女！"剑心挺有自知之明。

"少夫人名叫婉冰？"庭岳问道。

"是啊，我和她认识已经有十年了吧，她是我最亲最爱的师姐，当年为了救我，不惜丢掉性命，不过还好，她没死，两年后又突然被大哥找到救回来，不过就是被重器敲伤了大脑，到现在还是失忆的，记不得过去的一切！"剑心叹了口气，"不过，这样也好，没有记忆就不会有牵挂和痛苦，至少她现在天天都很开心的，我大哥很爱她，啥事都帮她安排得很妥当。"

"失忆了啊？"庭岳心中一惊，轻叹道。

"是啊，大哥说他在姚府找到姐姐的时候，姚府上下全被杀害了，就剩她一个活口，又发现她是婉冰姐姐，所以就带回府里来了。"剑心细细地讲给庭岳听，"她是姚家二夫人，这点我们也一直没明白，姐姐怎么会嫁给姚家的呢？这两年不知道发生了什么，姐姐自己啥都不记得！也许这个要变成永远的谜了。"

"嗯,看来是比较棘手,不过也无所谓,姚家上下都被杀害了嘛,婉冰夫人把这些都忘了,能开始新的生活,这不能不说也是她的福气!"庭岳表面波澜不惊地说。

"是啊,失踪的这两年姐姐的变化还是挺大的,而且现在又失忆,还会头疼和咯血,我有时都觉得她不像婉冰姐姐了。不过还是那句话,不管姐姐变成啥样儿,都是我最亲最爱的姐姐。"剑心说得动情,眼睛有些湿了。

"剑心,不要难过。你婉冰姐姐肯定知道你对她的心的,她也很疼爱你,我看得出。"庭岳劝道,"她的失忆没那么容易痊愈吧,其实你对她来说是个陌生人,她能与你如此亲密已经是很尽力了!"

"嗯,是呀,我知道她舍不得我难过,所以失踪了两年,重伤失忆了还是会回来。"剑心说着说着又绕进去了。

"好了,剑心,别多想了。现在你婉冰姐姐都顺利当上母亲了,你应该高兴才对!"庭岳拍拍剑心的肩,剑心能想象出他面具下的神情,肯定是在对她微笑。

"嗯,我知道,谢谢你,庭岳。"剑心握住了庭岳搭在她肩上的手。庭岳见此,赶忙将手收回。

"剑心,我该去巡府了,你也早些回去吧,这儿风大!"庭岳转身准备离去。

"等一下庭岳,我有个不情之请,可以让我看看你的脸吗?"剑心叫住了他,"我把你当好朋友,啥事都告诉你了,你就不能让我知道你的真面目吗?"

"我的脸毁容了,怕吓着你!"面具后的眼睛盯着剑心。

"我不怕,不管你长什么样,我都不在乎,不会影响你在我心目中的形象。我只是想知道你长什么样,脱去面具也能让我在人群中一眼认出你。"剑心真诚地近乎恳求。

"好吧，今天黄昏，你来我屋里，我脱下面具给你看。"庭岳有些不忍心，答应了剑心。

"好，那我晚点来找你。"剑心见他答应，笑着低了低头，转身离开了。

庭岳一人站在池塘边，回忆着剑心刚才所说的关于伊茗的一切。

原来那天她受了重伤失忆了，被尉迟剑枫误认作是已经死去的婉冰，看来伊茗和婉冰长得十分相似，这一家人全都误认了。也难怪剑心会觉得她变化很大。而失忆的伊茗也忘了自己是谁，就这么阴差阳错互相默认，两年多来嫁给了剑枫、生了他的孩子。错不在伊茗，只怪命运的捉弄。那我姚辰熙又算什么呢？最大的输家！都只怪命运吗？不，我要抗争，把属于我的东西夺回来！

想到这儿，庭岳的手握紧了腰一侧的刀柄，触摸到了碧玺坠子，低头说道："伊茗，你不是婉冰，你等我，我会让你回到我的身边！"

黄昏时分，剑心来到庭岳的小屋。见他正端坐在屋里，看似等她很久了。

"剑心，来。"庭岳站起了身，剑心进屋后，关上了门。

"真的要看吗？"庭岳又问了一次。

"嗯，希望你不要介意！"剑心点点头。

"那你得有个思想准备，这脸真的不好看！"庭岳又提醒道，"我摘了！"说着缓缓摘下了面具。

剑心屏住了呼吸，缓缓地看到了他的整张脸。宽宽的额头，大而有神的眼睛，笔挺的鼻梁，轮廓饱满的嘴唇，这是一张标准的美男子的脸，只是有四道长而深的疤痕，颜色呈暗红色，纵横交错在他的左右脸颊、鼻梁和下巴，显得有些可怕。剑心长时间地看着，最后不禁掉下了眼泪。

"剑心，对不起，吓着你了吧？不该让你看的！"庭岳抱歉地一笑，转过身去。原来他的笑容是如此迷人。

"没有，我不怕，只是心疼。这分明是被剑划伤的呀，不是练武伤的。"剑心说出了心中的疑惑，"谁如此狠心，下手这么恶毒！"

"剑心，我身负报仇大业。有些事知道太多对你不好。答应我，我脸上的伤不要告诉任何人！"庭岳的语气很坚决。

3

夜深了。屋里的烛光还没熄灭，婉冰坐在小牧睒的小床边，充满母爱的目光久久地看着她出神。粉红的脸蛋、鲜红的嘴唇、恬静的神态，睡得很熟了。

这两年来，过得简单而幸福。剑枫给了她一个温暖的家，无微不至的丈夫、大度明理的郭燕、贴心俏皮的剑心、礼貌温润的剑樟、宽容慈爱的公婆、善良能干的小芙和小蓉，除了有时会说话酸酸、无理取闹的秀琳，她的身边人都带给她无限的关爱和快乐，如今又有了可爱漂亮的女儿，对婉冰来说，她的幸福已十分完整。

只是记忆依然只停留在这儿，对于过往，完全是尉迟府中的亲人们灌输的，没有亲身感触，仍然觉得空荡。记忆的闸门有如被一把巨锁锁住，把过往隔得那么远，不可触及。

"婉冰，我回来了，这么晚还没睡啊？"剑枫走进屋来，他刚处理完公事回府，见婉冰还没睡，"我不在的时候，要好好照顾自己，知道吗？"

"嗯，想等着你回来！"婉冰微笑着道。

"你看你脸色不怎么好，夜深露重的，可别着凉了！"剑枫一直记得吴大夫那时候的一句"姑娘有咯血之症，旧疾加新伤，恐命不久矣"，所以一直不敢有丝毫疏忽，他不敢想象没有婉冰的日子会是什么样儿的。值得庆幸的是，两年来，担心的事一直没有发生，还有了个健康可爱的女儿。

"剑枫，别担心了，我这不是一直好好的嘛！"婉冰当然也不记得她是伊茗的时候有哮喘旧疾，发作时会咯血。见剑枫目不转睛盯着她看，不觉莞尔。"好，听你话，这就睡了！"帮牧晗整了整被子，起身抱了抱剑枫，却被剑枫拥得更紧。

"婉冰，我做的一切都是为了让你过更好的生活，你要一直陪我到很老很老的时候，答应我，婉冰……"剑枫轻轻地在她的耳边央求。

"我们会的，剑枫！"婉冰有些感动，"你对我这么好，我哪儿舍得离开？"

婉冰，但愿时间停止在这一刻，但愿你永远不要记起过往，但愿你永远不会知道我是杀害姚家全府的凶手。剑枫在心中默念。

"剑枫，怎么啦？最近是不是碰到棘手的事情了？"见剑枫不出声，情绪不高，婉冰问道。

"嗯，有个案子，转到了我手上，没有头绪。主公让我尽快处理，我却百思不得其解！"剑枫反应快，立马换了个话题，"要不，夫人替我出出主意！"

"愿闻其详！"婉冰好奇地说道。

剑心自见过庭岳的真面目后，更增加了一份信赖和仰慕之情。经常在庭岳巡府之际，制造一些看似不经意的邂逅，庭岳始终以主仆关系对待，万般敬重大小姐。

时间久了，剑心有些生怨："他是木头脑袋吗？看不出我的心思？看来本小姐要有点动作了！"心生一计。

一日早膳后，和往常一样，剑心又来到池塘边喂鱼。一会儿只听"扑通"一声，不见了人影。

"救命啊，救命！"剑心叫了起来，没想到这池塘的水还是挺深的，又凉得彻骨，忽然觉得自己玩过分了，有些害怕起来。附近的下人们见大小姐落水，赶忙过来营救。

就在大伙儿七手八脚、手忙脚乱之时，呛了好几口水已神情恍惚的剑心突然被人拦腰一抱，来人顷刻间跃出水面跳落在地，紧皱着眉望着剑心。剑心见是庭岳，心里一热便晕倒在了他怀里。

庭岳赶忙将剑心送回了珍玑阁。剑心呛了水，一时没醒。

待她悠悠醒转过来时，见到的是有些焦虑的婉冰："姐姐，你怎么来了？"

"心儿，你没事儿吧？喂鱼怎么会掉池塘里去了？"婉冰问，"这池塘还挺深的呢，你一时没醒过来，我还真有些担心！"

"嘿嘿，我没事了，你看，壮得像牛呢！"剑心不好意思地笑笑，"不知道我这个大诱饵掉下去，鱼儿们有没有吓一跳？"

"你啊，还没个正经！要不是庭岳及时救你，还不知道你会不会被淹傻了或者被鱼儿们吃进肚子里！"婉冰也打趣道。

"庭岳呢？怎么没等我醒过来就走了？"剑心问，有些失望，原本这一出戏，就是为了试试她在庭岳心目中的位置，激发一下他对自己的感情。

"他被娘叫去问情况了，估计爹呀，要训斥他了，作为府里护卫，我们任何一个人遇意外受伤都是他的过失！"婉冰解释道，"你呀，真应该小心点儿！"

"啊？"剑心吞了下口水,愣是没敢再出声,心里念道:"庭岳对不起啊!我不是故意的!"

"剑心!"尉迟夫人款款走来,见她已醒来。

"娘!"剑心轻唤了声,低下了头,像做了错事的孩子。

"心儿呀!怎么就掉水里去了?大姑娘家的,还这么冒冒失失的!"尉迟夫人边责怪边理了理剑心的头发。

"娘,心儿知道错了,咱就别说她了,以后小心点就是了。"婉冰起身笑笑,"心儿,是吧?"

"嗯,以后保证不掉水里了!"剑心恨不得打个地洞钻进去,这真是个笨主意,没激发出庭岳的感情,反倒让自己成了全府的笑柄!

"庭岳,今日之事不怪你,你及时救了大小姐,我还要谢谢你呢!"尉迟子宇书房中,庭岳侧立在一边。

"是在下没保护好大小姐!"庭岳抱拳。

"这样吧,你安排一下,在池塘四周都建上栏杆,如今牧晗小姐出生了,难免日后会到后园嬉戏玩耍,先防患于未然吧!"尉迟子宇说道。

"是,大人!"庭岳抱拳道,"我这就去安排!"

刚要离开屋,剑枫迎面进来。庭岳站定,这是他第一次与剑枫面对面目光接触,不禁心潮澎湃、五味杂陈。"伊茗,我会夺回来的!"紧盯着剑枫,暗暗发誓。"大少爷!"回过神,打了个招呼。

剑枫点点头,淡淡一笑,拍了拍他的肩:"庭岳,身手不错,改天找你切磋切磋!"

"庭岳不敢,大少爷见笑了!"庭岳抱拳,"我先下去了!"说罢,大步离开了。

"爹,最近洛阳城中出现不少胡人,有些还打扮成中原人士模样,我已加派人手巡查暗访他们的行踪,以便尽快知晓他们的图谋!"剑枫走近尉迟子宇,递给他一份奏章,"拟了一份奏章,明日想传给主公,让他把注意力多集中到胡人那边,这也是玮主的意思。爹,您看一下!"

"好,剑枫考虑甚是周全,为父很欣慰啊!"尉迟子宇看罢,连声称赞。

"近日府中似未再发生蒙面人出现事件,但仍需多加防范。"顿了一会儿,尉迟子宇说道,"庭岳这人,你看如何?"

"还不好说,改日待儿子试一下他的身手。就目前来看,本职工作还是尽心尽力的,救了心儿小妹两回。"剑枫说道,"不过戴着面具,又说是练功伤到的,让我总觉有些牵强,我得想办法看看他的真面目!"

"好,按你说的办,总之,一切小心,以玮主利益为重,以尉迟府利益为重,勿打草惊蛇!"尉迟子宇叮嘱道。

"知道了,请爹放心!"剑枫抱了抱拳。

4

琴声瑟瑟,一曲合奏的《上邪》终了。

"姐姐,你怎么会弹《上邪》的?还带着我弹得那么好!我们以前从没弹过,因为觉得它好难!"剑心侧着头问坐在一边的婉冰。

"可能是后来学的吧,我就觉得很熟悉,在我失去记忆以后第一次看到古筝,《上邪》的旋律就在脑子里了。你看,现在咱们配合得不是很好嘛。心儿很聪明,没练多久就很熟练了。"婉冰爱怜地看着她。

"可是,姐姐都弹不好《阳春白雪》和《高山流水》了,那两支曲子是我们俩弹得最多的,也是你最喜欢的呀!"剑心嘟起了嘴,有些失望地说。

"嗯,是觉得陌生。不过姐姐从现在开始就好好练,过一阵子就会很熟练了,再和心儿一起弹,好不好?你别不开心嘛,姐姐也没办法,脑袋不争气。"婉冰劝道,说着说着也情绪低落起来,叹了口气。

"没关系,姐姐那么冰雪聪明,不就两首曲子嘛,不在话下的。心儿不好,惹姐姐不开心了。"剑心见婉冰有些失落,又反过来劝她。

"那我答应你,就给我十天时间,保证可以熟练地和心儿合奏。"婉冰信心满满地说。

珍玑阁中,婉冰和剑心,一个一袭白衣,一个一袭紫衣,端坐于古筝前,弹琴聊天。剑心感动得想哭,曾经熟悉的场景在那两年中几乎是梦中的奢望,如今又真实地出现……

"心儿,休养了两天,不咳嗽了吧?"婉冰问道,"池塘里的水是不是很凉?"

"凉,还喝了好几口。咱们姐妹俩都水性不好,虽会一些拳脚功夫,但水上漂这种事都不敢学,不要说游泳呢!二哥那时候净笑话我们!"剑心回忆过往,傻傻地笑,"我呀,没姐姐聪明,身体可是比你好很多呢,大哥说我和牛一样!所以呢,咳嗽这点小事,完全不必担心啦,姐姐不用担心。"

"嗯,心儿,我准备回檀香阁了,看看牧晗有没有睡醒。"婉冰站起身。

"好,那我明天去看你们,你也注意身体,别累着了!"剑心关心地说。

剑心将婉冰送到门口,见庭岳在不远处的池塘边率一群人丈量尺寸,不禁好奇,便跑了过去。

"庭岳,你们这是干什么?"剑心问道。

"大小姐,我们在丈量池塘尺寸,老爷要求做一圈围栏,以防再有人落水!"庭岳似笑非笑的口吻,剑心能想象面具后他的表情,不禁对他一瞪眼。

"你那天没事吧?怪我来迟了,害你喝了不少水!"庭岳关心地问道。

"你知道就好,都怪你,害我掉下水!"剑心捶了下他的胸口,半开玩笑半认真地说,"要不是你,我才不会掉下水呢!喂了那么多年鱼,总那样的话我不早淹死了?所以都怪你,你这个木头!"剑心接连捶了他很多下,逼得他直往后退。

"心儿,别闹了,庭岳在忙事情呢!"婉冰有些看不下去了,"人家让着你,你还就欺负上了呀!"上前拉住了剑心,怕庭岳再让下去,也要掉池塘里了。

"少夫人!"庭岳叫了一声。

"心儿,我先走了,你别调皮了哦!"婉冰冲他俩笑笑,转身离开了。

庭岳目送她离去,没有出声。站在一边的剑心敏感地抓到了这一幕,一生气,又捶了庭岳一拳。

他这才收回目光。"大小姐,我继续忙了,您在这边的话一定要小心点儿看着脚下的路。"

"哼,木头!"剑心气嘟嘟地叫了一声,退到了一边,就看着他们一群人忙碌,没有要离开的意思,"今天我监工,你们都不能偷懒!"

庭岳笑着摇摇头，心想："小丫头，你的心思我都明白，但我只把你当妹妹一样看待，我有伊茗就足够了。"

"庭岳，你不会对我一点感情没有的，一次救我于歹徒手中，一次救我于水中，把面具摘下来给我看真正的你，还告诉我你有报仇大业，这些都是唯一对我做的事，不是喜欢我又是什么呢？"剑心看着他忙碌的身影，心中默默地想，"是不是有碍于我大小姐的身份？还是自己毁容的脸？没关系，庭岳，不管你现在出于什么原因，我都会等到你娶我的那一天！"这样想着，不觉红了脸。

"婉冰，啥事笑得那么开心？"刚进屋，郭燕在房中，见婉冰笑脸盈盈，便问道。

"郭燕姐，剑心这丫头好像真的喜欢庭岳，看到他就要去惹他，人家没好好搭理，她还生气了！"婉冰笑道，"我在想，之前我们合计着把她嫁出去，她还不愿嫁，我看现在呀，'八'字那一撇快写上了。"

"是呀，从救她那天开始，我看心儿丫头就心有所属了。"郭燕接着说道，"只是他们身份悬殊，庭岳又总是戴着面具，不以真面目示人。我担心爹娘会不同意，到时剑心又要闹了！"

"嗯，也是，不过两人如果真心相爱，庭岳又是个稳重可靠的人的话，倒也不无可能。他武艺那么高强，提升的机会应该很大；面貌嘛，只要剑心不介意，别人说也没用的。"婉冰见牧晱醒了，便伏身抱起她，"牧晱，你姑姑有心上人了！"

"爹说，牧晱的百日宴上要安排抓阄，婉冰，这是尉迟府第一位孙辈，大家都看着呢！"郭燕又看向牧晱，"宝贝儿，长大以后，一定和你娘一样，才貌双全。来，大娘抱抱！"

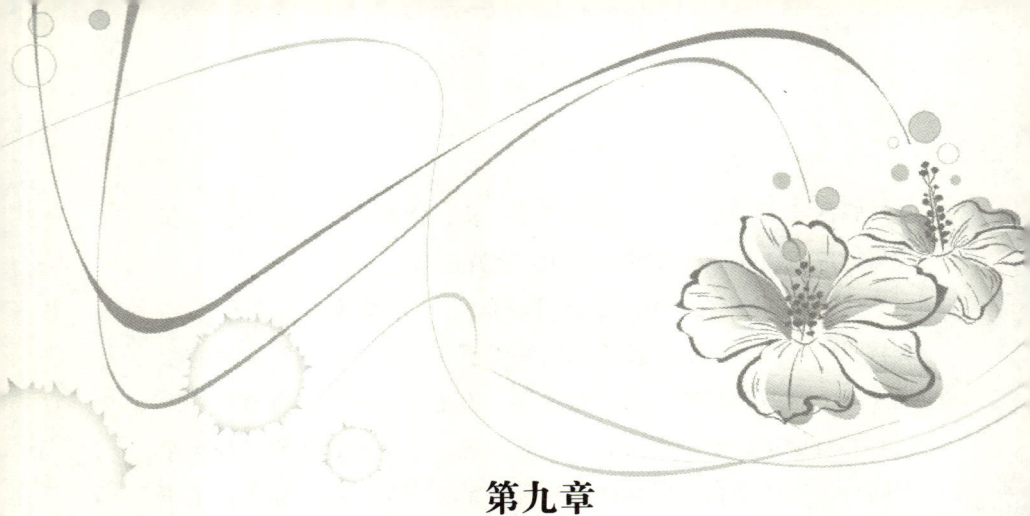

第九章

暗 生 疑 窦

饮水于溪边，蹲、竖耳、警觉，以防兽袭之。

1

阿乔随姚辰熙来到洛阳，待辰熙化名"庭岳"顺利进入尉迟府后，他便在城东距离尉迟府五里路的地方，找了间普通民居住下。平日里穿回了汉人的服饰，在暗中保护辰熙之余，调查姚府灭门案的幕后主谋。

宇文普拨关心他俩的安危，派了可汗府的一些侍卫，在洛阳城里协助阿乔。

一日，城中茶馆来了两名汉人打扮的胡人。表面上看起来与汉人并无差异。

"客官，这边坐！"店小二将他们引到靠窗的座位，"需要什么茶？"

"蒙顶山。"一位客人道。

"好嘞,这就来!"小二欣然答应,随即端上一些干果点心。

"如今时局动荡,我们洛阳还是难得的安静,不知道这太平日子还能维持多久?"只听得邻桌的客人感叹道。

"也不安生。听说如今主公在朝廷的地位已不比先前,势力越来越被削弱,诸王争权不断。北方还有胡人。自从雁门关驻关大将换了之后,没有大战事,但胡人如大举进攻,不知能不能像以前姚家大军那样严防死守,万一邺城失守,我们洛阳也就危险了!"邻桌另一人接上话。

"说起这胡人,游牧民族不开化,总以武力扰我中原边境。我中原文化如此博大精深,又岂是这类野蛮人学得会的?"一人轻蔑地说道。

两位胡人在旁听得很清楚,不禁心中怒火燃烧,但暂时压着没有说话。

"嗯,胡人野心勃勃地想侵入进来,我们中原文明被野蛮人践踏,真是不甘心呀!"

"哎,别冲动,阿乔将军再三叮嘱,叫我们万不可惹事的,记着我们现在是汉人!"其中一位胡人听邻桌人一再侮辱胡人,气不过,刚要发作,被另一人低声劝住,"可汗也一再嘱咐,万不可冲动行事。我们不必和他们计较!"

见他平静下来,另一人又说道:"你看,如今洛阳城的普通百姓们都知道我们可汗的厉害,入主中原指日可待。到时谁还敢说我们是不开化的野蛮人?从来胜王败寇,中原文化中确有很多可学习借鉴之处啊!"

"客官,你们的蒙顶山茶。"店小二将茶沏好,端了上来。

"说起这茶,也是中原文化的一部分。我听庭岳将军说过,他们汉人发现茶和用茶远在西汉以前,甚至可以追溯到商周时期。有空啊,你也可以多向阿乔将军请教,要了解中原,就要先从他们的文化学起,这也是可汗正在努力的!"

"嗯,明白,为可汗的大业,多学习中原文化!"那位胡人忽然开窍的样子。

"你看我们这样在洛阳城中待着,说是帮着找姚家灭门案的线索,也不见得能帮上什么忙,一点头绪也没有。不过倒是知道了不少中原百姓的生活和他们对朝廷的不满,也算不小收获。"刚大谈中原文化的那人又道,"传书给可汗,向他禀报一声。"

"不知道庭岳将军在尉迟府怎么样?尉迟剑枫的新夫人是他失踪的妻子吗?"

"这汝南王司马亮也真是个昏庸的主,把忠心耿耿又力拔山河的姚家父子杀了。不过倒是帮了我们大忙,攻占邺城的目标为期不远了。我想应该也是他们诸王争斗中设的计吧,汝南王身边有内奸,让他听信谗言,杀了忠臣,以此消耗他的实力。这设计之人想借助我们鲜卑之力灭了汝南王。"那胡人分析道,"不知是谁,是楚王吗?内奸又是谁?和庭岳将军失踪的夫人有何关系?"

"嗯,分析得有道理。如果尉迟府中果真藏着庭岳将军夫人,那尉迟府肯定与这事有关。庭岳将军肯定能找到线索。"

"对,我们静观其变,切不可暴露鲜卑人身份。"

两人继续喝茶,听着邻桌人的闲谈,看着街头发生的一切,一直坐到日渐黄昏才离开。

"明日我便修书禀告可汗。我们先积极练兵,使军队强大,同时可时不时地小战雁门关驻军,消耗他们的实力。待到汝南王与其他诸王火并得几败俱伤,中原元气大伤之时,再一举攻入以夺中原皇帝大权。如今所要做的,是尽可能挑起诸王矛盾,使之激化,加速他们的内耗。"那位胡人说道,"就从姚府灭门案开始。"

半个月后是尉迟府牧晗小姐的百日诞辰,尉迟子宇和夫人决定隆重操办。剑枫娶妻多年,郭燕几年前小产后一直未孕,秀琳也未有过动静,所以大家对小牧晗的到来尤为兴奋,婉冰也因此得到尉迟府上下更进一步的爱护和尊重。

如今,全府都在准备宴会所需物品,郭燕与剑心总体负责,忙得不亦乐乎。

剑樟又过回了往日的清闲日子,将大部分时间花在填词作赋、抚琴弄剑上,辰路的仇深压在心底,等待时机。对于婉冰,把她放到了嫂嫂的位置上,既然婉冰彻底地忘了过往,那剑樟也只有把曾经的美好尘封,只要每天能看到她安好、快乐,如此,足矣!

一日,婉冰突感风寒,半夜发起了高烧。剑枫着急地立刻将吴大夫请回家中,吴大夫看过后,觉得病不严重,便开了荆芥、防风、桑叶、羌独活、鲜姜、杏仁、枳壳等辛温解表、清热解毒的药方。

"大少爷不必太过担心,夫人只是外感风寒,用药得当,应不会发生哮喘症状。"大夫安慰了一番。剑枫送给吴大夫一块玉佩,以示感激。盛情难却,吴大夫便恭敬地收下了。在出府的路上,遇上了久候在此的庭岳。

"吴大夫,请留步。"庭岳抱拳道。

"您是?"吴大夫还礼,问道。

"府里护卫,庭岳。"庭岳答道,"想问吴大夫,婉冰夫人的身体情况。"

"并无大碍,偶感风寒而已,过几日便可痊愈。"吴大夫见护卫都如此关心,笑笑答。

"我想问的是,听说夫人有哮喘旧疾和咯血症,是否也已根治？"庭岳问道。

"要根治难，现在能做到的是不让此症复发，忌劳累忌受寒，便无大碍，护卫不必担心！"

"还想请教大夫，夫人的失忆之症……"顿了一会儿，庭岳问到了迫切想知道的关键问题。

"唉，说起这失忆之症，老夫本以为夫人当时能从鬼门关回来，失忆症应该随时间也会慢慢好转，所以老夫让府里人不断和夫人说起过往，以帮助她恢复记忆。可是两年过去了，效果并不理想，夫人对于过往事件的刺激无一点反应。大少爷和大小姐也询问过我方法，大小姐至今还在努力想要唤回她……"吴大夫不由叹了口气，"失忆之症非药石和金针过穴之术所能治之症，老夫也是无能为力啊！也罢，此症并不妨碍夫人如今的生活，亦无性命之忧。"

"大夫，您的意思是说，过往事件的刺激应该是可以唤醒夫人记忆的，是吗？"庭岳忽然明白过来。

"正是此意，只是在夫人身上效果并不理想！"吴大夫见庭岳理解了他说的重点，点点头。

"小人明白了，会告诉大少爷和大小姐的，让他们继续努力。我相信终有一天，夫人会恢复记忆的！"庭岳说道。

"你们家夫人心地善良，全府上下说起她都是称赞的！"吴大夫笑笑说，"连你这新来府上的护卫也这么关心！"

"是，夫人的好，大家都有目共睹，她的健康牵动着我们每个人的心！"庭岳抱拳道，"谢谢吴大夫，小人送您出门吧。"

送走了吴大夫，天色已微亮。庭岳在他的小屋里踱步沉思。

"茗儿，你是卫伊茗，不是婉冰！尉迟府的人把婉冰的过往塞给你，当然无济于事。你需要的是卫伊茗的过往，我明白了我该怎么做。这府里只有我知道,你是我的茗儿,从来就不是他们的婉冰,只有我才能唤回你!等你恢复了记忆,谁是杀害姚府全家的凶手也就知道了吧!茗儿,你一定要记起来,我会帮助你的。"

2

这回的风寒并不严重,吃了七帖药,婉冰就恢复了健康。只是剑枫依然不放心,成天陪着,一连几天没办公事。几日后,见婉冰果真没事了,才放心出府公干。

婉冰在屋中待了数日,异常憋闷。等剑枫允许她踏出檀香阁了,便去了后园,看看牧晗的百日宴会场地的布置情况。

"剑心,郭燕姐!"后园搭起了一个台,台上装点有各种饰品,大红的地毯及桌布显得喜气洋洋,台的正中是一张长方形桌子,桌面上铺着白布,郭燕正在往上放抓阄用的各类物品。

"婉冰,你终于可以出来了!快过来看看。"郭燕笑笑地叫道,"这是爹写的纸条,上面都是抓阄物品,你看怎么放比较好?这可是咱们小牧晗自己决定人生的时候!"

"姐姐,你看我挂的彩条是不是很好看?"剑心见到婉冰也很高兴,话落便将手伸向台下的婉冰。

婉冰轻握剑心的手,被剑心拉上了台。"姐姐,你这次回来以后呀,轻功都没了,不过没关系,心儿可以帮你。以后也不需要你打架,大哥和心儿都会保护你。"剑心嘟囔着说。

婉冰笑笑,原来我以前还会轻功啊!现在是一点都不会了。

"郭燕姐,我看看,有哪些东西呀?"婉冰冲剑心笑笑,转向郭燕,见桌边的木箱里装有很多备用物品。

"明天就是牧晗百日宴会了,今天得准备好。"郭燕说道,一边将物品陆续放到桌上。笔、尺、印章、铜钱、笛子、书卷、木剑、算盘、念珠、针灸用具、胭脂、筷子，共十二件。

"呵呵，这些东西我都喜欢！"剑心过来凑热闹，一件件拿在手上细看，"娘说，我小时候抓的是剑和筷子，所以我呀，会打架又爱吃，真还挺像那么回事儿的。"

"心儿，净会说笑！"郭燕掩嘴笑道，"那是侠客和厨师的意思，不过也对，心儿有那么点天赋在里头，仗义，爱美食……"

婉冰在旁摆放物件顺序，笑着听她们对话，没出声。"牧晥，在这乱世，娘只要你健康平安成长！"

第二天一早，尉迟府上便张灯结彩，热闹开了。全家人都早早起来沐浴更衣，早膳后陆续来到后园，准备观看第一场也是当日最重要的节目——牧晥抓阄。

尉迟子宇、夫人坐在观台的最中央，两边分别坐着剑枫、郭燕、秀琳、剑樟、剑心。丁松、庭岳、阿东、风、雨、雷、电等管事护卫分散左右站立。丫鬟、家丁们围站在四周。

辰时一到，随礼炮响起，小芙抱着牧晥出现在台的一侧，等候多时的婉冰接过牧晥走上台，剑心硬是坐不住了，也三步并作两步地跃上了台。随着掌声响起，婉冰抱着牧晥来到了摆放抓阄物品的台前。

牧晥挥着手，目光直直地盯着针灸用具，伸手要去够。剑心眼见，顿时喜上眉梢，拿起针灸用具，转身向众人欢呼道："针灸用具，牧晥小姐将来要成为一名大夫，心怀济世救人的理想呢！咱们尉迟家从没出过大夫的，爹，是不是啊！"

尉迟子宇也乐得合不拢嘴："是啊，从没出过行医治病的大夫！好啊！再抓一个吧，还有一次机会，看看牧晥小姐的第二个理想！"

周围气氛一时热闹非凡，牧晥也随着一个劲儿地舞动双手、表情丰富。婉冰抱着她在桌前来回走了两遍,牧眈才稳当地将手指向木剑,并停留了一会儿。

剑心见了,激动地蹦了起来,随即拿起木剑:"是剑,娘,我侄女和我小时候一样,抓了一把剑!"说罢,刮了一下小牧眈的鼻子,"姑姑以后教你剑法怎么样?"

"好啊,牧眈小姐有侠义心肠,今后跟爹一起闯荡江湖,打尽天下不平之事!"剑枫笑容满面,激动地一跃,跳上了台,接过婉冰怀里的牧眈,亲了一口,扛到了肩上。

掌声、欢呼声汇成了一片。之后是杂耍、摔跤类的戏目。午时,开席用餐,百张八仙桌整齐地排列在后园中,尉迟府亲朋好友皆来贺喜,贺礼堆放了园中一大角。

酒至中巡,阿东急匆匆地跑来,在剑枫耳边轻语了几句,剑枫脸上划过一丝不快,瞬间又恢复寻常,起身和身边打了声招呼,随阿东到了一处安静的地方。

"阿东,这次是几个人?府里有没有少东西?"剑枫皱着眉问。

原来,大家都在后园玩耍逗乐时,阿东在前院巡查,忽见两个蒙面人从檀香阁附近快速跑过,待他追去时却见他们已翻出了墙。因为今天日子特殊,阿东没敢惊动太多护卫,便立刻将此事告诉了剑枫。

"是两个人,身形及身手和上回晚上所见估计是同两人。但我觉得他们并不是来偷东西的贼,感觉像是在找人!"阿东说道。

"庭岳呢?见他人没有?"剑枫忽然想到,问。

"不在后园吗?"阿东反问。

"不在,我以为他和你在一块儿!"剑枫顿觉奇怪,似乎想到了什么。

"大少爷,听说有不明身份的人出现在府里。我刚去府外看了，他们已跑得没了踪影！"庭岳在不远处出现，冲着剑枫喊道。

"嗯，庭岳，我们刚想找你呢！"剑枫故作轻松地说，"好了，你们分头查查，府里有何不妥之处。今日之事，暂时不要让府里人知道，免得扫了大家的兴！"

"是！"阿东、庭岳抱拳道。

剑枫走后，他俩互相看了一眼。"你来府之前，他们也来过，不过是晚上穿着夜行衣。如今敢光天化日之下随意出入尉迟府，胆子越来越大了。如此，也是我们工作的失职啊！"阿东抱怨道。

"确实，这两人胆子太大了，也怪我，没追上他们。只是他们轻功确实了得，转眼就没了人影，绝非一般毛贼！阿东，我们再看看府里还有何异样！"庭岳提议道。

阿东听了庭岳的话，转身跑进了檀香阁。

庭岳回想刚才一幕，不由心有余悸。

"阿乔，你来干什么？大白天的被尉迟府中人看见怎么办？"

"公子，我来就想找你问问事情进展如何，伊茗夫人和您相认没？"

"此事说来话长，没你想得那么简单。阿乔，我长话短说，你听好。从现在开始，你不能这样出现在尉迟府，太危险了。尉迟府中戒备森严，高手遍布，你几次顺利逃脱，已属万幸，不可一而再，再而三地涉险。我这边，你放心，如要你们帮忙，我会来找你的。如今尉迟府的人尚未怀疑我的身份，我有我的打算，一步步查找线索，了解事情真相。所以你万不可给我添乱，听到没有？"

"好，我都听你的，公子。以后没你的命令，我不会出现在尉迟府！你自己多加小心！"

"好，你们快走吧，我得回去了，府里人马上会找我！"

幸好庭岳回来的正是时候，剑枫看起来并未怀疑到他。"阿乔，我们差点暴露！"庭岳暗暗叫苦。还好，只是虚惊一场！

"剑枫，没事吧？"郭燕见剑枫回席，问道。

"没事，我们继续喝酒。来，郭燕，今天节目安排如此丰富，都是你的功劳，我敬你！"剑枫笑着，端起酒杯，碰了碰郭燕的酒杯，一饮而尽。

"恭喜大少爷！牧晱小姐可爱聪明，真是有福气啊！""恭喜尉迟老爷！""恭喜老夫人！""恭喜大人喜获千金！"……众人频频敬酒，席间无比热闹。

晚上是猜灯谜、放灯，主人及宾客们兴致颇高，直到亥时才陆续散去。

3

尉迟子宇书房。第二日一大早，剑枫就来找尉迟子宇。

"爹，昨日府上又出现蒙面人！"剑枫道。

"哦！何时的事情？人还是没抓到吗？"尉迟子宇疑惑地皱了皱眉。

"昨日午宴的时候，阿东来报，来人轻功不凡，被发现后瞬间就逃了。"剑枫叙述道，"据阿东描述，很可能就是上次夜探府上的那两个人，他们似乎是在寻找某人或某物，并不是普通的梁上君子。"

"是，武艺如此了得定非等闲之辈，如今我们尉迟府位高权重，难免会树敌；我俩身份又特殊重要，凡事万要小心谨慎。"尉迟子宇叹了口气，问，"剑枫，对来人身份可有头绪？"

"尚无头绪。"剑枫微摇了下头。"不过，爹，庭岳此人有些让我怀疑。"剑枫顿了顿。

"嗯，说下去……"尉迟子宇示意着。

"我赶到前院的时候，他没在。之前一直以为他和阿东在一块儿，府上别的侍卫都在后园。不过没一会儿，他就出现了，解释说去抓蒙面人，但没抓到！"剑枫神情严肃地说，"这不能不让我对他有些怀疑。爹，你说我是否仔细盘问他一下？"

"不可，剑枫。一来，如果蒙面人与庭岳有关，你非但问不出结果，反而会让他觉得我们在怀疑他的身份；二来，如果是我们猜测错了，他的确是个忠心耿耿的护卫，那不是让人白遭冤枉了？所以，还是先勿打草惊蛇，可暗中观察他有何不轨之处，同时核查他的身份，是否确如他所说来自太行山。总之，一切暗中进行！"尉迟子宇关照道。

"谨遵父亲指示，我会找机会先挑了他面具，看一下他的真面目！"剑枫点头。

剑枫走后，尉迟子宇坐在书桌前，闭目陷入了沉思。既然选择了这条路，只有排除万难、勇往直前了！

"姐姐，我以为牧晱会选笛子、书卷、笔之类的物品呢？"檀香阁婉冰屋中，剑心把玩着茶具，若有所思。

"为什么呢？"婉冰将牧晱交给小芙，和剑心一起坐下，沏了一壶茶。

"像她母亲一样啊，恬静优雅、知书达理！"剑心笑道，"不过牧晱真能做大夫就好了，把你的记忆给治好，姑姑我呢就这点心愿！"

"好了，剑心，你想太远了。现在我这样不也挺好吗，你还嫌弃我不成？"婉冰假装愠怒道。

"没有没有,现在也挺好,嘻嘻……"剑心慌忙解释,"姬姐,《阳春白雪》可以与我合奏了吗？十天到了啊！"

"答应心儿的事，一定可以做到。现在就开始吧！"婉冰很有信心地一笑，来到了已摆好的古筝前坐下。

一曲终了，果然比当年弹得更好。剑心甚是感佩："姐姐弹琴，很能找准曲子的韵味，是用心用情用生命在弹奏！我也是不久前才感悟到的，以前只知道把曲子音符不差地弹下来就行，没想到深一层的内在……"

"嗯，心儿说得对，弹琴确实不能只关注身形指法和音符旋律，更需要用感情。对我的合奏还满意吧？"婉冰笑问。

"那是当然的！"剑心看着婉冰，微微一笑，"为什么有时候的她会让我感觉如此陌生？"心中默念。

后园池塘边。丁松和庭岳带着一群人在为做护栏忙活，黏合用的泥已和好。木质的栏杆堆在地上，上面有雕刻精致的花型图案。天气渐热，在太阳底下长时间晒着干泥活，那群人个个汗如雨下。

休息的当儿，只见一人蹲在池塘边，取池塘水洗脸后，双手做瓢取水，头往下凑，接连如此喝了五六口。剑心在旁边看到，心生奇怪，又觉他们可怜："喂，小兄弟，我去打点水给你喝吧。哪有你这样喝水的，池塘里的鱼儿会被你吓坏的！"

不一会儿，几个下人抬来了两缸水。"这是井水，大家口渴了喝这儿的水吧！"剑心指着水缸向大家解释道。

"大小姐，您想得真周到，我代兄弟们谢谢您了。"庭岳见状，笑着对剑心抱拳致谢。

"好说好说，你知道我的好就行！"剑心轻轻地说，又不觉红了脸。"庭岳，这栏杆还要多久才能修好？"

"这一圈泥砌好，木栏往上一安就好了，最多半周吧！"庭岳答道。

"哦，这么快！"剑心嘟囔了一声，又在边上看了好一会儿。一直到午膳时间，她才离开。

"姐姐，给你讲个有趣的事儿！"午膳后，剑心来到婉冰房中，"今天呀，我看他们在搭围栏，有个人特别有意思，口渴了居然就蹲在池塘边喝池塘里的水，把我的鱼儿都吓跑了，从没见过这样喝水的，哈哈……"

"是嘛，说明特别渴了吧！或者他和我们不一样，就爱蹲着取水喝。"

说者无心，听者有心。他们的对话，剑枫全都听在耳中，没动声色，自顾喝着茶。

"松叔，围栏建得很快，您功劳不小，辛苦了！"一日剑枫在府里碰到丁松，便打了声招呼，"等工程结束了，我请示爹好好赏你！"

"使不得，使不得，大少爷，我没做什么事！"丁松赶忙摆摆手，"这次都是庭岳在费心，从丈量尺寸到请工人，还自己设计花样，事事细心，确实尽心尽力啊！"

"松叔难得夸赞手下，对庭岳倒是赞不绝口！"剑枫将松叔的话听得非常仔细，证实了之前心里的猜测。"在没有更确切证据之前，不可轻举妄动！"剑枫同时又想起父亲的叮嘱，咽了下口水：继续静观其变！

半个月后，围栏全部安装完毕。如此一圈雕花精细的木质围栏，并不觉得突兀，反而像是装点，将池塘与四周的长廊更紧密地联合成一个整体。尉迟子宇见后，赞不绝口，赏了庭岳一个不小的玉雕摆件。

"老爷，我明日还要出府一趟，给修建围栏的弟兄们一些赏钱,以后府里要修泥造墙的,还可以找他们,说话方便些。"庭岳向尉迟子宇告假。

"好,还是庭岳想得周到,你去吧!"尉迟子宇笑道,拍拍庭岳的肩。

"剑枫!"庭岳离开后,尉迟子宇叫道。

"爹,我明白,我明天会悄悄跟着他!"剑枫点点头,"爹,赏得好!"

4

第二天一大早,庭岳便换上普通百姓的衣裳,出了门。不一会儿,剑心一身男儿装打扮,尾随着出了府。剑枫看在眼里,好生奇怪,不动声色地跟在了他们后头。"这丫头怎么回事?难道她也发现什么了吗?"

他们三人就这样走了一路,前头的两人并没有发现他们正处于"螳螂捕蝉,黄雀在后"的状态。约莫走了五里路后,庭岳在一间普通民居门口站定,敲了下门。开门的是个普通洛阳百姓打扮的人,庭岳进屋后,他伸头左右望了望,便立刻关上了门。

过了一会儿,剑心很小心地躲到了窗户下面,准备探头张望。剑枫找了个很好的角度,远远地可以看清剑心和没有拉严实的窗帘缝里的一切。

屋内加上庭岳一共有六个人,看起来全都是普通百姓。剑心能听到他们的说话声,确定不是汉语,所以一点没听明白。他们聊了一阵之后,开始围桌饮食。只见桌上都是水煮的牛羊肉和奶酪制品,剑心和剑枫各自暗暗吃惊。

半炷香时间过后,剑心轻声快速地离开了。剑枫依然注视着那道窗帘缝,见他们捧酒缸豪饮的场面,不由更证实了他先前的猜测。不多久后,剑枫也飞身离开了。

珍玑阁中。

剑心和衣躺在床上,眼睛盯着天花板出神,眼角一滴滴的泪珠流下。没吃晚饭,一会儿又发起了脾气,在屋里摔东西。原来庭岳果真是胡人!为什么上天要开这样的玩笑?

"胡人善骑射,又多与豺狼为伴。常饮水于溪边,蹲、竖耳、警觉,以防兽袭之。"剑心想起昨日她查找到的描述胡人饮水的资料,婉冰无意间的那句话"爱蹲着取水喝"启发了她。今日的事实又赤裸裸地摆在眼前,但她仍不敢相信,决定找庭岳问个清楚。

剑心想到这儿,立刻起身下床。天色已晚,一路左顾右盼地悄悄来到了庭岳的小屋。

"庭岳,开门,我有急事找你!"剑心轻轻呼唤,敲了几下门。

"大小姐!"依旧戴着面具的庭岳让剑心进了屋,将门关上,"这么晚了,找我什么事?"

"你今天去哪儿啦?"剑心嘟着嘴问。

"去找几个朋友喝了点酒,谈点事情。"庭岳以为剑心又是来找他聊天的,便轻描淡写地说道,一边坐下擦起了他的紫棱刀。

"是胡人朋友吗?"剑心轻轻地问。

庭岳听她如此一问,瞬间停止了手上的动作:"你跟踪我?"

"你到底是谁?胡人吗?上回你说你身负报仇大业,究竟是什么事?"剑心急急地问,脸涨得通红。

"大小姐,知道太多对你没好处!"庭岳站起身,背对着她,"我是谁不重要,但我绝不会伤害你!"

"你也答应我,不要伤害婉冰姐姐好不好?我知道你是来杀她的,姚家父子是不是因为你们被主公赐死的?主公并没下株连命令,是你杀了姚家全府对不对?"剑心哭着说。

"我……"原来被剑心误解成这样,庭岳刚悬起的心稍感安慰,轻轻吐了一口气。

剑心从后抱住庭岳的腰,庭岳一惊。"不管你是胡人也好,汉人也好,我爱你,庭岳!我只有一个要求,就是请你不要伤害婉冰姐姐,她已经失忆了,对你们不会有任何威胁,现在好不容易又有了幸福快乐的日子,求你不要赶尽杀绝!"

被剑心这样哭着说了一通,也不由揭开了庭岳的伤疤,心里一酸,一滴眼泪流下,"我姚辰熙怎么会伤害茗儿?"心里默念。

见庭岳保持这个动作,一直未吭声,剑心又道:"求你了,庭岳,如果你一定要杀人,你就杀了我吧,用我的命换婉冰姐姐的命,我已经承受过一次她死在我面前的打击,不能再承受第二次了!"剑心越说越伤心。

"好了,大小姐,我答应你。"庭岳挣脱开剑心的手,转过身,抱住她的肩,"我绝不伤害婉冰夫人,也不伤害你!"

"嗯,那你自己也小心点,你鲜卑人的身份千万不能让府里其他人知道!否则你命会不保的!"剑心见他答应,舒了口气,转而又担心起他的处境来。

"我知道,大小姐,你放心!"庭岳松开手,剑心又一把抱住他。"庭岳,我说过,以后我们两个人的时候,你就叫我剑心吧。"

"好,剑心,你也答应我,以后我的事,你不要涉入太深,我是个危险的人,你不能爱我,真的不想你因我受牵连。"庭岳拗不过,答应的同时说出了心里话。这个完全搞不清状况的善良的小丫头,还真挺担心她因他而受难。

屋里发生的一切都被屋外隐蔽着的剑枫听得一清二楚。

清晨,后园新建的围栏边,剑心双手抱在胸前,望着池塘中的鱼儿发呆。锦鲤通体光亮、色彩鲜艳,在朝阳的暖暖照射下,显得生气勃勃、趣味盎然。

"心儿,昨儿一天都没见你,出去了呀?"婉冰出现在长廊上。

"姐姐,我昨天出府溜达了,娘让我去买点东西回来。"剑心回头看看婉冰,想起庭岳,又不免心生一丝担忧。

"怎么啦?不高兴吗?这围栏还真挺好看的,以后心儿就不会掉水里去了!"婉冰想逗她笑,"我说这庭岳还挺能干的,眼光独特,挑选的木质上乘,上头雕刻的花样也和周围环境如此和谐。看来只让他做护卫,是有些屈才了!"

"嗯,是啊!"剑心心不在焉地答道。

"改日我和剑枫提提,升庭岳的职,你说好不好?"婉冰又道。

"不用了吧,做护卫挺好!他答应过我,会好好保护我们的,不用担心!"剑心仍然心不在焉,有些答不对题。

"心儿怎么啦?庭岳是不是惹你生气了?"婉冰见她回不过神,问道。

"没、没有的事,姐姐,只要你平安快乐,心儿做啥都愿意!"剑心忽然信誓旦旦地说了句,让婉冰有些莫名其妙。

"说什么呢,心儿,姐姐也要你平安快乐,咱们姐妹俩都要幸福。"婉冰说道,抱了抱剑心,"心儿,谢谢你,虽然我记不起以前的事,但是这两年多来,你带给我很多温暖和感动,我已经把你当成了最亲的妹妹。所以,你也要每天都平安快乐,让姐姐做啥也都愿意!"

剑心听着感动,心头酸酸的。"如果有一天,让我在姐姐和庭岳两人间选一个,我该怎么办?"想着不由眼泪滑落。

"心儿,你到底有啥心事?说给姐姐听听。你看,怎么哭了呢?"婉冰微微皱了皱眉,替剑心拭去了眼泪。

"没事，沙子吹进了眼睛！"剑心勉强一笑。

"走吧，心儿，我们去你房里喝茶看书好不好？"婉冰一笑，勾住了剑心的手臂。

"好，走吧。"剑心吸了口气，平复了下心情。

先别想那么多了，庭岳既然答应了，就一定不会伤害姐姐的。老天爷也不会那么残忍，要我在他们俩之间做选择。她这样自我安慰着。

第十章

片 片 记 忆

胡人又有什么关系,我不在乎你的身份!

1

尉迟子宇书房。门关得紧紧的,书房内就尉迟子宇和剑枫二人。

"爹,庭岳是胡人!"剑枫严肃地说道。

"哦?果然有收获!"尉迟子宇认真地听剑枫讲,又问道,"打探清楚了吗?说给爹听听!"

"上回来修建围栏的一群人中,我就发现有胡人,知道了他与庭岳有关。昨日跟踪庭岳发现,他与一群胡人在一起,共吃胡食。"剑枫道。

"嗯,剑枫,做得好,继续打探他的身份,来尉迟府是何居心?"尉迟子宇道。

"我已摸清他们昨日聚头的地点,就在离府不远的一座民居,改日我再去探查此屋主人,应该会有收获,也许与几次来府的蒙面人有关。"剑枫分析道,见尉迟子宇点头,他顿了一下,又说,"还有件事,爹,也许会让我做事有所顾忌。不知该不该让爹知道?"

"什么事?但说无妨。"尉迟子宇摆摆手。

"昨日我跟踪庭岳时,发现剑心也跟踪他。回府后,我又听到她和庭岳的私下对话,才知道她将庭岳当成了杀害姚家的凶手,怕他对婉冰不利。"剑枫低头小声说道。

"心儿丫头如此推测也有她的道理。"尉迟子宇微微一笑,点点头。

"还有个更重要的信息:心儿丫头爱上了庭岳!"剑枫看向尉迟子宇。

"女儿长大啦,也有自己的心思了,庭岳两次救她于危难,英雄关难过呀。不过这事,要想办法尽快处理,不能让剑心涉入太深。庭岳要果真是胡人,我们这府里的池水就更浑了。"尉迟子宇认真地说道,"剑枫,还是那句话,切勿打草惊蛇,剑心那儿也要盯着点儿!我近日会去玮主那儿,这事得和他汇报一下,听听他的意见。"

"是,爹,我会谨慎的。爹也一切小心!"剑枫抱拳道。

胡人近来在洛阳城中活动频频,还把手伸到了尉迟府中,朝中诸王争斗已让人精力不济,还要应对胡人,真是乱上添乱。府中也是,政事、家事、儿女私事夹杂在一块儿,如此万不可乱了阵脚。只希望牵涉的人越少越好。

尉迟子宇这样想着,忽然一个念头闪现,便打开书房门,径直走出。

尉迟夫人正在房中刺绣,在面前的是一幅很大的千鹤绣品,已完成了大半幅，图案复杂，色彩多变，仙鹤栩栩如生。一针一线倾注了大量的心血。

"夫人！"尉迟子宇进屋，喊了一声，"绣品如此精致，夫人真是心灵手巧啊。"

"老爷！"尉迟夫人放下手中的针线，笑容款款地起身迎上前，"找我有事啊？"

"嗯，想起来了就想和你说。上回你提到心儿丫头不小了，该给她说门亲事了。"尉迟子宇拉过夫人的手，在桌旁坐下，"我怕一忙，又把这事耽搁了。"

"是啊，女孩子家，不能让她学剑樟，说什么一个人逍遥快活。得找个门当户对的婆家，也完成我们的一桩心事！"夫人缓缓说道。

"夫人心中可有合适人选？"尉迟子宇问道。

"我平日甚少出门，认识人不多。一切但凭老爷做主就好。"夫人微笑地说。

"我倒有一人选，御史崔大人的公子，与我们心儿年龄相仿，文治武功皆属上品。年前崔大人就向我提过，我当时未答应只说缓一阵再议。看来如今是时候了！"尉迟子宇道，"夫人没意见的话，我明日就去和崔大人议议。"

"好，老爷做主便是。"夫人点头。

接连两周，剑枫都在阿乔住的民居附近暗查。不时有汉人打扮的胡人出入此屋，只不过剑枫听不懂他们说的话，一时无法了解他们的图谋。这些人终日混迹于市井、酒楼、茶馆，总体看来还算安分，尚未发现有惹是生非、打架斗殴之类的事件发生。

但屋中主人与他们还有些不同。他一个人的时候，更多吃的是汉食。剑枫看在眼里，又生疑惑。这样耗着已无更大进展，心中又生一计。

"听说爹娘要给剑心说门亲事,剑枫,你看这如何是好?"婉冰一边脱下剑枫的官服,一边说道,"心儿最近一直闷闷不乐的!"

"哦,是嘛。"剑枫搂着婉冰的脖子,"来,坐着,好好和我说会儿话。"爹的动作还真快,一边心里直嘀咕。

"心儿喜欢庭岳,打从他进府就开始了。"婉冰道,"只不过一直有碍于身份,她没敢和爹娘说。不过这庭岳也有些奇怪,对心儿很关心,但又时常爱搭不理。"

"嗯,我也不同意她和庭岳在一起。他成天戴着面具,身份不明,爹娘肯定不同意!"剑枫笑笑,头往婉冰身上靠,"不像我们这样,知根知底,爹娘亲自首肯。"

"爹说御史崔大人的公子不错,他有意给心儿说这门亲。"婉冰继续道,"但我觉得心儿不会同意的,她会主动争取自己想要的。而且就算碰到阻挠,她也不会后悔!"

"你呀,还挺了解剑心的嘛。"剑枫紧拉着婉冰的手,"身份地位都不重要吗?不怕爱错人?哪怕是与大义相悖的?"

"嗯,爱了就不会后悔!心儿应该是这样的。"婉冰挺认真地说。

"那你呢?婉冰,你爱我,也是如此吗?"剑枫眼神中扫过一丝不安,近乎哀求地问。

"是,剑枫,我很感激你这一路来的不离不弃,所以不管有什么困难,我都会一直在你身边。爱你,不会有错的!"婉冰肯定地点点头。

"谢谢你,婉冰,有你这句话就足够了!"剑枫紧抱住婉冰,眼角有些湿润。

"别总说这种话好不好？我知道四年前因为你的失误让我差点丢掉性命，这使你一直很愧疚，但我现在不是好好的嘛，你照顾我无可挑剔。我的失忆也不是你造成的，所以剑枫，你不欠我的，反而是我欠你更多！"婉冰也动情地说道。

"好了，婉冰，我们谁都不欠谁的，夫妻就是要同甘共苦、携手到老的。"剑枫恢复了平静，握着婉冰的手，久久注视着她的眼睛。

"只是不知道庭岳的想法，我想有机会找他问问。"婉冰说道。

"离庭岳远一点，他不是个简单的人。要听我的！"剑枫认真地说。

"嗯，我有分寸。"婉冰微微一笑，点点头。

2

"夫人，我和崔大人相谈甚欢，这门亲事基本可以定了！"尉迟子宇回到房中，脱去官服，一边高兴地和夫人说道，"崔公子如今官至户部侍郎，年轻有为啊！"

"老爷，我就是担心心儿不愿意啊！"尉迟夫人道，"是不是问问心儿的意思，再答应崔大人？"

"也罢，夫人一定要说服她！"尉迟子宇知道女儿的脾气，如今未到事情不可收拾的地步，他还不会硬来。

珍玑阁南侧有条小路。树木繁茂，因为是条死路，几乎没人行走。庭岳拉着剑心在这儿说话。

"剑心，我那天的话还没说完。我是鲜卑人，名叫宇文庭岳，来到洛阳是有重要事情。遇见你是个意外，我真的很开心，但我一直把你当成小妹妹一样看待。别对我动感情，我承受不起。"庭岳低着声音，认真地看着剑心。

见剑心要开口，庭岳继续说道："我知道你是个善良的女孩，你会找到自己的幸福。你很讲义气，很让人信赖，所以我不想伤害你，同时也要把我的感受告诉你。"

"又是为了民族大业、国家大业……你办你的重要事情，我不会妨碍你，不在乎等你……鲜卑人又有什么关系，我不在乎你的身份,更不会动摇我要和你在一起的决心……"剑心急着争辩，又有些害羞，说话断断续续的，脸涨得通红，"我不管，我就是喜欢你！"

剑心委屈地转过身，想跑。身后又传来庭岳低沉而充满穿透力的声音："我有妻子，我很爱她！这你总该在乎了吧？"

剑心停下脚步："你说什么？"

"我把一生的爱都给了我妻子，她如今下落不明，我来中原就是为了报仇，为了寻她！"庭岳认真地一字一顿地说，"剑心，现在你能明白了吗？"

"那如果你找不到她呢？"剑心平静下来，幽幽地问。

"天南海北，天上地下，我一定会找到她！"庭岳声音不响，但字字有力地敲打在剑心的心上，眼泪夺眶而出。

"那我怎么办？"剑心颤抖着声音，喃喃道。庭岳一时语塞。

"我明白了，今后不再打扰你了。"顿了很久，剑心开口说道，始终背对着他，"但我还是会帮助你的。"

时间似乎停在了这个当口，久久的两人没说一句话。剑心突然转身一跃，趁庭岳丝毫没有防备，摘下了面具，只见庭岳已泪流满面。

"你干什么！"庭岳一惊，立即夺回面具，戴回脸上。剑心看了他一眼，没说话，转身跑回了珍玑阁。

一曲《上邪》，如泣如诉，道尽剑心多少心动、害羞、勇敢、甜蜜和心酸。与庭岳相识以来的种种，历历在目，真忍心割舍这人生中的第一次心动吗？把他放到兄长或朋友的位置上，远远观望，成就他的梦想，从此咫尺天涯？曲终琴弦已断，混乱的思绪无暇顾及被断弦割伤鲜血流淌的手指，干涸的眼睛已经欲哭无泪，心痛到极点原来就是不知痛感。

"剑心，你怎么啦？手都流血了，要赶紧处理一下。"婉冰在楼下听到催人心肝的琴声，便跑进了剑心的房间，一进屋便傻了眼，急急地说道。

剑心没理睬婉冰，依然沉浸在自己的世界中，似乎对周围一切视若无睹。

婉冰拉近剑心的手，只见食指指腹被琴弦割了道深深的口子，血不断在往外流。她赶忙翻找药箱，找出些三七粉，倒在剑心的伤口上，包扎好。

剑心这才回过神："姐姐！"她轻轻唤了声。

"好了，心儿，你怎么回事啊？告诉姐姐！"婉冰焦急地眉头紧锁。

"他不要我，可是我还是很爱他。"剑心没头没脑地说了句，眼泪扑簌簌往下掉，"姐姐，为什么会这样？"

"你是说庭岳吗？你们都说清楚了？"婉冰问，"他怎么可以这么欺负你？有说是什么原因吗？"

"姐姐，他没欺负我。你就别问了，我心里难受……"剑心哽咽得说不出话。

"好，咱们不说了。心儿别伤心，姐姐一直陪着你。"婉冰将剑心搂在怀中，摸摸她的头，"别想太多了，一切都会过去的。"

她们这样坐了一会儿，剑心哭累了，在婉冰怀中睡着了。见剑心如此，婉冰忽觉感同身受。"我也曾经为爱如此痛苦过吗？"

暗自问自己。

后园长廊。夕阳斜斜地照在池塘里,水波浮动,光影缥缈,婉冰倚靠在廊柱上,身后的影子被拉得很长,一袭白衣在余晖的照映下显得更加清新脱俗。庭岳正从长廊另一头走来,见此不由放慢了脚步,那个魂牵梦萦的背影,此刻那么近却又那么远。

婉冰听到身后的脚步声,知道是她等的人来了,便转过了身。"庭岳。"轻轻唤了一声。

庭岳走到婉冰面前,稍迟疑了一下:"少夫人!"如此的称呼,真是让他忍无可忍。

"剑心最近情绪一直不好,和你有关吧?"婉冰开门见山地问。

"是,我不想让她受伤害,所以我想尽早和她说明白。"庭岳也坦率地回答。

"可是她还是受伤了,而且很严重。"婉冰叹了口气,有些抱怨地说。

"对不起,我只是想把伤害降到最低!剑心是个善良的女孩儿,我不能让她走进我的世界,对她没有好处!"庭岳解释道。

"感情的事不是因为没有好处就能轻松舍弃的。"婉冰正色道,"庭岳,我原本以为你是个有担当的英雄,坦坦荡荡的君子,看来是我错了,你只是个遇到事情就会逃避的人!"

"我不是,你没资格这么说我!"庭岳有些动怒,"我不允许你这么评价我的苦心!"

"我也不允许你如此回避剑心的感情!"婉冰也很气愤,几乎不发怒的她此刻也怒火中烧,转身就要走。

"茗儿!"庭岳脱口而出,放缓了语气,"我以为你会懂我。"

婉冰停下脚步,回头看他:"你说什么?"

面具下的庭岳眼眶已经湿了,声音颤抖地说道:"我所做的一切都是为了曾经的一个约定，比我生命更重要的约定。终有一天你会明白的。"庭岳有些哽咽，顿了顿。婉冰有些疑惑地望着他。

"少夫人，对不起，刚才是我一时情急顶撞了您，请不要见怪！"庭岳平复了情绪，向婉冰抱拳道歉。

婉冰觉得他话中有话，但又不便多问，冲他尴尬地一笑："没事，也是我情急了，感情的事本来就是两厢情愿的。她有情而你无意，勉强不来。我先回去了！"说罢便转身离开了。

茗儿，你让我怎么做，告诉我。我是如此渴望地要唤回你的记忆，可又怕打破你如今幸福美满的生活。要我怎么办？任由你一味地误解和指责！因为你，我不要再接受任何人的感情！庭岳望着她走远的背影，一手握住了碧玺坠子。

"茗儿"——婉冰耳边一直徘徊着庭岳口中的这个名字，感觉如此熟悉，但又想不起在哪儿听过或见过。应该是对庭岳很重要的人，想了一会儿，她做了如此推断。

忽感一阵头疼，婉冰闭眼坐到了床上，深吸了两口气。为何又是那种感觉？庭岳为何让我有种惺惺相惜的念想？不想了，头疼得不行，婉冰眉头紧锁着无力地靠在床背上，有些昏昏欲睡。

"茗儿，你琴弹得真好听！"

"茗儿，你能背那么多书，让我好生惭愧！"

"茗儿，我编了一套新的刀谱，舞给你看！"

"茗儿，和你在一起好开心，长大了我要娶你！"

"茗儿，我美丽的新娘，我们会幸福一辈子的！"

"茗儿，等我回来，还你一个顶天立地、铁骨铮铮的男子汉！"

"茗儿，想我了就告诉月亮，我都能听到！"

……

"婉冰，醒醒，你怎么啦？"急促而担忧的声音在耳旁响起。婉冰缓缓睁开眼睛，见是剑枫炙热而忧虑的目光。

"吓坏我了，你刚才一直昏睡，我叫了好几声，终于醒了！"剑枫说道。

"乱七八糟的梦，扰得我头疼。刚有些困，没事，剑枫。"婉冰微微一笑，动了下身子想坐起来，又感一阵眩晕，不由皱了皱眉。

剑枫见状，扶她用最舒适的姿势靠在床背上："怎么又忽然不舒服了呢？让你别看那么多书吧，你看，伤神了！"剑枫见床边柜子上堆放着很多书籍卷章，不由埋怨道。

"没事，我睡一觉就好了！"婉冰安慰剑枫，对他笑道。

"嗯，睡一觉，别操心啦！"剑枫应道。

婉冰又闭上了眼睛。梦中的呼唤是如此的清晰，"茗儿"究竟是谁？我可以问剑枫吗？还是问庭岳？我以前认识庭岳吗？

3

珍玑阁中。

盘香袅袅，风吹纱幔。桌上展着一张画纸，一个穿着胡服的年轻男子跃然纸上，五官俊朗，轮廓清晰的五官显得英气逼人，他一手拿着面具，一手拿着刀。剑心在画纸一侧写下"宇文庭岳"四个字，久久地看着自己的画作，甚是满意。

庭岳如果脸上没有疤的话，应该是这个样子的，她想。

他要报仇、寻妻；可能与姚家有关，可能要杀姐姐；他是胡人；姚大人曾是邺城城主，姚二公子驻扎雁门关抵御胡人来犯，后来叛国投胡被主公赐死；又不知被何人血洗满门。这一串事件连起来，剑心似乎想明白了这整个事件，大致是这样：姚家抗胡致使庭岳脸毁容、妻子不知所踪,为了报仇、为了寻妻来到中原。这么一想,她吓了一跳,那姐姐岂不是很危险!庭岳原来是灭姚家满门二十余口的凶手!

剑心被自己的推测惊出一身冷汗,笔掉落在地。

"心儿。"婉冰这时走了进来,"前两日忽然头疼,没过来看你,怎么样?心情好点了吧?"

剑心没料这当口婉冰会过来,一时没反应过来,冲婉冰尴尬地笑了笑。

"在画画呢!"婉冰看到了桌上的画,"好生英俊!"

"姐姐,我随便画画的,让你见笑了。"剑心本不想让婉冰看到画的。

"是鲜卑人,宇文庭岳!"婉冰仔细瞧着画,见到了面具和刀,"庭岳,我们府里的庭岳,他是鲜卑人?"婉冰十分吃惊,疑惑地看着剑心。

"姐!"剑心欲言又止。

"就因为这个,他才不肯接受你,我明白了!胡汉确实矛盾重重,深入骨髓。"婉冰忽然有些理解。

"不过,他的脸,你见过?"婉冰又问。

"是的,见过两次。他脸上有四条很深的剑伤,所以一直戴着面具。原本应该是长这样的。"剑心解释道。

婉冰仔细地看着画像,为何有似曾相识的感觉呢?"心儿,我以前和胡人有接触吗?"

"以前没有,但你失踪的两年里可能会接触!"剑心说道,"你是姚家二夫人,姚家曾驻守雁门关,胡人经常来犯,姚家是因为叛国投胡被主公赐死……"剑心忽然停下,在考虑要不要往下说。

"心儿,把你知道的告诉我!"婉冰示意着她。

"姐姐,我……"剑心依然欲言又止。

"心儿!"婉冰有些急切,唤了一声。

"庭岳说他来中原是报仇寻妻的,他早就有了爱人,所以才不接受我的!"剑心慢慢地说道,"我推测他和姚家有关。"

"你是说,姚家灭门案与他有关?边境驻将与胡人战事不断,庭岳为此设计害了姚家,并可能要将我赶尽杀绝!"婉冰接着剑心的话,"所以他潜藏于尉迟府,伺机探查中原情报,找机会杀我,同时寻找妻子下落?是这样吗?"

"姐姐,你也这么想?但这只是我们的推测,庭岳答应过不会伤害你!"剑心欲辩解。

"不行,这事儿要告诉剑枫,留他在府中不太妥当!"婉冰严肃地说道,"心儿,你一定要放下对他的感情,他太危险了!"

"姐姐,告诉大哥,庭岳可能会没命的!"剑心哀求道。

"心儿,现在不是感情用事的时候。姐姐的命事小,可他会对主公的江山不利,对整个中原百姓不利。到时候生灵涂炭,胡人践踏我们的国土,你忍心吗?"婉冰耐心地劝道。

剑心不作声,听婉冰如此解释,将她的个人感情与民族大业放在同一个天平上,孰轻孰重,根本无须掂量。

这日晚,婉冰将白天与剑心的对话及她们的推测全告诉了剑枫。剑枫听后,反应不大,似乎早有预料。

"剑枫,你早就知道了?"婉冰不解地问。

"是的。不过现在先不着急与他动手,留着还有用,看他到底是何居心!"剑枫轻搂着婉冰,"婉冰,你放心,他不会威胁到你,你别太操心了,这事就交给我吧!你和牧晗是我最亲最爱的人,我不会让你们受任何伤害。"

尉迟子宇书房。

"爹，事情就是这样，如今婉冰和剑心一致怀疑庭岳是杀害姚家的凶手，您怎么看？"剑枫来回踱步，将事情详细地告诉了尉迟子宇。

"何不将计就计，借婉冰的手杀了庭岳。一来让她认为报了姚家灭门的仇；二来也避免了这胡人的居心叵测。"尉迟子宇提议道，"这样对婉冰，对我们尉迟府都好！"

"爹，这么做，是不是对婉冰太残忍了。事实并非如此啊！"剑枫不同意。

"事实？那你要怎样，告诉她庭岳不是凶手，你才是吗？让她杀了你？"尉迟子宇反问道。

"我……"剑枫一时语塞。

"剑枫，做大事者不惜手段，为了玮主的江山，为了尉迟府，你自己掂量吧！"尉迟子宇道。

"爹，我明白，但我觉得庭岳的事还有待进一步调查，现在动手不是时候，我想知道他来洛阳的真正目的。"剑枫说道，"当然，真到可以动手的时候，借婉冰的手也不是不可以，还能让她完成'手刃灭门凶手'的心愿！"

"好，这事就交给你处理！"尉迟子宇微微一笑，他对剑枫的办事能力和冷静的头脑还是十分信任的。

"是，爹，我会妥善处理！"剑枫抱拳道。

4

雁门关，郭军营帐。

郭鹰站在手绘地图前研究鲜卑部落的大军分布情况，接连几个月，派去关外刺探军情的士官来报，鲜卑大军布兵情况有大变动。宇文可汗的统治区域向东部和北部不断扩张，占据了中原以北的大片疆土，兵强马壮，似乎准备一场大战。

而雁门关并无战火，偶尔有小队人马挑衅滋事，构不成威胁。不知这暂时的宁静之后，是否会上演一场大暴雨的袭击。郭鹰叹了口气。

忽闻一阵马蹄声，由远至近，在营帐外停下。郭鹰转身向帐门走去。

帐帘被来人掀开。"鹰弟！"是尉迟剑枫。

"剑枫兄！"郭鹰急忙请他入座，"您这么着急赶来，可有急事？"

"最近雁门关可有战事？"剑枫问道。

"没有，一切看来暂时平稳！"郭鹰答，"自主公拨入五万士兵至今，并无大战事。"

"鹰弟，上回一役，你可知胡方领兵大帅是谁？"剑枫问。

"戴着金丝甲面具，号称'战神'将军，是鲜卑宇文普拨可汗的兄弟，宇文庭岳！"郭鹰说道，"此人布兵如神，骁勇善战，刀法精湛。他的那把刀叫'紫棱刀'，刀柄上有块碧玺坠子，不过他的刀很少出鞘，也不亲自杀人，点到为止。那一战最终是他们自己撤军，我方虽胜，但并不光彩，而且损失惨重！"

"'战神'宇文庭岳！"剑枫重复郭鹰的话，沉思，"以前怎么没听说过？"

"宇文可汗的兄弟，听说很少亲自上前线！"郭鹰解释，"一般都是可汗亲自领兵！"

"你可见过他的真面目？"剑枫问。

"没有！"郭鹰答道，"这一战之后，就再没见他了！"

"他如今在我尉迟府！"剑枫轻声而严肃地说。

落阳残梦

"什么？"郭鹰一惊。

"隐藏身份，冒充护卫。"剑枫看着郭鹰，叹了口气，"果然是胡人，不知他意欲何为？不过他还不知道我们已对他产生怀疑。"

"剑枫兄小心为妙，此人计谋颇多。"郭鹰提醒道，"要小弟效力之处，请姐夫随时开口！"

"没关系，我自有办法。你镇守边关，责任重大，区区小事，怎敢劳驾呢？"剑枫一笑，拍拍郭鹰的肩，"这次过来，就问你这个事，现在清楚他的底细了，我这便回去了，你多保重！"

说罢，便走出了营帐，郭鹰送他上马，目送着他快马离开。

洛阳东城一家餐馆。人不多，环境比较好。剑樟坐在靠窗的小桌前喝酒。这时，从门外走进一个人，坐到了对面桌前。"小二，上酒！"他叫了一声。

这一熟悉的叫唤声，使剑樟的目光从窗外移到了他的身上。他是……这一看，剑樟不由一惊。

"阿乔！"剑樟唤道，随即捧着酒壶坐到了他的边上。

"剑樟少爷！"阿乔也有些吃惊，没料到在这儿碰上，他压低着声音打招呼。

"果然是阿乔！你何时来洛阳的？我当时在郭将军军中，还以为你死了。来洛阳怎么不找我？"剑樟见没认错人，十分高兴。

"这个说来话长，我们换个地方吧！"阿乔提议道。

剑樟跟随阿乔走了一段路，来到一片人烟稀少的林子。

"剑樟少爷，我想问你，我家二夫人是不是在你府上？"阿乔直直地问。

"你说婉冰啊？是的，我回府后发现她是被大哥救回来的。当时受了重伤，经过医治，命是保住了，不过得了失忆症，到现在还是没好！"剑樟叹了口气，"唉，说真的，总感觉她和我印象中的婉冰不太一样。"

"什么婉冰！我家二夫人叫卫伊茗，你弄错了吧？你和她应该从来就不认识，哪来什么印象中的？"阿乔解释道，听剑樟说她得了失忆症，心中不免暗暗叫苦：公子来怎么也没和我说呢！公子心中该有多苦！

"卫伊茗？"剑樟一愣，想起当年城北驿站找到的那几封信上的落款"茗儿"。

"是啊，她和我家二公子好多年前就认识了，一起长大，后来成的亲，从没来过洛阳，这我清楚得很。"阿乔解释道。

"大哥难道没发现吗？太不可思议了！"剑樟没出声，有些摸不着头脑。

"你大哥最近在忙啥？"阿乔问。

"不清楚，他的事我从不过问。"剑樟摇摇头，阳光又忧郁地一笑，"你知道，朝廷上的事我一向不感兴趣。"

"我来洛阳是为了找当年杀害姚家的凶手，既然二夫人在你府上，我也就放心了！"阿乔说道，"剑樟少爷，还记得当年答应我家大公子的事吗？找凶手，还姚家清白！"

"当然记得，我爹和大哥也一直在帮忙，只是目前还没线索。"剑樟解释，"改日我再问问他们！"

"关于二夫人的事和今天我俩的对话，不要告诉你大哥。剑樟少爷，答应我好吗？"阿乔这会儿突然感觉自己失言了，不应该让剑樟知道太多伊茗的事。

"好，我不说。今日的事就当没发生！"剑樟爽快地答应。

沉香阁中。地上随意地扔着好几个酒瓶，剑樟靠着柱子坐在地上，手中还捧着一壶酒。

"原来你果然不是婉冰。婉冰死了,在破庙里是真的死了。婉冰,我知道你不会负我的,你那么爱我,就像我爱你一样。可是,为什么?我宁愿你负我,只要你活着,开心平安就好,这点愿望也不让我实现吗?卫伊茗,你又为什么出现?这样代替婉冰出现,让我重燃爱火,又无情地被大哥夺走?到头来,原来是场误会!哈哈哈,这是怎么了?这么大的玩笑!"

剑樟心里想着,不由暗暗嘀咕,一边笑一边泪流满面。"让我醉吧,只有醉了才能见到梦里的婉冰。"

第十一章

蛛丝马迹

脸上纵横交错的四道疤痕如此触目惊心!

1

襄阳宫。楚王司马玮刚从皇宫中回来,又被皇后贾南风叫去她宫中,让他加快铲除司马亮的步伐。司马玮正闭目养神,脑中飞过一个又一个的计策。

"主公,潜龙到了!"冥护卫来报。

"来得正好!"司马玮立刻出了门。

身着斗篷的潜龙恭敬地站在望水亭中等待司马玮的到来。

"主公,可知宇文庭岳其人?"潜龙抱拳认真地问道。

"宇文庭岳,潜龙说的是否是宇文普拨的兄弟?此人行事作风隐秘,两年前才听说其名号,据说擅长排兵布阵,有'战神'之称。"司马玮说道,又好奇地问,"潜龙为何问起他?"

"此人如今在尉迟府中,隐瞒身份充当护卫,不知他有何居心?"潜龙希望听听司马玮的想法,"而且洛阳城中,有不少中原人士打扮的胡人混迹于市,不过目前未见其作奸犯科。"

"今日贾皇后又敦促我加紧除去司马亮,如有胡人帮忙,岂不省事?潜龙可挑起胡人与汝南王的矛盾,如今邺城雁门关郭家大军实力远不及姚家,胡人欲破关,岂非轻而易举之事!到时汝南王与胡人激战精疲力竭之时,我们破而攻之,可一举拿下汝南王的江山,自然就遂了贾皇后之愿,除去了司马亮。与我们一开始的计划完全一致。"司马玮一字一顿地说道,"不过此事事关重大,宇文庭岳并非等闲之辈,要利用他并非易事。这么多年来一直深藏不露,从不被人知晓,所以此人的身份和过往也需深查。"

"主公所言极是,宇文庭岳身上疑点重重,我会设法尽快调查清楚。"潜龙点头领命。

"在未查明之前,切不可打草惊蛇!"司马玮关照道。

"是,主公!"潜龙抱拳叩首。

尉迟府大厅。

"心儿,你年龄不小了,爹娘想给你说门亲事,你看如何?"尉迟夫人慈祥地望着剑心,问道。

大厅正位,尉迟子宇与夫人分坐两边,左右两侧分别坐着剑枫、剑樟、剑心、郭燕、婉冰、秀琳。召集全府人,足见老爷夫人对此事的重视。

"娘,你怎么不私下问我?"剑心噘起了嘴。

"都是你的哥哥嫂嫂,又没外人,还害羞不成?"夫人笑道。

"我不要,我不想嫁人!"剑心直直地说。

"心儿,先听娘说说情况吧。"郭燕打了圆场,"听好情况,再下结论不迟!"

"就是,爹娘都是为你着想,帮你挑的夫婿必定是百里挑一的才俊！"夫人说道，"御史崔大人的公子，如今位及户部侍郎，文治武功都无可挑剔，相貌人品也相当出众！心儿，觉得怎么样？"

"不好，我不想这样嫁人！"剑心埋怨地说。

"心儿！那你想怎样？"尉迟子宇之前就压着怒火，这会儿忍不住了。

"爹，您先别生气。心儿，好好和爹娘说！"婉冰劝道。

"我就是不想要爹娘安排我的婚事，我要自己做主！"剑心委屈地顶起了嘴。

"放肆，怎么说话呢？"尉迟子宇愤怒地拍了下桌子，站起了身。他一起身，所有人都站了起来，气氛一时十分尴尬。

"二哥！"剑心小声地叫了剑樟一声，委屈地看着他，充满了求助的目光。

"爹，心儿大了，她有自己的想法，就别勉强她了！"剑樟见妹妹如此，不忍心，向尉迟子宇提议。

"都是你这个好榜样，剑樟！"尉迟子宇怒气未消，转移到了剑樟身上，"成天不务正业，游手好闲，活脱脱一个浪荡公子！平日里也懒得管教你了。可心儿不一样，好好的姑娘家，都被你这坏榜样带坏了！"

"爹，心儿惹您生气，和二哥无关，您不要迁怒于他！"剑心没想到，剑樟的帮忙反而让爹火上浇油，一时情急，又顶撞道。

"心儿！"郭燕和婉冰见此景，同时叫出口，为她捏了一把汗。

"别着急，好好和爹说话！"婉冰道。

剑心不作声了，眼泪止不住地往下掉。

"有自己的想法，长大了翅膀硬了，难不成真由着她的想法，要嫁给……"尉迟子宇怒不可遏。

"爹！"一直未吭声的剑枫听父亲差点说漏嘴，庭岳的胡人

落阳残梦

落阳残梦

身份暂时还未到向全府人公开的时候,"心儿这边,我负责劝说,请爹消气!"说完抱拳作揖道。

尉迟子宇冷静下来,幸好剑枫堵住了他的嘴。摇摇头,叹了口气,背过了身。

"老爷,莫生气了!"夫人劝道。

剑心见此,哭着跑出了屋子。"心儿!"婉冰叫了一声,跟着跑出去,郭燕、剑枫随后。

剑心边擦眼泪边跑得飞快,跑了小段路,没看清前面,一头撞在正巡府的庭岳身上,庭岳躲闪不及,又怕剑心摔倒,一把将她抱住。"大小姐!"

"庭岳,放开我妹妹!"剑枫怒喝一声,冲上前去一手拉开剑心,一手抽出身上的剑架在庭岳的脖子上。庭岳一个躲闪,躲开了剑枫的剑。

剑心被婉冰拉到身边。

"都是因为你,剑心才会顶撞爹!"剑枫生气地对着庭岳,又是一剑刺去。庭岳拿出紫棱刀抵挡,化解剑枫的剑法。"出招,否则休怪我不客气!"剑枫命令道。

见剑枫招招杀气,庭岳被动地拆招,处于劣势,逐渐不支,便将刀拔出鞘,与剑枫打斗起来。一旁的剑心、婉冰、郭燕担心地看着他们。

"手下留情啊!别打伤了!"婉冰叫道。

庭岳略一迟疑,一招被剑枫抓住漏洞,将他的面具挑落在地。眼见紧接着的一剑正要刺向他的喉咙,赶忙用刀抵挡,并纵身退后了数步。

两人相距五米站定,喘了口气,没有了面具遮掩的庭岳的面孔出现在众人面前。纵横交错的四道疤痕如此触目惊心!

"紫棱刀法果然名不虚传！"剑枫幽幽地说道，继而又赞叹道，"宇文庭岳，不愧'战神'美誉。"

庭岳听剑枫如此准确地报出了他的姓名、称谓和宝刀，不由一惊："大少爷果然不一般，看来我的身份你都了解得一清二楚了！"

"说，潜伏在我尉迟家意欲何为？"剑枫严肃地问道。

"大哥，我来问他！"剑心拉了下剑枫，将他握剑指向庭岳的手按下，走到庭岳跟前。

"心儿！"郭燕担心剑心的安危，叫了一声。

剑心未理睬，目不转睛地盯着庭岳："庭岳，第一次我们遇见，你救了我，是你故意设计的吗？"

"不是，遇见你救你是场意外。进到尉迟府当护卫只是个意想不到的收获。剑心，我从来没有设计过你，你要相信我！"庭岳解释道，不忍再看见剑心为他流眼泪，更不忍伤害一颗如此真诚相待的心。

"好，那我再问你，姚家满门是你杀的吗？"剑心又问道。庭岳默不作声。

"庭岳，你回答我，是吗？"一直未吭声的婉冰紧跟着问，"是不是处心积虑地想杀了我？"

"不是，我说过，我不会伤害你的！"庭岳看着婉冰，眼神交织着复杂的感情：心疼、温存、委屈、坚毅，还有深深的不舍……

婉冰迎上他的眼神，感觉如此熟悉，如此相通。面具下的脸上的神情让她有种难以割舍的痛。为什么会这样？婉冰脑中依然搜索不出关于庭岳的其他记忆。

见婉冰不吭声，眼中噙泪地看着庭岳，剑枫忙把婉冰护在身后："再怎么说，宇文将军也是个君子，绝不会对柔弱的女子动手！"

庭岳回过神，正视剑枫道："是，说到肯定做到。既然如此，我已不可能再留在尉迟府了。就此拜别，各位保重，后会有期！"未等众人反应，纵身一跃，快速离开了尉迟府。

"庭岳！"剑心呼唤道，已不见他的踪迹。

为了报仇大业，茗儿、剑心，就先让你们把我当成胡人甚至是杀害姚家的凶手吧。

2

桌上满是吃剩下的牛羊肉和骨头，洒了一角的乳制品，和屋里的酒味、膻味充斥在一起，显得凌乱不堪。刚送走饱餐一顿的几位胡人，阿乔收拾起屋子。在鲜卑部族生活两年多以来，他仍不太习惯胡人的饮食和如此放肆的吃相。叹了口气，继续收拾。

"阿乔，是我，快开门！"一阵急促的敲门声响起，屋外是庭岳的声音。

阿乔迅速打开门："公子！"让他进了屋，往屋外看了几眼，确认没人跟踪才关上门。

"您的面具呢？发生什么事了！"见庭岳未戴面具，阿乔忽感有事发生，急急问道。

"尉迟剑枫已经知道了我的鲜卑人身份，这屋子估计也早就暴露了，事不宜迟，我们赶紧走，另找地方住！"庭岳严肃地说道。

阿乔顿感事态严重，赶紧收拾了金银细软，便跟着庭岳离开了。他们走过一片森林，发现了一个废弃小木屋。

"阿乔，我们以后就在这儿住下吧！"庭岳见木屋虽灰尘满满，但并不破旧，屋子也很宽敞，提议道，"收拾一下，是个好住所。在未找到凶手之前，我们不能离开洛阳！"

"公子，你的真实身份，他们还没发现吧？"阿乔不放心地问。

"还没有，这个他们不会发现的！"庭岳皱着眉说，"剑枫果然计谋多端！我一点儿都没察觉，他就已经知道得太多了。莫非是剑心？不会的……"

"公子，我们还是要万事谨慎！"阿乔不便多说，就提醒了一句，转身收拾木屋去了。

庭岳在阿乔带来的包袱里又找到一个他的面具，戴上了。"茗儿，落下面具的瞬间，你看我的目光不再陌生，是认出我了吗？以后再不能每天看到你了，等我完成报仇大业，等我……"他在心里默念。

尉迟府珍玑阁。

剑心坐在窗前的椅子上出神地望着窗外随风摇曳的树枝。庭岳这一走便没了踪迹，不知大哥是否会罢手。胡汉矛盾愈加激烈，作为主公倚重的臣子大将，消灭胡人是尉迟府的职责。剑心理解剑枫对庭岳的态度，也觉得应该把握好自己的立场，只是怎奈心不由己、情不自禁。

"心儿！"听得有人叫她，是剑樟。

"二哥，你怎么来了？"自从婉冰回来后，剑樟不常来珍玑阁，为了避免尴尬。

"心儿，我知道你难受，过来劝劝你。顺便有些事情要和你说，我想你是误会了！"剑樟坐下，倒了杯水，一饮而尽，打开了扇子。

"什么？"剑心认真地问道。

"庭岳虽然是胡人，但他并不是灭姚家满门的凶手！"剑樟正色道。

"怎么说？"剑心紧张地急急地问。

落阳残梦

"当年姚家父子被主公以叛国投胡罪论处,是被人诬陷的。记得我那时去邺城会见朋友吗?我见的正是姚家大公子姚辰路。我亲见雁门关驻将乔副将被蒙面黑衣人截杀,姚府上下被血洗,姚辰路被主公赐死的场景。试想,如果姚家果然投胡,怎会束手就擒,早就有抵御主公的防备或有胡人保护了不是吗?这一切都显得事发突然,让人措手不及。当时我还在城北驿站找到几封重要信件,是证明姚府并未投胡的有力证据。那宫中被传得沸沸扬扬的姚府叛变又是谁主导的?最终让主公定罪的证据又是谁编造的?对胡人来说,何必要偷摸着灭他满门?当时的战事并不吃紧,何必徒生事端?而宫中散布谣言之人最有可能是灭门案的主谋或参与者,为了让主公铲除姚将主帅,削弱边关防御。此人是朝中的内奸,极有可能是其他诸王设在主公身边的,以期制造主公与胡人的进一步矛盾。"剑樟慢慢地分析给剑心听,说出了这几日来他对事情发展至此的推断。

"二哥说得好像有点道理,胡人没必要挑起与主公的矛盾,如此反而祸及自身。"剑心点点头,"二哥,你那些重要的信件可曾收好?"

"是的,交给大哥了,他在主公身边做事,会更有机会查找事情真相。"剑樟似笑非笑道。

"哦,那就放心了!"剑心叹了一口气,"婉冰姐姐也挺可怜的,全家被害得那么惨!不过,没关系,我们尉迟府能给她温暖的新家。"

"心儿,说起婉冰,你觉得她和以前有何不同吗?"剑樟小心地问道。

"两年没见了,她身上肯定发生了很多事情。再加上得了失忆症,当然和以前有些不同的。"剑心似乎沉浸在了过去的某段回忆中,"不过没关系,我们的感情还是那么好,她永远是我的好姐姐!我也永远是她最疼的心儿!"剑心甜甜地一笑,看看剑樟,又低下了头。

剑樟见剑心如此,实在不忍心告诉她如今所谓的婉冰只是他们的误认,沉默了一会儿,又说:"如果她恢复记忆了,记起一些不愉快的事情,打破现在的宁静生活该怎么办?"

"能恢复记忆当然是我求之不得的喽,这样的姐姐就完整了。不愉快的记忆也没关系,有我在,我会劝她陪着她,过去的事情不用太在意的,珍惜当下的幸福就好!"剑心笑笑,满不在乎的样子,"哎,对了,过去的记忆……二哥,你该不会是想让姐姐记起你们的那一段,把她从大哥身边夺走吧?我还以为你已经放下了呢!你小心眼啊!"剑心恍然大悟道,瞥了剑樟一眼。

"你看你,说到哪儿去了!你才是以小人之心度君子之腹呢!"剑樟对于剑心的歪曲理解,有些哭笑不得,"我心目中的婉冰在四年前就已经去世了,现在的她对我来说,完全是另外一个人,只要她过得幸福快乐,就足够了!大哥能给她更好的生活,更完整的爱!"

"你真那么想啊?"剑心瞪着他问,他的话让剑心很有感触。

"是啊,真这么想。属于你的就紧紧抓住,不属于你的再努力争取都没用。还不如潇洒地放手,对大家都好。"剑樟说道,一脸阳光而忧郁的笑。

"二哥,感情的事,真的说舍弃就能轻松舍弃吗?"剑心说着,脑海中出现的都是庭岳的身影,"或许我可以试试像你说的那样,只要他幸福快乐、平安健康就好!"

剑心坐到桌边,倒了两杯茶,一杯递给剑樟,一杯自己拿着:"二哥,我们以茶代酒,我敬你!谢谢你刚才说的话,让我很有感悟。我想我会放下他的！"说完,将一杯茶一口气喝完,剑樟见她如此,便应着一抬头,也一口气让杯子见了底。

　　剑樟原本想告诉剑心,婉冰的真实身份,暗示无用,想直说又实在不忍开口,只好作罢。后在珍玑阁听剑心弹了一曲《上邪》后,离开了。

3

　　天边出现一抹晨曦,天色渐亮,一夜的风吹落了一地的叶子。婉冰似梦似醒之际,脑海中浮现的都是庭岳落下面具后看她的眼神,为何如此熟悉？剑枫也有相似的眼神,是因为这个原因吗？

　　婉冰侧身看向剑枫,他还在熟睡中,又一次这么认真地看着这张熟悉的脸,如此英武霸气的男人,只有在面对她的时候,才会那么温情似水……

　　剑枫这会儿忽然睁开了眼睛,看到了婉冰深情凝视的目光。"婉冰,真好,一早醒来第一眼就能看到你的目光！"剑枫幸福地一笑,拉近婉冰,在她额头上轻轻一吻。

　　"怎么啦？醒这么早,晚上没睡好吗？"剑枫又问道,"唉,我睡得太死了,都没注意到。"

　　"剑枫,别这么说,你天天要处理那么多事,应该好好休息的。我能照顾好自己,你就放心吧！"婉冰依偎在剑枫的胸前,轻轻地说道。

　　"婉冰,你会一直这样爱我吗？"剑枫闭了闭眼,"你知道吗？有你在我身边,国事再忙再复杂,我都不会觉得烦恼,都会充满勇气和斗志地去面对和解决。真希望我们能一直这样,你会一直在我身边……"

"会的,剑枫,我们会一直在一起,每天看着彼此醒来,看着彼此睡去。"婉冰抱住了剑枫的胸膛,"你是我坚强的依靠,我是你力量的源泉!就这样,一辈子!"

剑枫抱紧婉冰:真的很怕会失去你!这个念头两年多一直占据在他的脑中,一直的提心吊胆、担惊受怕。

"好,婉冰,要记得你答应过我的!"剑枫回过神,笑笑,又吻了吻她的脸颊,"我今天还要去主公宫中,你好好休息啊,等我回来!"

"嗯,你要小心点。我就在家和牧晗一块儿等你回来!"婉冰冲剑枫一笑。

剑枫起床,收拾了一下,抱起牧晗。"牧晗,让爹抱抱,今天又重了啊,越长越漂亮了,和你娘一样,是个美人坯子!"回头冲还躺在床上的婉冰深情一望,点点头,便出门了。

待天色大亮,婉冰起床了。洗漱完毕后,准备收拾一下檀香阁。随着牧晗一天天的长大,她的物品用具逐渐多了起来,婉冰会定期亲自整理归类,让屋子看起来始终整洁干净。

这会儿,她整理出一叠郭燕亲手缝制的大小衣服,准备放入柜子。不小心,被一张搁脚凳绊了一下,衣服散落在地。婉冰自责自己的大意,蹲下收拾起来。

忽然,她发现地板和墙壁的相接处,有一道稍突出的横档,不细看很难察觉,自己从来就不曾留意过。心生好奇,想拉开横档看看是何用,却不料手一碰上,离地二尺高的墙上打开了一个暗柜,原来横档是这个柜门的开关!

婉冰起身,弯腰将柜子里的物件取出,见是一叠信件。细数了一下,总共六封。想想保存得如此精心,肯定是剑枫的重要之物吧。正要把信放回去,又觉好奇,信中写着什么呢,国事还是

落阳残梦

家事?与她有关吗?婉冰忍不住,又将信拿回手中,反锁上门,坐在椅子上,拿起一封看了起来。

卿卿吾爱妻:

月儿又圆了。这一月边关无战事,我军依然每日勤兵操练,新练习出两种布阵队列。我亦勤练刀法,又有长进。如此精兵强将之军,谅胡人不敢轻易挑衅。我这儿一切安好,吾妻及爹娘兄长勿念!不知邺城近况如何,主公可有新政实施?百姓生活是否井然?

望月寄情,万千牵挂与思念化为我驻关御敌的动力。愿早日天下太平,你我日夜执手,永不分离。转达我对爹娘兄长的问候。等待吾妻的来信。

夫辰熙字

一封信读罢。原来是雁门关驻关将军与妻子的家信,除了报平安、寄思念并无其他隐秘重要之事,剑枫为何要收藏得如此费心?婉冰心想,不免有些疑惑。不及多想,又打开了第二封信。这封信字迹清秀,应是妻子的回信吧!

娓娓吾夫:

两月未收到你的来信,不知何事耽搁?关外是否战事吃紧,你是否平安如初?三年来你我一直遵循约定,月月家信报安。唯今实让我担忧。

爹治城有方,大哥亦尽心尽责,邺城井然有序,娘慈爱贤德、章法适度,家中事务也有条不紊。我上月偶感风寒,爹娘及大哥对我万般照顾。

吾夫为国驻关,勿多记挂家中之事。万望多加保重、战战大捷。期待你早日平安归来,期待你的来信。

妻茗儿上

念罢,婉冰陷入了沉思。妻子的回信,因没有丈夫的音讯担忧不已。连年战火,为了民族大业,原本恩爱相守的夫妻不得不承受相思之苦、忧虑之伤。在这乱世,平安相守的愿望都显得如此奢侈!这种心情她是如此的感同身受。

婉冰感叹之余,发现了这信中的疑问。"妻子两个月未收到来信?不对啊,分明丈夫在写信的。"带着疑虑,又打开了第三封信。

待六封信全部念罢,她明白过来,原来这信是被扣留的,夫妻二人都没收到对方的来信,担忧之心如火烧。难道是被剑枫扣留的?他为何这么做?一个念头突现。婉冰又仔细地看起了第二遍,以期能找到些蛛丝马迹。

"妻茗儿",婉冰忽然注意到,目光久久地停留在这几个字上。"是庭岳口中的'茗儿'吗?是前些天时常出现在我梦中的呼唤声'茗儿'吗?"婉冰又翻到另一封信上的落款。"辰熙!"她默念道,努力搜寻脑海中的记忆。

婉冰反复地翻看信件,发现妻子信上的字迹如此熟悉,顿时想起什么,立即从书架上取出平日里自己写诗作赋的文稿,对照字迹仔细比看。"怎么会一模一样?这是怎么回事?茗儿究竟是谁?"婉冰忽感头疼,闭上眼睛,扶桌坐下,深呼吸了几下,即便这样,依然强迫自己努力回想。

"辰熙哥,你的《乐府民歌》念得真好!"

"茗儿,和我一块儿念好不好?我教你!"

"辰熙哥,你的刀法很漂亮,爹说是你自己编的!"

"是啊,和剑相比,我更喜欢刀的霸气和威武!茗儿,你是女孩子,就不要学了!"

"可是我不学武功,以后会被别人欺负的!"

"没关系,有我在,我会保护你!"

"辰熙哥,《乐府民歌》越读越让我喜欢!"

"是吗?喜欢什么?"

"喜欢它可以配合我的古筝弹奏时吟唱,还可以在你舞刀时念诵!"

"最喜欢里面的哪一首呢?"

"最喜欢《白头吟》——愿得一心人,白头不相离。"

"哦,那我们就好好学习这句话好不好?"

想到这儿,婉冰头痛欲裂,手不断揉着太阳穴,一边眉头紧锁深呼吸。"我是茗儿,我是卫伊茗,没错,我就是卫伊茗!辰熙,辰熙是谁?是我丈夫吗?我丈夫是剑枫啊!可是婉冰呢?我不是婉冰吗?"

婉冰思绪极度混乱,无奈地用力甩了甩头,强打精神将信件整理好,放回了暗柜中。

"乐府民歌,没错,我最喜欢的诗集就是《乐府民歌》。"婉冰拿起了床头的《乐府民歌》,心里暗暗说道。一阵天旋地转,她便失去了意识。

等再次醒来,晚霞已映红了天空。小芙在床头,替她拭汗。

"少夫人,你刚睡得挺熟,就没叫你。可是一直在冒虚汗,是不是不舒服呀?"小芙担心地问。

"没关系,小芙,刚有些头疼,老毛病了,没事的,睡一下就好!"婉冰冲她微微一笑。坐了起来,靠在床头,又闭了眼。

"少夫人,我去给您煮点粥吧?"小芙轻声问道,怕扰了她休息。

"好的,小芙,等大少爷回来一起吃!"婉冰轻声回答,依然闭着眼睛,思绪又飞得挺远了。那是剑樟在她初到府,昏迷醒来不久的那一幕对话。

"姚辰熙也不记得吗?"

"姚辰熙是谁?"

"他是你的丈夫,大哥把你从姚府救回来的时候,姚家上下除你之外全部被害。姚辰熙是雁门关驻关大将军,也被害了!"

"想起来了,剑樟说过的,姚辰熙是我曾经的丈夫,已经死了!是剑枫把我救回来的。姚家满门被害?我现在仍然想不起来。"婉冰自语道,叹了口气。

一会儿婉冰又昏昏地睡去。小芙准备好了一桌饭菜,端进屋子的时候她也没醒。

"大少爷,您回来了!"剑枫回来时,天已完全黑了。刚进门,小芙就急急地打了个招呼,一副着急的模样。

"怎么了?小芙。"剑枫见她神情不对,问道。

"少夫人下午就一直在昏睡,傍晚时分,醒过一次,这会儿还睡着呢!大少爷,您快去看看吧。"小芙催促道。剑枫一听,赶紧跑进了屋子。

"婉冰,婉冰……"剑枫伏在床边,轻轻呼唤,见婉冰面色气息正常,舒了一口气。

"剑枫!"婉冰睁开眼,见是剑枫,冲他柔柔地一笑,"你回来啦!"

"你怎么啦?饭还没吃呢!"剑枫看着婉冰,有些不安,有些气恼。

"我没事,下午有些头疼,就睡了一觉。这不等你一起吃饭嘛!"婉冰解释道。

"你呀,总是让我不放心!"剑枫一笑,刮了下婉冰的鼻子。

"抱我起来,吃饭。"婉冰伸手勾住剑枫的脖子,头凑到了他的鼻子下。剑枫顺势在婉冰额头上轻轻一吻,一个公主抱,将婉冰抱到了桌前凳子上。自己在旁坐下,帮婉冰盛了碗粥。

"别看我啦,想什么呢?快吃吧!"见婉冰一直盯着自己看,剑枫心里阵阵好笑,催促道。

"嗯。"婉冰这才回过神,低头一笑,"我在想,我的丈夫是个大英雄,还在想,我要谢谢你的救命之恩!"

"哦!"剑枫一愣,脸上闪过瞬间的不安,尴尬地笑笑。

4

一片繁茂的林子深处,一座木质的小屋不显眼地矗立在那儿。经过几日的修葺,小屋焕然一新。屋内共有四个房间,按大小划分功能,庭岳、阿乔各住一间,正对大门的会客起居用,还有一间暂时堆放着书卷、兵器、用品等。

庭岳和阿乔在屋外收拾杂草。

"阿乔,对我们找的新屋子还满意吧?"庭岳站起身,拍了拍衣服上的尘土,看着房子,笑笑地问阿乔,自己感觉十分满意。

"当然啊,比我那间民居宽敞多了。而且更隐蔽,一般人不会找到这儿。"阿乔道,敬仰地看着庭岳,擦了下头上的汗,"改天告诉那几个胡人兄弟,让他们来这儿找我们。"

"嗯,叮嘱他们一定要小心。洛阳城耳目众多,行踪极容易暴露,你看我的胡人身份,姓甚名谁的,尉迟剑枫知道得一清二楚!"庭岳仔细地关照道,"不找到灭我姚家满门的凶手,我就不离开洛阳,龙潭虎穴我也闯了。"不由叹了口气,眼睛望向远方。

"阿乔,你的刀法多久没练了?是否生疏?"庭岳收回目光,看向阿乔。随即想到了什么,走进屋子。一会儿,他从屋里拿出了自己的紫棱刀和一柄普通刀器。"阿乔，接着！"将那柄刀飞扔向阿乔，阿乔抬手稳稳地接住。

"公子，看刀！"阿乔将刀拔出鞘，向庭岳挥去。

庭岳侧身一挡，同时刀也出鞘，与阿乔打斗起来。离开尉迟府之后，庭岳未练刀法，这会儿突然想起父亲曾经的教诲"刀法不可一日不练，刀不离手"，便激励阿乔共同练习。

俩人你来我往，一招一式，舞了百来个回合，有些气喘，庭岳便收了手。"阿乔，每日如此练上几回，刀法会有长进，我们还能一起研究新的刀法。"

"公子说得是。为了报仇大业，要勤加练武！"阿乔将刀插入鞘，站定喘了口气，"想当初，夫人抚琴，公子舞刀，一边吟诵《乐府民歌》，那场面真是动人！公子为何在尉迟府不找机会与夫人相认？"

庭岳站定，认真地擦拭起了紫棱刀，沉默了片刻，手停留在了碧玺坠子上："你以为我不想认她吗？她和尉迟剑枫出双入对、恩爱甜蜜地在一起，你知道我是什么滋味吗？茗儿她失忆了，我能做的只是远远地看着她，每天能幸福快乐……在没有查到凶手之前，暂时让尉迟剑枫保护她平安度日，这是最好的办法了。"

阿乔看着庭岳表情冰冷的面具脸，知道他心如刀绞："可是少爷，你与夫人相认，既能帮助她恢复记忆，说不定还能让她回忆出案发当日情景，为什么不试试呢！我还是不明白。"

"我曾经也这么想过，可是看到她，我就不忍心，因为现在还没到时候。我只想凭自己的力量报仇，不能让茗儿牵扯其中。何况她如今还是位母亲，有一个可爱的孩子，我只想让她平安快乐，现在我给不了，我就不会认她，不能让她跟着我受苦！"庭岳严肃地说，拽紧了碧玺坠子，手上青筋暴起。

阿乔叹了口气："公子，你这又是何苦呢？夫人也是姚家的人，应该和你同患难，共进退。"

"阿乔，别再说了，我有我的决定！"庭岳语气缓和下来，仰起头闭上了双眼。

阿乔见他如此，便不再说话，走进屋子，准备起了晚上的食物。

夕阳的余晖斜斜地洒在草地上，万物都被覆盖了一层金色的光晕，风不大，温度正适宜。也是这样一个傍晚，在尉迟府后园通往檀香阁的路上，婉冰抱着已开始咿呀学语的牧晱，翘首伫立，等待剑枫的归来，一边逗着可爱的牧晱。一会儿剑枫从另一头风尘仆仆地下马，疾步跑向她们，站定后将她们俩整个拥入怀中，满脸洋溢着幸福。而同样甜蜜感充斥着全身的婉冰伏在剑枫耳边喃喃低语。

这一切，都落在了正立于长廊暗处的庭岳眼中，他吃醋、嫉妒、愤怒之余却有些不忍，这样美好的画面打动了他内心深处最柔软的那根弦，使他却步。

打这以后，他就深深压抑下了欲与婉冰相认的念头。除非能给她同样的温暖和幸福，否则绝不将婉冰从剑枫身边夺走。

庭岳回忆着这一切，望着夕阳西下。孤寂的背影和紫棱刀的影子被越拉越长……

第十二章

剑拔弩张

你一定要活回自己,不能只做别人的替身!

1

尉迟府沉香阁。

一曲低靡的琴声在屋中回旋。剑樟席地而坐,拨弄着琴弦,思绪飞到了很远。想起当年姚辰路被赐死七窍流血的脸,如此清晰。他答应过要让姚家的沉冤昭雪,如今阿乔尚在人世,并在洛阳驻脚调查,剑樟是否可以助他一臂之力。两年多来,父亲和大哥对此事并未给过他任何消息和进展。剑樟决定再去寻找阿乔。

剑樟这样想着,便起身整了整衣服,拿起扇子出了门。他来到了上回偶遇阿乔的饭馆,靠窗坐下,一边饮酒一边观察路上行人,并期待能等到阿乔的出现。

一直坐到黄昏,炊烟四起,还是没有收获。剑樟正要起身走人,却看到两个神色慌张的人躲躲闪闪地进了饭馆,一边气喘吁呀一边嘴里骂骂咧咧:"胡人也欺人太甚了吧,不小心撞了一下,就动手打人,还一路追赶,要不是跑得快,头脑活络地钻进了饭馆,还不知要被打成什么样!"

另一人道:"兄弟,以后可要仔细了,如今胡人穿着汉人服饰混在人群中,真不好认,要不开口说话还分辨不出来。反正这世道呀,都不能轻易得罪人,否则怎么死的都不知道呢!"

剑樟听后微微一笑,插嘴道:"我说也没那么可怕吧,别动不动就把死不死放嘴边!你们不也逃脱了嘛,毫发未损的?"

"这位少爷,你是不常出门一直在府里念书吧?是不是连胡人都没见过?见到你就知道了。提醒你一句啊,他们啥事都做得出来,听说还会吃人肉呢!"一人煞有介事地说道。

"是嘛,这本少爷倒想见识一下。"剑樟不屑地一笑,手中转起了扇子,"告诉我,追你们的胡人在哪儿?"

剑樟猜测胡人是宇文庭岳的手下,找到胡人就能找到庭岳,对姚家的灭门案来说,或许会有蛛丝马迹。见那二人摇头,剑樟便不再多言,转身离开了饭馆。

大街上行人不少,分辨不出是否有汉人打扮的胡人,剑樟来回徘徊了几圈,没有收获。见天色已晚,便回府去了。

第二日,剑樟依然去了那条街,仔细观察路上行人。能找到胡人或者阿乔,都是收获。他这样想着,守株待兔了五天。

这一日,他正在一卖手工泥人的摊上玩弄翻看,只听有人低声地用胡语对话,从他身后经过。顿时来了精神,跟着他们走了几步,确定是胡人之后,异常兴奋,便放慢了脚步,远远地跟着。

七转八拐地走了好几里地,来到了一片茂密的树林,剑樟愈加谨慎,放轻了脚步,树叶踩在脚下发出的"吱吱"声,让他好生紧张。两名胡人也十分警觉,时不时回头张望,越是如此越是让剑樟感觉此行必有收获。

穿到树林深处，一座木屋映入了眼帘。剑樟隐蔽到一棵大树后面，只见两个胡人推门进了屋，好一会儿，没有动静。剑樟按捺不住，轻轻走到了木屋的窗户下，听到里面的胡语对话声，仔细分辨了之后，确定总共是四人。

他屏住呼吸，慢慢直起身子，往屋里张望，这一看，顿时一惊。不出他所料，他看到了庭岳，让他吃惊的是阿乔也在一侧。

为了不让他们察觉已暴露行踪，剑樟没有多停留，小心地离开了。他来到不远处的一条小溪边坐了下来。"阿乔怎么会和胡人在一起？胡语还说得如此顺口，他真的投胡了？当年侥幸逃过主公和郭鹰的处置，是被胡人救了？"一连串疑问在他脑中盘旋。

尉迟府后园长廊。

"二哥，这几日你怎么天天出去，忙什么呢？"正在喂鱼的剑心远远地看到了正悠然踱步又心事重重的剑樟，问道。

"心儿！"剑樟抬起头，同时看到了剑心身边的婉冰，"大嫂！"他尴尬地一笑。"我在找胡人，看看他们在洛阳是否有不轨举动！"

"二哥不是不关心政事的嘛，怎么现在也和大哥一样，天天在外办公事了？"剑心调皮地一皱眉，走近剑樟，捶了他胸口一下。

"生在乱世，身不由己。天下兴亡，人人有责！"剑樟说道，"顺便找一下宇文王爷的下落！这是我们心儿妹子的心愿，没说错吧？"剑樟坏坏地一笑，瞥了一眼剑心。

"那你找到没有？"剑心问道，瞬间红了脸。

"哪儿那么容易，你以为宇文庭岳是等闲之辈吗？"剑樟不愿让她们知道实情。

"心儿，你答应过，要放下庭岳的，他是鲜卑人。"婉冰走上前来，拉起了剑心的手。"剑樟，你还故意逗她！"

"姐姐,别怪二哥,我可以放下的,不会再因为他伤心了。我知道他是胡人,我是汉人,我们不能在一块儿!"剑心笑笑,低头说道。

"大嫂说得是,确实不该提,过去的事就过去了,大家都别放心上!"剑樟阳光又忧郁地一笑,"我今天还要再出去的,这就走了。"

剑樟按昨日跟踪胡人走的路,又来到了那条小溪旁,双手交叉在胸前,望着溪水向东流去。一会儿,听到远处有脚步声,他便立即隐藏起来。来人是阿乔和庭岳,他们似乎并未发现剑樟。

"公子,可汗那儿最近有何指示吗?"阿乔是来溪边打水的,提了两个水桶。

"最近没有大的战事。可汗来信问我们案件调查得是否有进展。我回信说没有实质进展,并请求他暗中帮助调查。"庭岳说道,站在溪边看着水中自己的倒影。

"可汗也问起找少夫人的事了吧?你怎么回答他的?"阿乔又问。

"找到了她的人,只是她把自己的心弄丢了。所以没有相认!我这么回答的。"庭岳语气平静。

剑樟在不远处,清楚地听到了他们的对话,太明显不过了,庭岳是……怎么会这样?剑樟忍耐不住,快步走近了他们。

"剑樟少爷!"阿乔听到脚步声,转头看到了剑樟。庭岳也转过头,一怔,又随即平静下来。

"宇文庭岳,原来你是……"剑樟不敢相信地看着庭岳的面具脸,又将目光移向阿乔,"阿乔,我都听到了,这是怎么回事?!"

"没错,我是姚辰熙,我还没死!"不及阿乔开口,"尉迟两兄弟果然名不虚传,先后看穿了我的两个身份。"

"公子！真要告诉他吗？"阿乔似乎觉得有些不妥，想阻挠。

"尉迟二少爷机智过人，不消几日，他会知道得很清楚，还不如我自己告诉他！"辰熙说道，"说不定今后还有麻烦二少爷的地方。"

剑樟不动声色地看着他。

"为了逃避主公追杀，为了替姚家上下二十余口洗刷冤屈，为了找回我的妻子，我在鲜卑部苟且偷生。却得宇文普拨可汗赏识，与我义结金兰。但我并没有投靠鲜卑，我依然在为胡汉团结努力。当日我入尉迟府，是为了和伊茗相认，却发现她失去了记忆，被你们当作毫不相干的婉冰，成了尉迟大少爷的夫人。后又阴差阳错地让剑心动了心。为了不让她们受伤害，离开尉迟府是我最好的选择。"辰熙慢慢地说道，"二少爷，我感谢你对阿乔的救命之恩，希望你能理解我在尉迟府所做的一切，帮助我们一起查找凶手，还姚家清白。"

"你大哥姚辰路是我朋友，不用你说，我也会为姚家案件水落石出而努力。"剑樟心情复杂地看着辰熙，不知如何应答更好。

"还有，希望今日之事，二少爷别向府里其他人提及，特别是伊茗和剑心！在大仇未报之前，我无法分心于儿女私情，请二少爷务必答应我！"辰熙抱了抱拳。

"好，我答应！"剑樟抱拳回礼。

2

剑樟走后，辰熙一直闷闷不乐，满腹心事地沉默不语。阿乔看在眼里，心中不是滋味。"如今身份已被剑樟得知，他是否会遵守承诺，将秘密严守？不过照此推测，宇文庭岳就是姚辰熙的事实早晚会被尉迟家知晓，卫伊茗暂时宁静的生活终究会被打破，与其如此，不如帮助他们尽早相认。其实公子的痛苦和无奈大多源于少夫人，而他最顾虑的应该是她作为母亲的身份。如果让牧晱小姐离开尉迟家，少夫人的幸福是否就不那么完整了？是否就能回到公子身边？不管是否有用，我一定要试一下！"阿乔这样想着，计上心来。

　　第二日天还未亮，阿乔便一身黑衣，蒙着面出门了。驾轻就熟地来到了尉迟府。经过前几次的探访，他对每座阁楼的位置已熟记于心，很顺利地来到了檀香阁。

　　他来到牧晱的小房间，见房里的小芙、小蓉和牧晱都睡得很熟，但为确保万无一失，他还是用了点迷迭香，少顷，蹑手蹑脚地走进屋子，抱起牧晱就走，一切似乎非常顺利，他很快地出了府，飞奔着离去。

　　却不知，他身后一直有双锐利的眼睛盯着。原来这出奇的顺利，都是剑枫事先安排好的。自被蒙面人几次光顾、庭岳的不寻常表现，他就将蒙面人和庭岳联系在一起。自庭岳出府后，他日夜准备着抓捕蒙面人，寻找他们的落脚处，以及胡人隐于洛阳的目的。只是没料到，他们这回的目标竟然是牧晱。

　　蒙面人劫走牧晱究竟想做什么？剑枫不由紧张起来，加快脚步的同时更是放轻声响。护卫阿东也小心地紧跟在剑枫身后，以助一臂之力。

　　天尚未大亮，待走入树林深处后，在繁茂的树木间出现了一座木屋。剑枫和阿东躲在树后，远远地看着蒙面人抱着牧晱进了屋。

　　尉迟府檀香阁。婉冰迷糊地睁开眼，发现剑枫不在身边，心生疑惑，下床，睡眼蒙眬地环顾了下四周，屋子里就她一人。轻轻甩了下头，确定自己没在梦中。"小芙！"她轻唤了一声。没有应答。"小蓉！"依然不作声。

婉冰顿时清醒了过来，睡意全无，跑进了牧晔的房间。只见小芙、小蓉睡得正熟，小床上却不见了牧晔的身影，顿感不妙。

"小芙、小蓉，快醒醒！"婉冰用力地摇了摇她俩，"牧晔呢？牧晔不见了！"

"牧晔不见了？"小芙和小蓉被婉冰摇醒，听到这话，顿感五雷轰顶。赶忙起身，一时不知所措。

郭燕在隔壁屋中听到动静，匆忙跑了过来，一进屋，便闻到股特殊的气味。"糟糕，是迷迭香！"郭燕辨别出来，"怪不得睡那么沉。"

"阿东！"婉冰叫道，也不见回应。

"郭燕姐，剑枫、牧晔、阿东都不见了！"婉冰焦急万分地说道，人也站立不稳。

"婉冰，别着急，我想是这样的，有人用迷迭香迷倒了小芙、小蓉，劫走了牧晔。剑枫和阿东应该是紧跟而去。你想，我们尉迟府防卫森严，有谁能来去自如，还劫走牧晔？所以肯定是剑枫故意引敌上钩的，目的是找到劫匪和其同伴。"郭燕扶住婉冰，镇定地分析道。

"可是牧晔被劫了，我不放心！我要去找她！"婉冰依然心急如焚，泪流满面，说着就往门外跑。

"婉冰，你要去哪里找？洛阳那么大！"郭燕紧跟着跑出屋子，"走，找上剑樟，一起去！"怕婉冰出意外，一把拉住了她。

"剑樟，快下来，牧晔不见了！"郭燕和婉冰来到了沉香阁外，来不及喘气，郭燕叫道。

"什么？怎么回事？"一会儿，剑樟就出现在她们跟前，"两位嫂嫂，把事情经过和我说说！"

婉冰三句两句地把事情简单说了遍:"剑樟,就是这样,我们叫上府里所有人分头找吧!"

"不着急,先别惊动那么多人。我知道他们在哪儿!"剑樟听婉冰说完,立刻猜到了劫走牧眈的人的身份,"先别急,我料他们不会伤害牧眈的,况且有大哥和阿东在!"

剑樟朝她俩点点头。

"你说的他们是……"郭燕问道,"你认识?"

"说来话长,跟我去吧,见到就知道了!"剑樟挺有把握地说,"应该没有猜错,走吧!"

"小芙、小蓉,你们在府上待着,等我们回来!"郭燕吩咐道。婉冰已被剑樟抱上了马,剑樟坐在她身后,护着她,双手拉住了缰绳。

"风,你也一起去!保护好嫂嫂。"转头对风护卫说道。风护卫伸手将郭燕拉上马,跟着剑樟飞奔而去。

很快地,来到了树林深处。远远地看见剑枫和阿东站在同侧,相隔十米开外,是庭岳和一陌生男子。双方怨恨地互相望着,充满了火药味。

"剑枫!"婉冰叫道,一边被剑樟扶下马。

"牧眈!牧眈呢?"没见到牧眈,婉冰急急地问,一边欲往木屋里去。

"少夫人!"阿乔一刀横在婉冰胸前,"恕阿乔无理,牧眈小姐很好,正在屋里睡着!"婉冰被阿乔拦住,一时站定,迟疑地看着他,努力搜寻脑海中的记忆。

"阿乔,不准伤她!"庭岳低声喝道。

"婉冰!"剑枫见她被阿乔用大刀拦着,怕出意外,急急地上前叫道。

"尉迟剑枫,别过来!"阿乔反手将婉冰拉到胸前,一手举刀对着剑枫。明晃晃的大刀在阳光的反射下亮得刺眼。

"阿乔,你疯了?不准这样对茗儿!"庭岳又低低地怒喝了声。婉冰听得真切,看了庭岳一眼。

"阿乔,你这是干吗?快放了我嫂嫂!"站在一旁的剑樟见此情形,不由有些吃惊,"原来你就是黑衣蒙面人,说,劫持牧晱又是做什么?我答应过你们,会替你们保守秘密的。你们为什么还要这么做?"

"剑樟少爷,我敬你是我的救命恩人,口口声声叫着嫂嫂,心疼你大哥,心疼你嫂嫂,心疼你侄女,可是我家公子心里的苦谁懂?又有谁心疼?这样隐姓埋名的日子我受够了!我这么做为什么?还不是为了她!她是我家二夫人啊……"阿乔激动得眼睛通红,噙满了泪水,将婉冰扣得越来越紧,声音颤抖地说。

"够了,阿乔,别说了!"庭岳提高嗓门,严厉地命令道。

"阿乔,乔副将?你是雁门关姚军的乔副将?"剑枫这下听明白了他们的对话,不由一惊,有些不敢相信地看向了庭岳,"你是……"

庭岳点点头,剑枫看了婉冰一眼,没有说出他的名字。

"大少爷,果然智勇双全!现在知道我为什么绑你女儿,又挟持你妻子了吧?"阿乔依然情绪激动无比,咬牙切齿地说,"原本属于公子的幸福,硬生生地被你夺走了!都是因为你,公子心里才会这么苦……"

"阿乔,你住口!我说过我不会打扰他们的幸福,我心里的苦和尉迟剑枫无关!"庭岳也激动起来,声音冰冷地说道。

婉冰听着他们的对话,头脑一片混乱,脑海中飞过一段段的记忆,像撕碎的纸片,显得支离,无法拼凑。有些气急,又觉被阿乔扣得生疼,不由挣扎地动了动。

"少夫人，别怪我狠心，我想让你尽早恢复记忆，不要那么稀里糊涂地活着。不知道自己是谁，会幸福吗？"阿乔见婉冰急欲挣脱他，又紧了紧手臂，说道。

　　"你放开我！不准这么说我，得了失忆症我也很痛苦，不用你提醒我！"婉冰听了阿乔的话，触动到她敏感的神经，生气地说，一边用力挣脱阿乔的束缚，"我要去找牧晗。"

　　婉冰说着，重重地咬住了阿乔的腕部。阿乔猝不及防，松了手，婉冰正欲逃离，却被阿乔用刀架在了脖子上："少夫人，我今天要把事情都说给你听，你一定要活回自己，不能只做别人的替身……"

　　话音未落，被一柄飞来的剑刺中了胸口，一愣，手中的刀滑落，眼神复杂地看了一眼飞剑过来的剑枫，继而又看了一眼婉冰，缓缓向后倒去。同时，剑枫的手臂一阵剧痛，手中的剑掉落在地，是庭岳扔出的飞镖，手臂顿时血流如注。"大哥！""剑枫！"剑樟和郭燕惊呼，跑到了剑枫身边查看他的伤势。

　　一转眼工夫，庭岳和婉冰不见了踪迹。"婉冰！"剑枫捂住伤口，急急呼唤。忽见旁边树干上用飞镖插着一张纸条"稍后送少夫人安全回府！庭岳"。

　　"大哥！嫂子定是被庭岳带走了！"剑樟扶住剑枫，安慰道，"没事的，大哥不必担心，再怎么说，他们曾经是夫妻，庭岳不会伤害她的！"

　　"剑樟，你是什么时候知道他是姚辰熙的,怎么也没告诉我？"剑枫问道。

　　"才知道不久，当时我们约定过保守秘密，没想到阿乔居然会如此行事！"剑樟说道，叹了口气，"大哥，你就这样杀了阿乔，未免太狠了吧！"

"为了婉冰,一切都是值得的。我不能让她离开我,绝对不可以,别人怎么评价我,我不在乎!"剑枫语气坚定地说道。

郭燕将牧晱从屋中抱出,小家伙看起来安然无恙,一点儿没受惊吓。

"走吧,回府!"剑枫叫了一声。

3

两条细细的水流从不高的崖壁上流下,底下是一潭池水,清澈见底。四周很安静,能清晰地听到水滴在石头上的声音。这是一个山洞,顶上有条一米见宽的缝,透着光,可称为"一线天"。洞里奇石嶙峋,水流涓涓。

婉冰睁开眼睛,发现周围如此的景象,心生疑惑。起身,见自己刚躺在草堆之上。三米开外,一个背影正对着池水巍然挺立。

"庭岳!"婉冰轻轻唤了一声。这时想起了不久前发生的事情,剑枫的手臂受伤以后她就不知道了,心里一阵惊惶不安。

"少夫人,你醒啦!"听得她呼唤,庭岳转过身,冲她一笑,走到她身边坐下,"刚你吓坏了,晕了过去,我帮你看过了,没事!"

"这是什么地方?剑枫呢?"婉冰见庭岳走近,往后退了退,惊恐地望着他。

"这儿很安全,我不会伤害你的,我说过。"庭岳见婉冰如此,便不再靠近,语气竭力平和,"尉迟剑枫以为阿乔要伤你,情急之下把阿乔杀了,我用飞镖伤了他手臂,然后把你带到了这儿。有些话想和你单独说。"

婉冰不作声,只是又疑惑又惊恐地看着他,冷冰冰的面具此刻显得有些陌生。片刻的对视中,感受到了他炙热的目光,婉冰不敢再看他,将目光移向了别处。

"茗儿,看着我!"庭岳走近两步,缓缓拉下了面具,"看看我,告诉我,我是谁?"

婉冰没敢看他,头扭向一边:"你是宇文庭岳,胡人!伤害我家人的人!"

"卫伊茗!"庭岳听罢,上前搭住了婉冰的肩。

"你放开我!"婉冰挣扎了一下,庭岳更是抓紧了她的肩,继续说道,"你真的什么都不记得了?还是故意在逃避?告诉我,在你面前的人,你一点没有印象吗?"

婉冰有些愤怒地看向他,却发现他无奈着急而欲言又止的表情,四道突兀的剑伤交错在五官硬朗的脸上,眼眶中饱含着泪。看着他,婉冰的眼神逐渐柔和下来,慢慢也涌出了泪水。

"我是卫伊茗,我已经记起来了;你在我过去的生命中不是陌生人,这也能确定。但究竟是谁,还不能确定!对不起,再给我点时间!"婉冰心里说着,依然泪眼朦胧地望着庭岳。一会儿又将视线移向别处。

皑如山上雪,皎若云间月。

闻君有两意,故来相决绝。

今日斗酒会,明旦沟水头。

躞蹀御沟止,沟水东西流。

凄凄复凄凄,嫁娶不须啼。

愿得一心人,白头不相离。

竹竿何袅袅,鱼尾何徒徒。

男儿重意气,何用钱刀为。

庭岳慢慢吟道,"茗儿,这首《白头吟》你总还记得吧?"

婉冰听他念完,默默看向了他,看着他早已泪流满面的脸,不由心中一阵绞痛。他真的是姚辰熙吗？我和姚辰熙的过去究竟是怎样的？我们如此深爱着彼此吗？

见婉冰的表情有了变化，虽没应他，但庭岳明白她记起了些过往。一首诗又涌上心头。

悲歌可以当泣，远望可以当归。

思念故乡，郁郁累累。

欲归家无人，欲渡河无船。

心思不能言，肠中车轮转。

吟罢，说道："这是我在军中用《乐府民歌》给你写的一封家书，也是我现在的心情！茗儿，如今姚家只剩下我们两个了，我不想再失去你。"

他是姚辰熙，是我的丈夫，我想我曾经是深爱着他！可是现在我更爱剑枫，他才是我丈夫，还有女儿牧晙，他们才是我的家人！怎么会这样！婉冰终于理清了思路，确定面前的这位鲜卑人宇文庭岳正是她的丈夫姚辰熙，一时不知所措。剑枫的脸出现在她眼前，与庭岳的脸重合在一块儿。一阵眩晕，婉冰甩了甩头。思绪飞快地转，没有开口说话。

"茗儿，对不起，不愿多想就别去想了！"庭岳以为她又头疼了，有些不忍，"我会等你，等到你记起我、愿意认我的那一天。姚家的大仇还没报，我暂时也给不了你安稳的生活！"说着无奈地一笑。

"走吧，我这就送你回尉迟府，你的家人还焦急地等着你呢！"庭岳扶起婉冰，出了山洞跨上马，飞奔着向尉迟府而去。

尉迟府檀香阁。

"哎呀，这不是剑心妹妹吗？来找你大哥大嫂啊？"用完早膳，剑心来到檀香阁，却不见婉冰、郭燕人影，走到牧晙房间，发

落阳残梦

现她也不在。秀琳的声音在背后响起。

"秀琳,她们人呢?这一大早的出去了?"剑心好生奇怪,问道。

"听小芙、小蓉两丫头说,牧眇小姐被一黑衣蒙面人劫走了,剑枫和阿东追了去。你郭燕姐、婉冰姐叫上你二哥一块儿去寻了!"秀琳简单地描述道,"也不知道啥事儿?到现在还不回来!"

"那你怎么还跟没事儿人一样,在这儿悠哉地坐着!"剑心一听,焦急万分,急急地对秀琳吼道,"我也去找他们!"

"哎,着急有用吗?你回来,你又不知道去哪儿找?还不如乖乖在屋里待着,等他们回来。"秀琳拉住剑心,扭腰走到镜子前坐下,看着镜中自己的脸,"这家里呀,有什么事从来不和我说,我操哪门子心呀!"

"告诉爹没有啊?"剑心又问。

"小芙说了,剑樟不让告诉家里人,说是不会有事的!"秀琳一边修眉一边说道。

"唉,真是的!"剑心坐不下,在屋里来回走动,"不行,我出去看看。"

刚踏出檀香阁大门,见剑枫、剑樟、郭燕、阿东、风护卫朝这儿走来,郭燕怀中抱着牧眇。剑心舒了一口气,快步迎上前:"大哥、二哥、嫂嫂!"

"大哥,你手臂怎么了?"剑心见剑枫右臂衣服被血染红一大片,被简单包扎着。忽又发现婉冰没在,心中顿生不安:"婉冰姐姐呢?没跟你们一起吗?"

"心儿,屋里说话。"剑樟简短地说了一句,冲剑心点点头。

"哎哟,大少爷,您这是怎么啦?"秀琳见他们一群人回来,剑枫又受了伤,不禁大惊小怪地叫道。

"没事儿，一点皮肉伤，别瞎嚷嚷！"剑枫坐下，郭燕拿来了药箱，替他上药包扎，伤口很深很长，可见射飞镖人的深厚内力及飞镖射过来时切齿的恨意。幸好伤在手臂，未及筋骨脏腑。

"这庭岳下手也真狠！"郭燕嘟囔着。

"已经算手下留情了，他这一镖要是射在我胸口，完全可以取我性命。"剑枫似在安慰众人，"况且我还杀了他的阿乔兄弟！"

"是庭岳下的手？"剑心惊讶地问道，"牧晗也是他们劫走的？那婉冰姐姐还在他手上吗？他想做什么？"

"心儿，你就别问了，婉冰过会儿就会回来的。"剑枫面无表情地说道。

剑心又想开口，被剑樟使了个眼色制止了。伤口处理完毕，剑枫进里屋换了件衣服，外表看起来便无异于平常了。

听得屋外有动静，剑心拉开了门帘。"姐姐，你回来啦！"见是婉冰，剑心高兴地叫道。

"婉冰，你没事吧？回来就好！"剑枫赶忙起身，迎上前去，拉住了婉冰的手，"牧晗很好，别担心！"

"我没事，剑枫。"婉冰点点头，握上了他的手，"你的胳膊也没事吧？"担心地打量着。

"好了，既然都没事，大家散了吧，让他们好好休息！"剑樟收起扇子，冲大家喊了一声，率先离开了屋子。"走啦，心儿！"回头见剑心还愣着出神，便拉着她往外走。

"二哥，庭岳为什么这么做？"出了檀香阁，剑心忍不住问道。

"剑心，这事儿你还是不知道比较好！"剑樟放慢脚步，严肃地说道，"你就别问了！"

"不嘛，你怎么和大哥说话一样？我就是想知道！"剑心不高兴地噘起了嘴，拦住了剑樟的路。剑樟站定，双手搭上了剑心

落阳残梦

的肩,看了她一会儿,无奈地摇了摇头:"心儿,我怕你伤心,真要听吗?"剑心重重地点点头。

"走吧,跟我回沉香阁!"剑樟拉住剑心的手,轻轻地握着,心有些疼。

回到沉香阁,剑樟沏了壶茶,帮剑心倒了一杯。然后点了盘香,走到古筝前席地坐下,眼睛出神地望着琴弦。

"二哥,可以讲了吧?"剑心见剑樟一直陷在沉思中,没有开口的意思,有些着急,怕剑樟反悔不讲,便轻轻地问道。

"心儿,你听我慢慢讲个故事,不要插嘴不要激动,好吗?"剑樟终于开口了,剑心点点头,期待地望着他。

"邺城城主姚天翔的二公子姚辰熙,五年半前奉主公及父亲命令,去雁门关做了驻关大将军,离开了自小青梅竹马、新婚半年的妻子卫伊茗。经过三年大小十余场与胡人的征战,战功显赫,声动朝野。而邺城也在姚城主的治理下井井有条,政绩不菲。

却不料,这一切引起了不轨之人的嫉恨,一个巨大的阴谋像一只无形的黑手伸向了他们。两年半前,姚府上下二十余口被奸人所害,姚家二夫人卫伊茗侥幸被人仗义相救,却因头部重伤失去了记忆。

这两年半来,仗义之士全家把她当作外貌极其相似的另一个人,尽可能地给了她最多的爱和温暖,她成了他们府上的少夫人,并有了孩子。一切看似近乎圆满。

但不知是命运的眷顾还是故意捉弄,半年前,府上来了名护卫,为了躲避追杀,委身做了胡人,面对爱妻想认却又不敢认,只是尽力做好本职工作,他的仗义和英雄气概打动了府上的大小姐,为了报仇大业为了自己的爱妻,他拒绝了大小姐毅然出府。他的副将见他日夜痛苦不堪,想到了为他夺妻,却被已成为卫伊茗现任丈夫的仗义之士所杀。"

剑樟娓娓道来,认真地看着剑心,"这名护卫就是姚辰熙,仗义之士就是尉迟剑枫,他的妻子就是始终被府里误认作婉冰的卫伊茗,而大小姐就是你——尉迟剑心!"

看着剑樟认真而严肃的表情,剑心明白这一切都是不争的事实。此时已不需要任何言语,任由眼泪悄无声息地汹涌流淌,命运要捉弄他们到几时?

4

烛光下,剑枫正盘腿坐在床上,闭目调息。婉冰立于窗前,抬头望着明月。

"茗儿,想我的时候就告诉月亮,我都能听到。"耳边回荡起辰熙的话语。

婉冰继而又转头望向剑枫。是他给了我全新的生命和完整的爱,是他不顾一切地救我于危难,是他为我甘愿受伤、耗费真气不眠不休。这样想着,缓步走向他。

剑枫正欲收功,额头上冒出了一排汗珠。婉冰见此,拿出帕子替他拭汗,刚碰上剑枫的额头,就被他一把抓住手腕。"婉冰!"剑枫睁开了眼睛,随即将她拥入怀中,双手紧紧地抱着她。

"剑枫,小心你的手臂,太用力了!"婉冰担心他的伤口。

"为你,值得。这点痛哪里比得上当年以为你死去时我心中的痛!"剑枫喃喃道,手愈发收紧,右手上臂的衣服顿时被血染红了。

"剑枫,可我是卫伊茗,不是婉冰,我想起来了!"婉冰轻轻地说。

"不,你就是我的婉冰,我不能再一次失去你。你答应过我的,永远不会离开我!"剑枫固执地说道,不顾已伤口迸裂的手臂。

"是,我答应过不会离开你的!剑枫,你不要因为姚辰熙的出现而担心。他是我模糊的过去,而你是我清晰的现在和憧憬的未来!"婉冰肯定地说道,"这儿才是我的家,这家里,有你有我有牧晗!"

"婉冰,谢谢你!"剑枫又紧了紧有些松开的手,咬牙忍着痛,"让它痛吧,这痛能让我知道我们不是在梦中。"

"剑枫,让我看看你的伤口,快放开我!"婉冰提高了声音,挣脱开剑枫的怀抱。目光落在他的手臂上,衣服已被鲜血染红了一大片。婉冰顿时留下了两行清泪。

"剑枫,你这是干什么,又出了那么多血,你真不要命啦!你不该杀阿乔的,否则也不会被姚辰熙伤到!"婉冰有些心疼地埋怨道,"我帮你重新处理伤口!"

说着,起身取来了田七粉和冰片,撒在他的伤口上,重新包扎好:"不要再乱动了,我不会离开你的,你好好休息,快点好起来!"

见剑枫安心地睡下,婉冰坐在床沿,久久地注视着这张熟悉的面孔,陷入沉思。"我是卫伊茗,你那么深爱的婉冰,是我吗?还是始终把我当成了她的替身!剑枫,你要我怎么办,我也是如此的爱你,终究是要负辰熙的。不过,我会帮他一起为姚家报仇,等这一切结束后,我才能和过去彻底地了断,完完全全地属于你!"这样想着,俯身吻向了他的额头。

经过几日的静养和婉冰的精心照顾,剑枫的伤口已近痊愈。对于婉冰日益恢复的记忆和姚辰熙身份的曝光,剑枫不敢掉以轻心。这日,他来到了父亲的书房。

"剑枫，听说你受伤了？现在伤怎么样了？"尉迟子宇几日未见他，向剑心打听，才得知他受伤的事，再细问，剑心又不肯说。没料今日剑枫神采依旧地出现在他书房，想来是无大碍了。

"没事的，爹，一点皮肉伤而已，不碍事。"剑枫笑笑，"我有重要的事要向爹汇报！"

"剑枫，你坐，慢慢说！"尉迟子宇指了指对面的椅子，让剑枫坐下。

"爹，姚辰熙没有死，他就在我们身边，我这手臂就是被他所伤！"剑枫严肃地说道，"姚辰熙当年被胡人所救，藏身于宇文普拨帐下，更名宇文庭岳，为寻妻来到我府，却见婉冰丝毫无认他之意，又被我们识破他的胡人身份，怕事情败露而离府。同时藏身于胡营的还有他的副将阿乔。此人忠心耿耿，为了姚辰熙尽快认妻，将牧晱劫走，以期一举让婉冰回到姚辰熙身边，这一切被我得知，尾随将阿乔杀死，救出牧晱和婉冰。"

"姚辰熙必定为姚家灭门案而来！"尉迟子宇道，"他是否得知谁是幕后主使？"

"依我所见，尚未得知。姚辰熙正为寻找幕后主使而烦恼。而婉冰也已回忆起自己是姚二夫人，并得知姚辰熙尚在人世，但她答应不会离开我，她把我们尉迟家看作她唯一的家。"剑枫向尉迟子宇诉说道，欣慰之情溢于言表。

"剑枫，对于婉冰万不可疏忽，如果她哪天记起你才是当日杀她满门的凶手，她还会这么认为吗？我看她恢复记忆是迟早的事，既然选择了留她在身边，切忌养虎为患啊！如有万一，一定要果决心狠，万不可被私情左右影响大事！切记爹今日的话。"尉迟子宇慎重地再次告诫道。

"爹，我会谨记您的教诲，不会让这事发生的！"剑枫答应道。

落阳残梦

剑枫离开书房时,恰巧被经过附近的剑樟看到。"爹和大哥谈什么秘密事情呢?在府里也有必要锁门吗?连出门的时候还要东张西望怕被人瞧见,至于这样吗?"剑樟想着,好生疑惑,"如此只有一种解释——防府里的人。难道他们有什么秘密,不能让我们大家知道?"剑樟将疑虑藏进了心中。

第十三章

残 酷 真 相

独上云台寄此情,金樽对月诉还休。

1

沉香阁中,剑樟正拨弄着琴弦,若有所思,手指抚过之处,发出弦声,断断续续,曲不成调。原本桀骜不驯、不问世事的剑樟如今感觉触碰到了旋涡的边缘,有股强大的力量将他往里吸,想退缩却已身不由己。从沾上姚府的事开始,他就别无选择地被卷入混浊的世界了。身处乱世,又有多少人可以摆脱命运的纠葛和操控?

既然走上了这条路,答应为姚家报仇,那就勇往直前吧。尉迟府中,父亲和兄长似乎也有秘密,这潭池水并不清澈,剑樟决定蹚一蹚了。

那几日,剑樟一直徘徊在尉迟子宇的书房附近,观察动静。尉迟子宇不常出门,主公吩咐尉迟府办的公差是剑枫操持得多。剑樟推测,剑枫会将主公的指令传达给尉迟子宇,尉迟子宇出谋划策，帮助剑枫达成任务。只是他们的每次书房谈话，阿东都会警惕地守在门口，这让剑樟愈发觉得事有蹊跷，引起了他的好奇心，他要等待时机，探寻他们的秘密。

剑樟决定先观察父亲的动静。守候了数日，他未出过门。剑樟并不着急，府里近来先后有胡人事件、姚辰熙事件的发生，如此重大事件，待主公得知后，绝不会置之不顾，主公一定在整理分析事件，待理清头绪了必会召唤父亲。

果不出所料，第二日天刚亮，尉迟子宇便跨上了一匹府里最健壮的千里马独自一人出了府。剑樟随后也骑马跟上，走了一段路，却出乎意料地发现父亲并不是去主公宫中，而是一路向南行进，这更让他疑惑不解。眼见着快出洛阳城了，剑樟加紧了马儿的速度，同时更隐蔽谨慎起来。

就这样，快马加鞭地一路南行。待太阳快下山的时候，他们到了南阳。尉迟子宇很熟络地来到一家客栈，似再无赶路之意，剑樟随后便也在这客栈中安顿下来。南阳是楚王司马玮的属地，父亲来这儿意欲何为？他最终又是要去向哪里？剑樟疑虑重重，此行必有收获，一定不能让父亲发现，他暗暗告诫自己。

一整晚，剑樟并未宽衣解带，只是盘腿坐在床上闭目养神，耳朵竖着倾听屋外动静，生怕尉迟子宇半夜起程或有人来访。一夜无眠，幸而一夜无事。

第二日，天刚蒙蒙亮，尉迟子宇便出门了。剑樟听到动静，立刻起身，提了剑拿了扇子，跟着也出了门。尉迟子宇这会儿披上了件黑斗篷，遮住头，只露出一双眼睛。剑樟见此，忽然猜测到什么，不禁心中一颤。

一路走的都是绿油油的农田草地，故意绕开城镇，可以行路更快一些。继续南下，不到两个时辰，来到了襄阳。

剑樟从未踏上过这片土地。襄阳城给他的第一印象便是井然有序。楚王司马玮的名声，对不问世事的剑樟来说，也丝毫不陌生，与主公汝南王司马亮是叔侄，在朝中很受皇后贾南风器重。但近两年来针对作为辅政大臣的汝南王的打压日益明朗和激烈，双方矛盾争斗不断……

剑樟这么想着，放缓了马儿的脚步，远远地跟着尉迟子宇。不出所料的，他来到了襄阳宫的一个偏门。只见尉迟子宇刚下马，就有一侍卫跑来向他抱拳问好，随后将马牵到了自己手中，彬彬有礼地请他进了宫殿。剑樟见襄阳宫四周守卫森严，不敢轻举妄动，便隐蔽到了一个比较安全的地方，目送尉迟子宇入殿后，侍卫将大门关上。

就此看来，父亲对襄阳宫来说也是个举足轻重的人物，他与殿中的主人——楚王，关系必定非比寻常。那在我们主公这边又算什么呢？剑樟想着，不愿相信眼前的一切。一直让他引以为傲、忠心耿耿的尉迟家难道……其中还藏着多少不为人知的秘密？

望水亭中。

"潜龙，急急地来找我，可有重大事情发生？"司马玮一身便装打扮，但遮挡不住他的王者之风。

"主公，邺城姚家二公子姚辰熙尚在人世。他正是属下上回和您提过的在尉迟府充当护卫的胡人宇文庭岳。"潜龙开门见山地禀告。

"姚家的人必须消灭干净，以免后患。潜龙，你可明白我的意思？"司马玮认真地看着潜龙，"要快，以免节外生枝！"

"主公，属下明白！"潜龙抱拳。

"还是那句话，切记谨慎行事。"司马玮叮嘱道，年轻的面庞上显出与年龄极不相符的老成和干练，他拍了拍潜龙的肩，"这么些年,委屈你了!"

"主公切莫如此说,属下愿为主公肝脑涂地,在所不辞!"潜龙说道,"主公也要万事小心,在宫中,莫与皇后走得过近;在朝中,也莫与汝南王针锋相对!等待时机成熟,迎头痛击!"

"潜龙说得是,本王记下了!"司马玮灿烂地一笑,"你先回去吧,路上小心!"

半个时辰的光景,剑樟就见尉迟子宇出了襄阳宫。身后一名将军打扮的人,看起来应是楚王的贴身护卫,与他互相抱拳道别,待尉迟子宇上马,目送他离去。尉迟子宇此行的目的剑樟已知晓,他怕回途中被尉迟子宇发现,便决定另择一条路返回洛阳。

爹和大哥确实有着不为人知的秘密,只是没想到他们居然会和主公的劲敌走在一起。主公对尉迟家不薄,多年来信任有加,如此不忠不义之事,为何会发生在他们身上?姚家的灭门惨祸是否也与他们有关?他们是否要对主公不利?我要解开这些谜团!路上,剑樟一直在想,如果事实真如他所想,他又该如何自处?整个尉迟府的命运又将何去何从?

2

这些日子,婉冰又时不时地被头疼毛病困扰,不断涌现的过去的片片记忆,始终无法完整拼接,越努力想搞明白越是头疼。

剑枫看着焦急万分,又请来了吴大夫。吴大夫仔细诊断后,开了药方,将剑枫叫到了外屋。

"恭喜大少爷,功夫不负有心人。您和大小姐一直以来对少夫人的记忆呼唤,也就是不停反复地对过去事件的讲述,终于有了明显的效果,少夫人如今已能回忆起诸多过往。据老夫估计,再加以时日，少夫人的记忆很有希望完全恢复，不能不说是奇迹啊！我开了些强肾健脾、补脑安神的药，会对少夫人有所帮助的。"吴大夫慢慢地说道，微笑着对剑枫点点头。

剑枫看了眼手中的药方：何首乌，胡桃肉，益智仁，女贞子，酸枣仁，合欢皮，柏子仁，杜仲，菟丝子，山茱萸。

"多谢吴大夫！您的医术高超，医德高尚，给了我夫人新的生命，如此大恩大德，剑枫没齿难忘！请受我一拜！"剑枫感激地说道，欲行大礼。

"大少爷，使不得，使不得！"吴大夫拉住剑枫，还礼道，"医者父母心，这都是老夫应该做的。您赶紧派人去抓药吧，老夫这就告辞了！"

"阿东，药方在这儿，快去抓药吧！"剑枫吩咐道。送走吴大夫，他赶忙回到了婉冰身边。看着她沉沉入睡的脸，内心喜悦之余还夹杂着担忧和不安。真会有这么一天吗？她记起他是杀害姚家满门的凶手！这样想着，皱起了眉，紧紧握住婉冰的手。

"茗儿，你终于嫁给我了，我等这一天等了好久！"

"婉冰，你终于醒过来了，没关系，慢慢会好的。别担心，我会一直在你身边！"

"茗儿，等我回来，还你一个顶天立地、铁骨铮铮的男子汉！"

"婉冰，从我找到你的那一刻起，我决定这辈子不会再让你受一丝伤害！"

"茗儿，军中之事勿挂于心，我不在的日子，你要好好照顾自己！"

"婉冰，我不在府上的时候，你要好好吃药，注意休息，别让我担心，知道吗？"

"茗儿，为了主公江山和天下苍生，我不得不暂时离开你，你要健康快乐地过好每一天，等我回来！"

"婉冰，未来的日子让我好好保护你、补偿你，谢谢你让我有机会这么做！"

"茗儿，如今姚家只剩下我们两个人了，我不想再失去你！"

"婉冰，不论你是什么身份，不论你变成什么样，只要你活着，我就不会再让你离开！"

……

辰熙和剑枫的脸一前一后交替出现，最后融合到了一起。婉冰一惊，睁开了眼睛，原来是个梦！睁眼的瞬间，触及剑枫深情而灼热的凝视。

"剑枫！"婉冰弱弱地唤道，"我没事，别担心……"

话没说完，她的唇被剑枫的唇堵上。少顷，剑枫抬起头："婉冰，什么都别说了，我都知道！我只要你平安快乐，一直在我身边！"

"大少爷，别忘了，今日你得去主公宫中，两日前他派人来传过话，说有要紧事相商！"阿东在外呼唤，同时轻轻敲了下门。

"知道了，阿东，你先去备马，我马上出来！"剑枫隔着门应着。

"婉冰，你好好休息，我先走了，办完事会尽快赶回来。"剑枫握着婉冰的手，深深看了她一眼。见婉冰点头，便转身出门了。

辰熙，如今我能做的，是帮助你一起为姚家报仇。事已至此，我无法抛下给了我新生命的丈夫和女儿，这辈子，注定是要负你了，希望你能谅解！婉冰在心中默默说道。

"我能做些什么呢？哦，对了，六封信！"婉冰忽然想起，立即下床，打开了暗柜，取出那些信。不愿再看里面的内容，只是将其整理整齐，小心地放入了自己的床头柜子中，决定找机会交给辰熙。暂时找不到凶手，但是这信可以帮助洗刷姚府冤屈。

做完这些，婉冰坐回床上，翻看床头的《乐府民歌》，读了起来。

有所思，乃在大海南。

何用问遗君，双珠玳瑁簪，用玉绍缭之。

闻君有他心，拉杂摧烧之。

摧烧之，当风扬其灰。

从今以往，勿复相思，相思与君绝！……

喝了药，婉冰又沉沉睡去。

剑枫回府时，已近子夜。屋里依然亮着烛光，见婉冰睡得熟，没去打扰。在床边坐了会儿，忽然想起什么，径直走到暗柜开关前，打开了暗柜，却见柜内空无一物，不由倒吸了口凉气。

信哪儿去了？是谁拿走的？婉冰？剑心？郭燕？剑枫看了一眼婉冰，关上暗柜，悄悄来到牧晱的房间。"小芙，这两日我不在的时候，可有人来过？"他叫醒了睡眼惺忪的小芙，压低声音问。

"没有吧！"小芙答道，疑惑地望着剑枫。

"大小姐也没来过？"剑枫提醒道。

"没有，自从你们把牧晱小姐找回来以后，我就再没见过大小姐了！"小芙回忆道。

"好，我知道了，你睡吧！"剑枫说完，看了一眼睡得正香的牧晱，便离开了。

回到屋里，他握住婉冰的手，婉冰缓缓睁开了眼："剑枫！"

"婉冰，你有没有动过暗柜中的信？"剑枫望着她，小心地问道。

"什么暗柜？什么信？"婉冰没想到剑枫这么快就发现了，心中一惊，假装不知。

"哦，没什么。"剑枫冲她微微一笑，转了话题，"头还疼吗？"

"不疼了！"婉冰也冲他一笑，有些不安。

"好，睡吧，我也睡了！"说着，便吹灭了蜡烛，和衣倒在婉冰身旁。婉冰，你拿着信是要交给姚辰熙吗？为什么要瞒着我？你又记起什么了吗？

剑枫，原谅我瞒着你，我要帮辰熙洗脱姚家大冤，这是我欠他的，否则我会良心不安，等事情结束后，我才能完全属于你。

婉冰，既然你不愿说，我不会逼你，只要你在我身边，你做什么都行。

两人各怀心事，睡意全无。剑枫转身抱住婉冰："婉冰，你不会离开我的，对吗？""嗯，剑枫，我答应过的，不会离开你。"

3

后园长廊上。几日未见剑心，婉冰打算去珍玑阁找她。小丫头平日里天天要来见她，不知这几日出了什么状况，婉冰有些担忧。

这时，忽然闪过一个人影，悄声地落在她的眼前。"辰熙！"婉冰心中暗暗地惊呼。

"茗儿，尉迟府不能待了，我带你离开。有重要事情和你说！"辰熙一把拉住她的手。

"你干什么？别这样，我不能跟你走！"婉冰欲挣开他的手。

"这次事关重大，不能听你的，快跟我走！"辰熙不由分说地搭住她的腰，欲纵身离开。这时，阿东在不远处出现了，只见他举着大锤快速向辰熙袭来，辰熙怕伤着婉冰，一边护住她一边抽刀抵挡，躲开阿东的袭击后，看了一眼婉冰，便飞身离开了。

"少夫人，没事吧？"阿东放下大锤，问道。见婉冰愣着出神，又开口道："大少爷吩咐过，一定要保护好您的安全，少夫人，咱们还是回屋吧。以后要出门，一定记得叫上阿东！"

"嗯,知道了!"婉冰这才从刚刚的事情中回过神,冲他点点头,"也没这么严重吧,我只是想去找剑心!"

"切不可出意外,阿东不想再一次对不起您!"阿东急急地说道,话一出口又觉得说了不该说的。

"阿东,你从来没有对不起我啊,你对剑枫对尉迟府忠心耿耿,我都知道。上次剑枫受伤的事也不能怪你的,别放心上!"婉冰以为阿东一直耿耿于怀上回剑枫被辰熙所伤的事,看他紧张的神情,不禁莞尔。同时心头又升起异样的感觉,刚才阿东举锤的那一幕为何如此熟悉?

"阿东,以前只见你用剑,今天怎么用起了这个?原来你还会使这种大家伙!"婉冰说道。

"是,我曾经一直用锤,后来大少爷希望我跟他一样,用剑。但情急时刻,我还是习惯用锤,我是个粗人,少夫人见笑了!"阿东向她解释道。

婉冰被这事一闹,已无心再去找剑心,便回了檀香阁。

"婉冰,想什么呢?这么出神,头疼好点了吧?"郭燕抱着牧晗进屋来。

"郭燕姐!"婉冰一笑,接过了牧晗,"我没事。牧晗,今天又沉了嘛,有没有调皮惹大娘生气?"

"怎么会,牧晗乖巧懂事,这么小就不闹腾,和你一样,尽会心疼别人!"郭燕爱怜地望着牧晗,又看看婉冰。

"郭燕姐,有劳你多照顾了!"婉冰说道。

"嗐,哪里的话,都是自家人。你身体不好,要多照顾自己,好好休息。"郭燕起身倒了杯茶。

"郭燕姐,阿东在府里多少年了?"婉冰问道。

"据说是剑枫十岁那年从武行救回来的,那时被打得奄奄一息,伤好后,就一直跟着剑枫,对他忠心耿耿的。"郭燕笑着说,"话不多,稳重踏实,恪守本分!"

"哦,我看他武艺也很高强,还会使大锤。"婉冰点头道。

"是啊,他以前是一直用大锤的,后来是剑枫不喜欢,就教他练剑,约莫就在你来府的前后。"郭燕道。

"哦。"婉冰若有所思,"使用兵器也看各人喜好和特长,其实不用强求的。"

"阿东呀,剑枫说啥他就做啥,从来不反驳的。"郭燕依然笑笑地说,"牧晗,刚夸你乖呢,就在你娘身上一个劲儿闹腾了。来,大娘抱,都把你娘弄疼了!"郭燕见牧晗在婉冰怀中不安分,伸手蹬脚,东拉西扯的,便抱过牧晗。

"少夫人,该喝药了!"小芙端着药进屋。

"婉冰,你休息吧,牧晗先放我这儿,我回房了。"郭燕见婉冰依然精神不好,觉得不便多坐,见婉冰点头,便抱着牧晗离开了。

婉冰喝下药,头依然昏沉,闭上眼。眼前出现的就是阿东举锤跑来的那一幕,久久停留,挥之不去。

"茗儿,快跑!"一黑衣蒙面人举锤击向了一位衣着考究的慈祥却又惊恐万分的老妇人,倒地的同时又被另一个人一剑刺入胸膛,血,染红了胸前的衣裳。"娘!"话音未落,头上落下重重的一锤……

婉冰蓦然睁开双眼,心中一阵狂跳。

"黑衣蒙面人、阿东、举着大锤的眼神……"婉冰不敢想。

"弟兄们听着,主公有令,将姚府上下全部诛杀,不留活口!"一个低沉的声音在耳边想起,依稀可辨的是看不清五官轮廓的高大身影,缓缓走向已倒地的她,将她扶靠在他宽阔的胸膛上,那一股淡淡的檀香，扑鼻而来。"滚，不准伤她！"

"他是剑枫？"婉冰摇了摇头，"不会这样的！"

婉冰重新闭上眼睛，回忆着刚想起的这些片段，记忆会出错吗？为什么那么清晰？姚府灭门的当日，剑枫确实救了她，但是制造这起惨案的也是他？怎么会这样？这一切都是真的吗？

婉冰头疼得不行，继而便失去了意识。

珍玑阁中。剑心坐在古筝前，认真地弹着《上邪》，泪眼迷离。"你是卫伊茗，不是我的婉冰姐姐，婉冰姐姐在四年前确实是去世了。几天没见了，不来找你是因为我不知该如何面对你；而你也不来找我，是不是头疼病又犯了？原来我还是一如从前的放心不下你。确实很想与你再合奏一曲，《上邪》也好，《阳春白雪》也罢，我们还会和以前一样交心吗？"剑心想着，站起身，离开珍玑阁，向檀香阁走去。

"姐姐，你怎么了？"踏进屋子，发现她伏在桌上昏睡，摇了摇，没反应。

"阿东，快来！"剑心冲屋外叫道。阿东进屋将婉冰抱到了床上："这几日少夫人头疼病发作比较频繁，吴大夫来看过，说没有大碍，是记起了过去一些事情的缘故，不消时日，会完全恢复记忆的。"阿东解释道，神情淡淡地看着剑心。

"好，知道了！"剑心帮婉冰盖上被子，握住了她的手，"等你都想起来了，你就不是我的婉冰姐姐了，你还会像以前那样疼我吗？"

婉冰沉沉地睡着，没有醒来。剑心一直在旁守着，一如她初来府时，她整日整夜地陪伴守候。"不论是卫伊茗还是婉冰，你永远是我的姐姐！"

剑枫回来时已过黄昏，见婉冰正睡着，剑心坐在床头替婉冰拭汗。"心儿!"他叫道。

"大哥,你回来啦!姐姐一直昏睡着,我不放心,就一直没离开!"剑心站起身,说道。

"哦,你婉冰姐可能又记起什么重要事情了,吴大夫说这没关系的,不用担心!"剑枫对剑心会心一笑,坐到了床边,帮婉冰号脉。

"大哥,你还叫她婉冰吗?我全知道了,姚二夫人叫卫伊茗,不是婉冰。我们是不是应该改口了?"剑心望着剑枫,认真地说道。

剑枫听罢,转头看向剑心:"心儿,她就是我的婉冰,你的姐姐,不是什么姚二夫人,和姚辰熙没有关系!"压低声音但是语气坚决地说道。

"大哥,面对现实吧,婉冰姐姐四年前在破庙里已经死了,她是卫伊茗!"剑心见剑枫如此,有些着急,必须要将他拉回现实,"婉冰和卫伊茗根本就是两个人……"

"够了,心儿,别说了!"剑枫打断了剑心的话,看着她,低声吼道。过了一会儿,剑枫愤怒的目光缓和下来,无奈地背过身去。

"大哥,你不能逃避现实,该面对的总要面对的。我这几天闭门未出,想了很多,但是婉冰姐姐死了,我的嫂嫂是卫伊茗这是不争的事实。"剑心见剑枫不出声,继续说道,"她们确实长得太像了,让我无法分辨,但是有很多不同之处。她们都爱弹古筝,婉冰最爱的是《阳春白雪》,卫伊茗最爱的是《上邪》;她们都爱念诗,婉冰喜欢的是《诗经》,卫伊茗喜欢的是《乐府诗集》;婉冰会武功,卫伊茗不会;卫伊茗精通茶道,婉冰一窍不通。难道这些还不足以证明她们不是一个人吗?那些气质、特长和对事物理解的变化并不是用'失去记忆'就可以解释的!大哥,心儿都能想到这些,你不会想不到的,只是不想面对吧?"

剑枫安静地听剑心说完,望着依然沉睡的婉冰,站起了身,来回踱了两步,缓缓开口道:"其实我早就知道她不是婉冰,在我们新婚之夜,看着她洁白无瑕的胸口,我就知道了。婉冰当年那致命的一伤,不可能不留下疤痕。只是我无法说服自己,我要弥补对婉冰的愧疚,好不容易把她找到,我不能接受她不是婉冰的事实……"

"所以你就一直把她当成婉冰的替代品吗?大哥,你这样对卫伊茗是不是太不公平了?你究竟爱的是她这个人,还是让你充满愧疚的婉冰?"剑心有些愤愤不平,她要解开剑枫的心结。

"心儿,别说了,我爱她,但我已经习惯把她当成婉冰!给我点时间。"剑枫眼中噙满了泪。

"大哥,既然爱她就要接受她不是婉冰的事实。对于我尉迟剑心来说,她永远是我敬重的姐姐!"剑心斩钉截铁地说道,"我都有勇气迈出这一步了,大哥,你是顶天立地的大英雄,最勇敢的人!"

"心儿,谢谢你今天说的话。"剑枫心情复杂地望着她,"你长大了,大哥很高兴。"

剑枫又坐回床边,握起婉冰的手。不管你是谁,我爱的就是你这个人!可是作为卫伊茗的你,还会义无反顾地留在我身边吗?这才是我一直不敢面对真实的你的原因。剑枫想着,眼泪顺着脸庞流下,却见昏睡中的婉冰,一滴泪从眼角滑落。是又想起什么了吗?剑枫心疼而又不安地想。

一旁的剑心见此情形,便离开了。

4

　　剑樟自见父亲从襄阳宫出来后，便绕路赶回洛阳。一路快马加鞭，必须要赶在父亲之前回府，以便再度观察父亲与大哥的行动。

　　第二日晚上，剑樟回到了尉迟府，正如他意料的那样尉迟子宇还未到。回沉香阁沐浴打扮休整一晚后，又恢复了旁人看来清高无骛、不问世事的形象。

　　后一日午时，尉迟子宇到了府。剑枫没在，所以剑樟并未动声色，在沉香阁中抚琴吟诗又过了半日。

　　"二哥，陪我去郊外骑马好不好？"剑心忽然来到沉香阁，没头没脑地对剑樟说。

　　"心儿，怎么忽然要去骑马了？"剑樟拍拍她的脑袋，"不伤心了？都想明白了？"

　　"嗯，不管她是婉冰还是卫伊茗，都是我的好姐姐。我喜欢的是姐姐这个人，又不是她的名字。"剑心很真诚地说道。

　　"好，你能这么想，二哥就放心了。明天吧，带你去郊外骑马！你看这会儿太阳快下山了。"剑樟笑道，走到窗前看着后园的池塘。

　　"可是大哥不这么想，不肯承认姐姐是卫伊茗的事实，他心里只有婉冰！"剑心跟着走到剑樟身边，嘟着嘴说道。

　　"大哥有大哥的苦衷吧，对于婉冰更多的是愧疚；而对于卫伊茗的感情，虽然是由误认产生，但后来是血浓于水的依恋和无时无刻的担忧牵挂，我相信那才是深情。所以不管她是谁，大哥都是深爱着她的。"剑樟给剑心仔细分析道，"至于他接不接受卫伊茗这个名字，可能因为姚辰熙吧，他没有把握卫伊茗在恢复记忆后，是否依然选择他。我是这么想的，心儿，听懂没？"

　　"嗯，二哥说得有道理，我明白了。"剑心挠了挠头，笑道。

晚膳后，剑樟换上了一套深色衣服，一直徘徊在尉迟子宇书房附近，注视着府里护卫的巡查情况，打算隐蔽于书房外的窗下，窃听他们的对话。

果然，没多久，剑枫来到了书房。剑樟找好了一个合适的位置，便不再动弹，仔细倾听书房内的动静。

"爹，姚辰熙的事都告诉玮主了？"剑枫问道，"是否责怪我们办事不利？"

"这倒没有，是这小子命大，寄于胡人帐下。"尉迟子宇摇摇头，严肃地说道。

"玮主可有何新指示？"剑枫又问。

"为避免后患，姚家的人必须死，一个不能留！"尉迟子宇语气坚决地说道，"剑枫，你可明白？"

"明白，我会尽快找到姚辰熙，杀了他！"剑枫知道父亲话中有话，但不敢接口，故意听懂一半的意思。

"我是说，不仅姚辰熙，还有……"尉迟子宇提醒道，话音未落，被剑枫抢了先。

"爹，她现在是我的妻子，是尉迟府的人，早和姚家没有关系了！"剑枫低下头，急急解释，"玮主并不知道这事，爹，你也就别逼我了！"

"她真的和姚家没有关系吗？别忘了，她亲眼见你们闯入姚家行凶，目前安分是因为失去了记忆，等记忆恢复了她会罢休吗？玮主如果知道这事，连你都没活路！"尉迟子宇语重心长地说道，"之前由着你，是以为姚辰熙死了，卫伊茗又没有恢复的迹象。如今这样太冒险了，爹不能坐视不管！"

"爹，我答应你，会尽快杀了姚辰熙，不让他们俩见面。而且目前，卫伊茗仍然没有恢复迹象，一切还和以前一样。爹，她

落阳残梦

是我的妻子,是牧暎的母亲,我爱她!"剑枫跪倒在地,恳请父亲。

"剑枫,爹就是担心你在关键时刻为了她会误大事啊,你如今对她感情如此深厚,越陷越深,这是在玩火啊!"尉迟子宇叹了口气,扶起剑枫,"答应爹,一切要以玮主的大业为重,以尉迟府为重。男子汉顶天立地,要学会取舍!"

"爹,我知道了,不会辜负您的希望!"剑枫向父亲抱拳行礼。

婉冰在逐渐恢复记忆的事情,万万不可让父亲知道。剑枫心中暗暗说道。

望着剑枫离去的背影,尉迟子宇叹了口气。这女人,终究会是剑枫的一大劫难,是尉迟府的一大劫难啊!

剑樟大气没敢喘,屋内的一切,听得真切。他最不敢想象的事情居然是毋庸置疑的事实,父亲和大哥是杀害姚家全府的凶手,是主公身边的内奸,是楚王司马玮的人!

他不敢再多停留,小心快速地回了沉香阁。辰路,真相大白了,我应该为你手刃仇人的,可他们是我最亲的人啊,我该怎么做?可怜的卫伊茗,你的丈夫,你的救命恩人,居然是杀你全府的凶手,等恢复记忆的那一天,你该如何自处?还有大哥,这场悲剧的主导者,害了卫伊茗全家又带给她全新的生命,美丽的泡沫幻灭后,是否还会殃及自身?世事总是如此残酷,努力地想要远离是非,却终究逃不过命运的摆布!

剑樟吹灭了屋内的蜡烛,在古筝边席地而坐,借着朦胧的月色,拨起了琴弦。

弦乐声声为谁吟?微风阵阵为谁忧?

独上云台寄此情,金樽对月诉还休。

第十四章

沉冤昭雪

琴声戛然而止,原来这不是幻象。

1

这段日子,剑枫一直在查找姚辰熙的下落,出动了尉迟府一半以上的人马,足迹几乎遍及整个洛阳及方圆五百里的地方,但丝毫没有收获。城中胡人打扮的人也几乎见不到了。原先阿乔住过的民居和姚辰熙的密林木屋也亲自探查过两次,已是空空如也,找不到一丝线索,剑枫不免着急起来。

山洞中,池水边,戴着面具的辰熙出神地望着池中的水,细心地听着洞外的动静。近日不断有人在周围搜索,幸而洞口相对较小,又隐藏在高高的杂草丛中,不易察觉,搜索的脚步声由远至近,又由近至远。

忽然,听到洞口草丛窸窣的响声,辰熙一惊,连忙躲到大石后头。

落阳残梦

"公子,是我!"进来的是汉人打扮的胡人。

"木拓将军!"辰熙听到喊声,舒了口气,从大石后头出来。

"公子,可汗密信!"木拓从怀中掏出一封信,双手递给辰熙。

庭岳弟:

得知你报仇寻妻不顺遂,阿乔被尉迟剑枫所杀,我增加了中原密探的人数,专为帮助查找当年姚家灭门整起案件的来龙去脉。目前可以确定的是,汝南王司马亮受身边重臣蛊惑,误杀姚家。邺城作为门户军事要地,此举是想引我鲜卑攻破汝南王,而让幕后主使从中得利。以诸多搜集来的证据显示,楚王司马玮就是整个事件的操纵者。他的心腹之臣长期埋伏于汝南王身边,并深受汝南王器重。姚家惨案为此内奸一手策划,此人与案发当日救走弟妹的尉迟剑枫有关,照推测尉迟府有重大嫌疑,尉迟剑枫不是主谋就是参与者。

让我疑惑的是,如果尉迟府就是此案主使,为何将弟妹救走并深养在府中,是否为掩人耳目?庭岳弟可再行深入调查,切记一切皆小心行事,未拿到确凿证据前勿动声色,为兄也会尽力帮助你的。

阿乔的遗体已运回,我将他以大将军身份隆重安葬,请弟节哀,勿挂!

兄普拨字

"尉迟府!尉迟剑枫?"辰熙读罢,仰起头,嘴里蹦出这几个字。

"公子,上次弟兄们说尉迟府有重大嫌疑,您去了差点打草惊蛇。这回可汗密信得到证实,看来我们要好好计划一下,先要救出夫人,以免投鼠忌器!"木拓说道,"洞外有人搜查,属下得知确为尉迟府的人!他们已经行动,欲对您不利!"

"我知道了,木拓,目前我还要找到更确凿的证据,不可轻举妄动。时机到了,会给他们致命一击!"辰熙冷静地说道。

茗儿,原本不敢认你,是不想打扰你的幸福,可是没想到给你新生活的尉迟府是灭我们姚家满门的凶手。利用你的失忆使你陷入认贼为夫的不义境地。这灭门夺妻的血海深仇,我姚辰熙一定要报。茗儿,你等我,我一定会把你从这贼人手中夺回来。辰熙暗暗发誓,手中紧紧握着碧玺坠子。

阿乔,你为茗儿而死,我感念于心,尉迟剑枫我会亲手杀了他。我会继续报仇大业,你也会一直看着我帮助我的,对吗?想起阿乔,心中隐隐的痛,从小一块儿长大情同手足的兄弟,如今天人永隔,这一切都是尉迟剑枫造成的。辰熙愤恨地咬了咬牙。

"公子,可有何打算?"木拓见辰熙不语,轻轻问了一句,"可汗让我跟着你,保护你的安危。我想我可以和阿乔一样,陪伴公子左右。希望公子有事与我相商!"木拓站直身子,恭敬地抱拳道。

"谢谢你,木拓!"辰熙拍了拍木拓的肩膀,"我打算再探一次尉迟府,寻找证据,如果可能的话,救出夫人!你帮我打听一下,尉迟剑枫近日是否会出远门?"

"是,公子!"木拓领命。

"弟兄们听着,主公有令,将姚府上下全部诛杀,不留活口!"睡梦中又响起了这个声音。满屋子触目惊心的红色,充满血腥味的空气在婉冰的脑海中翻腾。"啊!"她忽然坐起身,从梦中惊醒,全身大汗淋漓,大口喘着气。

"婉冰!"一旁的剑枫被她的叫声惊醒,也立刻坐起身,"做噩梦了?"

"嗯。"婉冰点点头,坐着闭上了眼,紧皱着眉。

剑枫见她心神未定的样子,不免心疼,轻轻帮她拭汗,又不知怎么安慰,将她缓缓拉到胸前。

"我想起了当日姚家灭门的情景,到处都是血,太惨了……是一群黑衣蒙面人!"婉冰闭着眼,靠在剑枫胸膛。

"想起我了吗?"剑枫轻轻地问。

"没,你来救我的时候,我应该已被大锤击伤,失去意识了!"婉冰这样说道。

"确定是被大锤击伤的?"剑枫心中一震,她的记忆确实在恢复,还想起了什么呢?

"是的,蒙着面,看不到他的脸。"婉冰轻声说,抬手揉了揉太阳穴。

"别多想了,婉冰,要不头又会疼了。再睡会儿吧,天还没亮!"剑枫扶她躺下,深深蹙着眉,心情复杂地看着这张脸,熟悉的五官,陌生的神情。伊茗,等你全想起来了,你会离开我吗?眼睛都不愿意睁开,是开始不想看见我了吗?都是姚辰熙的出现,才会这样的!不行,我得加紧找到他,杀了他!今日再去城外搜索。剑枫暗暗想着。

"阿东,今天我去城外,好好照顾少夫人,千万不能有闪失!我争取太阳下山前赶回。"天刚蒙蒙亮,剑枫便穿戴整齐,对阿东关照了一番,领着一队人,出门了。

2

"公子,有弟兄来报,尉迟剑枫一早便出了门,往城外去了,一时半会儿应该回不来!"木拓向辰熙禀告,"他带了十余人马,贴身护卫阿东并未同行!"

"好,我知道了。木拓,今日随我去探尉迟府,助我引开府里护卫。"辰熙戴上面具,整装待发。

两骑快马,不多时,尉迟府就出现在了眼前。他们将马牵到府外不远处,找准时机,避开侍卫,纵身翻入了府。在檀香阁外的树上俯看了会儿屋内的情景,婉冰正独自在自己屋中弹琴。木拓下树。

阿东此刻听到楼阁外有动静,跑出来查看,却被人在颈背部猛然一击,猝然失去了意识。出手之人正是木拓,他赶忙将阿东拉进楼阁的一间小屋中,自己躲在隐蔽处把风。

辰熙见木拓得手,纵身从树上跃入婉冰窗内。动作轻盈果断,连树叶的摩擦声都几乎没有。

婉冰正沉溺于自己的琴声中,凄美动人的《上邪》似在诉说对他的百般衷肠。辰熙悄然落入房间,婉冰并未察觉。

上邪!

我欲与君相知,长命无绝衰。

山无陵,江水为竭。

冬雷震震,夏雨雪。

天地合,乃敢与君绝!

辰熙随琴声吟道,想起了从前。

这情形这声音如此熟悉,清晰得像正在发生的事,婉冰一时无法分辨,抬起头依稀见到了那熟悉的身影。

"茗儿,是我!"辰熙见她怔怔地看着自己,眼神散淡,轻轻叫道。

琴声戛然而止。原来这不是幻象,脑海中的他如此突然地出现在她面前,使她一时无法回神,就这样疑惑地看着他。

辰熙走近几步,半蹲下身,视线与婉冰保持一致高度,看着她,缓缓摘下面具。

"这伤是被剑刺的,我变得很丑是不是?"辰熙微笑着问,眼角含着一颗泪。

"茗儿,我回来了,如今是个顶天立地、铁骨铮铮的男子汉。是我不好,把你弄丢了。跟我回去吧!"辰熙重新介绍自己似的,以期唤起她的记忆。

"你是庭岳?!"婉冰终于开口了,"但你怎么知道他说的话?"

"是我不好,把你弄糊涂了!"辰熙依然微笑着,耐心地说。他从胸前摸出一件东西,摊开手心,"茗儿,还记得这个吗?"五彩透亮的碧玺坠子在屋里自然光的照射下显得色彩斑斓。

婉冰的目光久久地落在坠子上,伸手拿到了自己的手中,上面还留着辰熙掌心的温度。记忆的闸门忽然敞开,尘封的往昔如奔腾的江水般汹涌而来。

"辰熙!"再次抬头触及辰熙目光的刹那间,泪如雨下,往事历历在目,所有过往全部清晰地呈现在她的脑海。

"茗儿!"辰熙听得她的呼唤,也顿时泪如泉涌,将她紧紧拥入怀中,"你终于认出我了!"两人就这样紧紧相拥,此刻一切言语都显得多余和苍白,两颗相通的心又回到了一起。

"茗儿,跟我走吧,离开尉迟府!"过了许久,辰熙开口道。

"不行,辰熙,我不能离开。我如今是剑枫的妻子,牧晱的母亲,我不能抛下他们。"伊茗有些心痛地说道,"对不起!"

"之前,不那么着急与你相认,是因为知道你会顾虑他们,毕竟是尉迟府给了你新的生命。可是如今,我不能再让你留在这儿,因为这从头到尾就是个错误,是个阴谋!"辰熙还不忍心告诉她,剑枫是害姚家的凶手。

"辰熙,不要说了,让我好好想想。我刚把一切都记起来,还要整理下思路。你放心，我不会有事的！"伊茗认真地说道，"对了，这儿有当年我们失去联络的三个月的信，被剑枫藏起来了，它可以洗去姚家的冤屈，你拿着去找主公，相信主公看后会还姚家清白。"说着，从床头柜中取出那六封信。

"至于杀害姚家的凶手，不知你查得怎样，我这儿有些眉目了，再给我点时间，会知道真相的！"伊茗简短地说道。

"茗儿，你真的都好了，如此清晰果断的思路，有条不紊的做事风格。"辰熙接过信，激动地搂住了她，"我的茗儿又回来了！"

"公子，尉迟大小姐往这边走来了，我们快走吧！"木拓在门外轻轻呼唤。

"快走吧，辰熙，不能让心儿发现，我现在不能离开尉迟府，我不会有事的！"伊茗向他点点头，"你自己也小心！"

"茗儿！"辰熙依然想带她走。

"快走吧！"伊茗催促。

"公子，快走，大小姐已经在楼下了！"木拓又轻声催道。

"我走了！"辰熙不舍地望了伊茗一眼，从窗口轻身跃出。

来去十分小心谨慎，没有惊动尉迟府的人。辰熙走后，伊茗又赶忙坐回古筝前。

"姐姐！"不一会儿，剑心便进屋来了，"又在弹琴啊？"

"心儿！"伊茗冲她一笑，站起身，"这几天头疼病又犯了，没去找你！"

"嗯，前天来的时候，你正睡着，没叫你。"剑心扶她一同坐下，"姐姐有想起什么吗？"

"我想起了我是谁！"伊茗柔柔地看着剑心，小心翼翼地说道，"我是卫伊茗，不是婉冰。心儿，对不起，两年多来，一直冒充你的婉冰姐姐……"

"姐姐，不管你是谁，都是心儿的姐姐！"剑心打断她的话，"前些天不敢来见你，是因为我知道了你不是婉冰姐姐，怕你不要我这个妹妹了！"

"心儿，怎么会？我们还会和从前一样，我还要再加上一份你婉冰姐姐的爱，更加疼你！"话至动情处，伊茗抱住了剑心。

"姐姐！"剑心也抱紧伊茗，激动地流下眼泪。

3

辰熙和木拓离开尉迟府后，策马一路狂奔，小心地避开搜兵，不久便回到了山洞。

"太好了，茗儿终于都想起来了！"辰熙兴奋地告诉木拓，"听她话中的意思，她应该也在怀疑尉迟府的人正是害我姚家全府的凶手。惨案当日的情景也应该想起来了。"

"公子，接下来准备怎么做？"木拓问道。

"茗儿说得对，将这信公之于世，相信主公会还姚家清白！"辰熙说道。

"公子，要计划周密，这是唯一的证据了，千万要小心。"木拓提醒道。

"你说得对，我在主公眼里是个罪人，他并不知道我还活着，让我想想如何才能顺利地见到他。此事要秘密进行，不能让其他人知道。"辰熙想了想说，陷入了沉思，"对了，主公座前使维将军！"

第二日，汝南王从皇后宫殿回来，刚进自己宫，就有一黑影从宫门口一跃而过，被维将军发现，立刻喊道"有刺客，保护主公！"便追了出来。只见此人动作迅速，几个跟头便跑得很远了。维将军担心此人心怀不轨，跟在其后，紧追不舍。

不一会儿，跑到了一片密林，黑影在茂密树林的掩护下忽然没了踪影。维将军见此，站定，向四处张望。

"维将军，冒昧了，出此下策来见你！"只听身后不远处有人说话，他转过身，见是个戴着面具身穿白衣的男子。

"阁下是？引我到此，意欲何为？"维将军疑惑而严肃地问，一手按住了剑。

"维将军，别误会！"男子赶忙脱下面具，"是我，您还认得吗？"

面具下是张被深深剑伤覆盖的脸，棱角依然分明，俊朗的五官英气逼人。"你是姚将军？姚家二公子姚辰熙？"维将军一见，愣住了，不敢相信自己的眼睛，"你没死？"

"末将冒死前来见您，是因为找到了姚家被冤枉的证据，请将军替我向主公引见，我要禀报！"辰熙低头抱拳，向维将军恳求道，欲跪下行大礼。

"姚公子快请起！"维将军扶住辰熙，道，"当年主公下令赐死姚家父子，事后也觉事有蹊跷，姚家叛国投胡的结论下得仓促了。到如今每次提及尚有悔恨之意。您没死，太好了，我这就去禀告主公，请姚公子随我前往。"

"将军，尉迟府一直在寻找我，欲除之后快，望将军保我平安！"辰熙说道。

"尉迟府？"维将军不解，"先随我见主公，在事情未明朗之前，我会保你平安！"

说完，他们便大步离去，躲在一旁的木拓远远跟着，以防辰熙不测。直到他们入汝南王宫殿，他才松了一口气。

汝南王司马亮书房。

"主公，邺城姚家二公子，前雁门关驻关大将军姚辰熙没死，他找到我，说找到了姚府受冤的证据，要向主公禀告！"维将军屏退左右侍从，向主公抱拳道。

"姚辰熙？他现在人在哪儿？"司马亮有些惊讶，连忙问道，手中正批阅奏章的笔掉落在地。

"就在门外，末将把他带回来了！"维将军也有些激动地说。

"快请他进来！"司马亮站起身，绕到书桌前，急急地说道。

"主公！"辰熙戴着面具进屋，跪倒在地，"罪臣姚辰熙请主公为姚家二十余口做主！"

"辰熙，是你吗？为何戴着面具？"司马亮期待地见他进了屋，确是如此装扮，有些疑惑。

"主公，我的脸被当年追杀我的人所伤，怕惊扰了您的眼睛。"辰熙解释道，"恕罪臣无礼！"

"摘下来，让我看看！"司马亮轻声地说道。

辰熙缓缓脱下面具，抬头看向司马亮。纵横交错的伤痕让司马亮一惊，伤痕下这张熟悉的面孔让他有了失而复得的感觉。

"辰熙，快起来，真的是你！"司马亮上前，将他扶起，"这么些年没见，已经长成高大挺拔、英勇神武的将军了。"

"主公，您还记得我曾经的模样？我驻守雁门关之后，就没再见过您！"辰熙感叹道，明白了自己在司马亮心中的分量。

"当然记得，当年你随你父亲来我宫中，对政事军事侃侃而谈，小小年纪能有如此头脑让我印象深刻。你驻雁门关后，精忠为国，威名远扬，在朝中亦是人尽皆知。"司马亮回忆道，"当年本王未调查清楚，就下令将你们治罪，事后发现疑点重重，本王懊恼不已啊！只是没有证据，无法为姚家翻案！"

"主公，罪臣有证据！请您过目。"辰熙递上那六封信，"这是事发前三个月内，我与爱妻的来往家信，当时并无战事，我仍驻守关外，没有投胡！"

司马亮认真地读着这六封信，看罢，长叹了一口气。转身从架子上找出了两封当年因此而给姚家定罪的信，递给辰熙。

"主公，这是污蔑我的，模仿我的字迹伪造的。您看，这字迹！"辰熙细看之后，发现了端倪。将自己信上的字迹与伪造信件的字迹放一起，让司马亮分辨。

"果真是这样！这模仿字迹之人确实下了大功夫，不仔细比对根本看不出区别。"司马亮说道，"姚家果真是被冤枉的，孩子，你受苦了！"

"主公，您能知道事情真相，还姚家清白，我所受的苦都是值得的！"辰熙再次拜倒在地，"谢主公明鉴！"

"维将军，下令彻查姚府事件，找出幕后策划者，本王要给姚家二十余口赔罪！"司马亮下令，"这事交由你去办，在查明之前，先勿声张。当年姚府之事，都是本王宫中的人煽动挑唆使本王仓促定罪，说明本王身边近臣中有内奸。"

"末将明白！"维将军领命。

"主公，罪臣对此事已有些眉目了，可协助维将军彻查。"辰熙又道，"尉迟府有重大嫌疑，如今在到处追查我的下落，想置我于死地，而且我爱妻还在他们府上！"

"尉迟府？你是说尉迟子宇、尉迟剑枫父子？"司马亮一惊，继而又镇定下来，"如果真是他们，本王定不轻饶。这样吧，辰熙暂在我宫中住下，以保你安全。"

"谢主公恩典！"辰熙叩谢道。

"辰熙，这两年多你去哪儿了？快和本王说说。"维将军走后，司马亮问起了辰熙近况。

"末将被中原骑兵追杀，伤重晕倒，被鲜卑部宇文可汗手下所救，可汗惜才，与我结义。我为保全性命为姚家洗刷冤屈，委身于可汗帐下。可我一直在为胡汉和平努力。这两年多来，可汗信守承诺，未侵犯我边境，并一直帮我查找杀害姚府的凶手。请主公明察！"辰熙坦言道。

"辰熙，你的赤诚忠心本王明白，为本王江山，为报家仇，忍辱负重，本王都知道了。你且宽心，待事情真相查明后，本王自会还你公道，给你应得的奖赏。"司马亮说道。

尉迟子宇书房。

"剑枫，可找到姚辰熙下落？"尉迟子宇严肃地看着剑枫。

"爹，儿子无能，尚未找到。请爹再给我些时日，我再加派人手，将搜索范围继续扩大。"剑枫有些紧张，"不过我料定他就在洛阳城内或附近，不至于回鲜卑部。"

"好，那就再给你三日时间，如果还是没有结果，你应该明白爹会怎么做。为了玮主为了尉迟府的安危，到时休怪爹无情无义！"尉迟子宇不容商量地说道。

"爹，儿子会尽力的！"剑枫跪倒在地，无可奈何地领命道。他尚未将府中近期发生之事告诉父亲，已有如此大的动静，如果父亲再得知伊茗已逐渐恢复记忆，六封信件丢失，阿东被人偷袭昏迷，还不知道会出什么大乱子。尉迟府真的要出事了吗？剑枫有些担忧。伊茗，你真的会联合姚辰熙置我们于死地吗？剑枫心中暗暗疼痛。

两日过后，依然无果，剑枫焦急万分。那日晚，来到了沉香阁。剑樟正倚在窗前，轻摇着扇子，抬头望着明月。

"剑樟，大哥有话和你说，来，坐下！"剑枫进门便说，打断了剑樟的思绪。

"大哥，何事这么着急？"剑樟收起扇子，坐了下来。

"事关重大，大哥只有拜托你了。"剑枫认真地说道，"今晚就带婉冰走，爹要杀她，我保不了，只能出此下策，路上保护好她！"

"大哥，其实你和爹的事我都知道了！为什么会这样？"剑樟忍不住问道。

剑枫一惊，没料到剑樟会这么说，一时语塞。过了一会儿，道："剑樟，既然走了这条路，就无法回头了，认定了主公，只有无条件地效忠。你既然知道了，就应理解我和爹所做的一切。无可救药地爱上卫伊茗是个意外，在这乱世，我本是无资格谈论情爱的，所以现在是我付出代价的时候了。哪怕豁出性命，我也要保她周全！"剑枫无奈地说道，叹了口气。

"大哥，你这又是何苦？"剑樟理解地点点头，感叹道。

"可谁又能阻止这感情的来临呢？谅我身手再好，头脑再聪明，一样是无可自拔。"剑枫苦笑了一下，"为她，值得，所有的付出都让我觉得美好。"

"好，我答应你，今晚就带她走！"剑樟看着剑枫，听着他的话感同身受，想到自己也曾经那么深爱过，一时有些动容。

"走得越远越好，等事情都过去了，我再来找你们。答应我，一定要让她好好活着。"剑枫又叮咛道，"为防伊茗不配合，节外生枝，等会儿我会用迷迭香将她迷倒，之后你就带着她走。"

"好，大哥，就照你说的。"剑樟点点头。

一个时辰后，剑樟便带着被迷晕的伊茗悄悄出了府。

第二日一早，尉迟子宇便发现伊茗和剑樟都没了踪影。

"说，他们都去哪儿了？"剑枫跪在地上，尉迟子宇冲他怒气冲冲地喊道。

"我不知道，爹，就放他们走吧，远离是非，他们本来就不应该这么活着！"剑枫正色道，丝毫不畏惧。

"你这样让她走了，是不是想让她告诉天下，是尉迟府害了姚家全府，让天下人耻笑，让司马亮把全府抄斩？就为一个女人，你就什么都不顾了吗？"尉迟子宇挥手打了剑枫一个耳光。

"爹，口口声声都是尉迟府，你为我想过吗？从来对你言听计从，我现在就要做些自己想做的事！"剑枫火了，站起来，与尉迟子宇顶撞道，继而夺门而出。

"来人啊，分四路追捕剑樟和卫伊茗，抓回来，卫伊茗必死无疑！"尉迟子宇吼道。

4

汝南王司马亮宫殿。

"主公，经过这几日末将的暗查，有重大收获。"维将军禀告道。司马亮坐在宽大的椅子上，正对着维将军，姚辰熙浅坐于一旁的侧椅。

"有结果了是吗？"司马亮问道，辰熙紧张地看着维将军。

"我查了当年在宫中散布姚家投胡谣言的人，都是尉迟子宇的旧部；这两封捏造信也是尉迟剑枫寻人模仿字迹而写；而诛杀邺城城北驿站驿臣、诛杀姚府上下二十余口，皆是尉迟子宇和尉迟剑枫的手下禁卫军。所以，整件事情是尉迟府所为无疑。而尉迟子宇的真正身份是楚王司马玮的太傅，受楚王命长期潜伏在主公身边以达不可告人的目的！"维将军一字一句地说道。

"本王昏庸啊！身边竟藏着内奸，那么多年毫不知情，还将他视为心腹，杀了忠心耿耿、厥功至伟的姚天翔！天翔，本王对不起你！"司马亮愤愤地说道，后又仰面长叹。

顿了一会儿，恢复了王者气概，下令道："维将军，速调遣一百精兵，随本王亲自走一趟尉迟府，即刻捉拿尉迟父子，不杀他们难解心头之恨！"

"是！"维将军领命而去。

"主公，我与您一同前往！"辰熙抱拳。

太阳已经升得很高了，阳光直直地洒下来，有些刺眼。一片茂密的林子里。伊茗醒来，见身处此地，不免疑惑，抬头见身旁坐着剑樟。

"剑樟，这是哪里？发生什么事了？"伊茗问道。

"大哥让我连夜带你出府，具体什么事你就别问了！知道了反而会伤心！"剑樟看了她一眼，站起身，"嫂子，你记忆恢复得怎么样了？"

"所有的一切，我全想起来了。所以，剑樟，你不用瞒我！"伊茗说着，也站起身。

剑樟愣了一下，眼神看向了别处："爹要杀你！怕你对尉迟府有威胁。大哥不愿意，叫我带你离开。"顿了一下，又道，"姚家血案和尉迟府有关，这你也应该知道了吧，事到如今，没有隐瞒的必要了。只是，带你这么一走，我担心大哥，不知会被爹怎么处置。嫂子，我就问你一句，你会为了姚家伤害大哥吗？"

"剑樟，我和剑枫之间不是那么简单的一个问题就能解决的，我也不知道如何回答你。恢复记忆后，我不知道该如何面对剑枫、辰熙和我自己。"伊茗推心置腹地说着。

"你果然不是婉冰。你坦诚、直率、果敢，让大哥无法抗拒！他那么爱你，不顾一切！"剑樟也开始说心里话。

"他爱的是和我长得一模一样的婉冰，始终不肯承认我是卫伊茗！"伊茗叹了口气。

"你错了。他对婉冰只是愧疚，对你才是难以割舍的痴恋。不肯承认你是卫伊茗，是因为卫伊茗是姚辰熙的妻子，是会将他视为仇人的人。你懂了吗？嫂子，你很聪明，不会参不透这一点，只是你和大哥一样，都在逃避。因为你们是如此深爱着彼此！"剑樟一针见血地分析道。

"剑樟，别说了！"伊茗打断道，"带我回去吧，和他一起面对，这样一走了之，我会一辈子愧疚。要杀要剐，全凭父亲，这是命，既然逃不掉就勇敢面对！"

"不行，我答应大哥的，要带你走得远远的，护你周全。"剑樟不同意，有些着急地说。

"你若是为我和你大哥好，你就要听我的。剑樟，与其担惊受怕、遗憾愧疚，不如坦然赴死，我死而无憾！"婉冰再次表明态度。

"那姚家的仇呢？姚辰熙怎么办？"剑樟问。

"我该做的都做了，姚家的报仇大业辰熙会完成的。他有他的命，而我，只能做好我该做的，面对我该面对的。"伊茗认真地说道。

"好，既然想好了，那我们就回去！"剑樟见伊茗态度坚决，只能答应。

他们往回走了一段路，便遇上了前来追捕他们的尉迟府禁卫军，便随之回了府。

"老爷，我们已将二少爷和少夫人带回，寻到时，他们正在赶回府的路上！"禁卫军报告道。

子宇坐在议事厅中，正等着消息。见禁卫军带着剑樟和伊茗回来，便起身站定。

"剑樟，你站一边去，等会儿找你算账。"尉迟子宇严肃地说道,"婉冰,不对,如今应该喊你'伊茗'了,休怪爹心狠,为了尉迟府的安危,爹不得不杀你!"说罢,便从身边的丁松腰间拔出他的剑,指向伊茗。

伊茗闭上眼睛,突然听到剑心的一声呼唤:"爹,不可以!"睁眼,见剑心已护在了她身前。

"心儿,你让开,伊茗是个危险的人,有她就没有尉迟府!"尉迟子宇怒道。

"爹,她是姚辰熙的妻子,不是她的错,你不能因为这个杀她!"剑心急急叫道。

"剑樟,把心儿拉走!"尉迟子宇叫道,"心儿,你不明白,别在这儿瞎搅和!"

"心儿,你走开!不关你的事。"伊茗怕牵连剑心,冷冷地对着她说道。

"心儿!"剑樟拉住剑心,"爹有苦衷,他为了我们尉迟府……"话音未落,剑枫风风火火地赶来,"你们干什么!"一把抱起伊茗,往屋外跑,瞪了剑樟一眼。

"拦住他!"尉迟子宇对屋外的侍卫叫道。瞬间,剑枫和伊茗就被围拢过来的侍卫困在了中间,一群人随尉迟子宇也来到了屋外。

"剑枫,你走开,我说过,一切有碍尉迟府安危的人都得死!"尉迟子宇举着剑,对着剑枫。

"爹,你要杀她,就连我也一起杀了吧!"剑枫怒喝道,"我也说过,我不会让她受一丝伤害!"

"就为了一个女人,你要顶撞爹,要不顾整个尉迟府的安危吗?"尉迟子宇气急败坏地反问。

"对,就为了她,我什么都不在乎!"剑枫脸涨得通红。

"好，那我就成全你！"尉迟子宇挥剑向剑枫刺去，剑枫没有躲闪的意思。

"爹！"剑樟喊道。

"爹，不要！"剑心异口同声，同时用手捂住了眼睛。

正在这危急关头，一枚飞镖不偏不倚地射来，打掉了尉迟子宇手中的剑。是姚辰熙！没戴面具的他出现在尉迟府门口。随后而来的是百余人的骑兵，主公司马亮骑着高头大马被簇拥其中。

"主公！"尉迟子宇见状，立刻站直身子，抱拳道。尉迟府其余人被眼前一幕怔住。

"尉迟大人，你这是唱的哪一出啊？"司马亮语带双关地问道。

"主公，微臣在清理门户，微臣家务事，请主公不要干预。"尉迟子宇语气坚决地说。

"你就是卫伊茗？"司马亮望着她，问。

"是，我妻子！"剑枫抢白道。

"好，我正是为她而来！所以，尉迟大人，今天你这家务事，本王管定了！"司马亮下马，走到他们跟前，"爱卿，你说说，卫伊茗犯了什么错，要你亲自动手杀她？"

尉迟子宇一时不知如何回答，愣是没出声。

"不说话？那我来说。是怕卫伊茗联合姚辰熙，把你们尉迟府见不得人的事情公诸于世，然后被本王问罪吧？"司马亮严肃地说，"来人啊，把尉迟大人和尉迟大少爷绑了！"

"不准过来！"尉迟子宇乘众人不留意，拉过伊茗，反扣在胸前，用剑抵着她脖子，"谁敢上前，我杀了她！"

"爹，不要！"剑枫吼道。

"你还敢说，都是因为你，陷尉迟府于如此境地。剑枫，爹担心的事终究还是发生了。红颜祸水啊！是你命中的大劫，是尉迟府的大劫啊！"尉迟子宇正欲挥剑向伊茗的颈部划去，却被忽然射出的一支箭贯穿了喉咙！站在三十米开外的维将军搭拉着箭弓。同时，又一支飞镖射来，刺穿了他的太阳穴，子宇猝然倒地。剑枫眼见这一幕发生却来不及阻止，只是将伊茗拉回身边。

一群将士围住了剑枫。双方僵持了少顷，剑枫开口了——

"爹是楚王的太傅，心腹重臣。六年前，奉命卧底在汝南王身边，以削弱汝南王的实力，达到取而代之的目的。四年前，玮主接到贾皇后旨意，加紧了消灭汝南王的步伐。花了前后一年多的时间寻找机会，最后将目标锁定在邺城姚天翔和雁门关姚辰熙身上，设计借汝南王之手除掉他们，使邺城防守空虚，让胡人乘虚攻打汝南王，楚王坐收渔翁之利。

只是没想到，姚辰熙没有死，还与胡人联合寻找事情真相，并达成胡汉不侵犯的协定。而我，又意外地在抄杀姚府满门时遇见了像极婉冰的卫伊茗。我曾因过失使婉冰死于非命，卫伊茗的出现让我燃起要补偿她、保护她的强烈念想。她被阿东的大锤击伤失去了记忆，就这样将错就错地被大家认作婉冰，成为了我的妻子。

爹一直告诫我不能养虎为患，我一再地不忍心致使自己在这份感情中越陷越深无法自拔。为了府里人的平安，我和爹所做的一切都未向家人公开，在众人眼里，我们是汝南王的股肱重臣，尉迟府是忠心耿耿的表率。爹在楚王那儿的真实身份也是保密的，化名'潜龙'，奔波于两王之间，忍受常人不能忍受的艰辛和痛苦。

随着姚辰熙的出现，伊茗的记忆逐步恢复。我痛苦害怕，患得患失，一再与父亲顶撞，最终真相被揭开，酿成大祸。不过我不后悔，只要伊茗能健康快乐，我愿意付出一切。

最后，我要提醒汝南王，姚府真相一旦揭开，你会失去众文武官员对你的信任，会因为昏庸、陷害忠良被楚王抓住把柄。所以我和父亲这些年来的努力也不算白费。"

"尉迟剑枫,你卑鄙!"辰熙挥刀劈向剑枫,并同时将伊茗护到身后。剑枫躲闪开,拔剑与辰熙打了起来。伊茗退到一边,两名将士保卫在旁。三十多个回合过后,依然不分胜负。维将军见此,欲搭弓上箭,辰熙分神望向维将军的当口,被剑枫的剑指向咽喉。

紧要关头,伊茗来不及思索,抽出身边侍卫的剑,刺向剑枫。剑枫一愣,没有躲闪,剑直直插入了他的胸膛。辰熙紧接着一掌,打在剑枫胸口,随后又是一刀,剑枫的上衣顿时被血染红,吐血倒地。

"你杀我?你为了他要杀我?"剑枫喃喃道,眼神痛苦地望着伊茗。

"剑枫,我不是……"伊茗被眼前一幕吓住,语无伦次地说道。

剑枫强忍伤痛,站起身,将伊茗揽入怀中,阿东上前,与辰熙打了起来,一时尉迟府的侍卫、禁卫军与主公带来的精兵打成一片。剑枫带着伊茗纵身离开,剑樟跪倒在汝南王面前。

"主公,就让伊茗陪着我大哥度过他生命的最后一刻吧,他重伤活不久的。罪臣恳求主公开恩!"边说边哭倒在地。

"姚将军,等大哥死后,我会将伊茗安然无恙地送还给你,求你了!"剑樟又转向辰熙恳求道。

"也罢!看在尉迟剑枫也是个重情重义的真男儿的分儿上,辰熙,由他去吧!"司马亮开口道。

"尉迟府所有人贬为庶民,永不录用!"丢下一句话,司马亮跨上马。

"收队,回宫!"维将军一声令下,士兵们听命,跟随主公离去。

夕阳染红了大半片天空,尉迟府众人望着一队人远去的身影。剑樟纵身一跃,向剑枫离去的方向追去。

第十五章

尾声

此 情 绵 绵

有时感觉你就像风儿一样,一直在我们身边。

1

夕阳的余晖洒在一片密林中,瑟瑟的风吹拂着繁茂的枝叶,四周安静得只剩下这点声响。一会儿,一阵急促而凌乱的脚步声打破了宁静,慢慢由远及近。

剑枫一手搂着伊茗,一手捂住不断涌出鲜血的伤口,跑进了密林,脚步渐渐慢了下来,想着已摆脱了汝南王的追兵,舒了一口气。却没料,眼睛一黑,一个踉跄,几乎要摔倒在地。一旁的伊茗扶拉了他一把,给了剑枫一个缓冲,没有摔得太疼,自己却狠狠摔在地上。

"婉冰!摔疼了吧……"剑枫缓缓睁开眼睛,弱弱地唤了一声。

"剑枫,要坚持住啊,我带你去找大夫!"伊茗眼里噙着泪,急急地说道,不顾刚才摔得抽疼的腿,赶忙起身,半扶起剑枫,一边帮他捂着不断涌血的伤口。

"婉冰,不用费劲了,没有用的,我想和你说会儿话……"剑枫气喘吁吁地说道,沾满鲜血的手颤巍巍地拉住了伊茗的手。

"剑枫,对不起!我不是故意伤你的!不是这样的……"伊茗着急而又无助地解释着,眼泪奔涌而出。

"婉冰,我都知道,都知道…… 只要你没事就好。"剑枫望着焦急的伊茗,心中一阵宽慰,"一切你都知道了,这眼泪还是为我流的吗?"

伊茗扶起剑枫,泣不成声,只是点头,剑枫脸上露出一丝微笑:"伊茗……"

"你终于叫我伊茗了。"她心如刀绞。

"不管你是什么身份,不管你是谁,都是我最爱的妻子!"剑枫笑笑,伤口痛得不行,嘴角流出了一行血,喘了几口气。

"剑枫,别说了……"伊茗见此情景,想赶忙替他拭去嘴角的血,却发现他口中的血不断往外流。

"伊茗,再不说我怕就没机会了!"剑枫的眼角也流下了泪,"自从见到你的第一眼,我就设想到了好几种结局,而今天这样,是那些结局中最完美的了。谢谢你,伊茗,能陪着我走到生命最后一刻,只是遗憾,这一天来得太快了,我还有很多事没来得及为你做……"

"剑枫,我说过,我不会离开你。可你也答应过,要一直在我身边……"伊茗说不下去了。

"对不起,伊茗,你再答应我一件事,要好好活着,把我们的牧晱抚养成人,让她和你一样那么好……"话没说完,便失去了意识。

"剑枫、剑枫……"伊茗一惊,见他还有呼吸,赶忙用力地摇醒他,"你不能睡啊,不能这样睡过去!"

剑樟在不远处静静地望着,也已泪流满面。

如血的夕阳染红了整片树林,周围依然宁静没有声响。柔柔的风吹起地上的落叶,吹散了伊茗脸颊上挂着的泪。

剑枫又睁开了眼,因胸口剧痛,不由皱了皱眉,伊茗见他醒转过来,松了口气,紧握住他的手。

"疼吗?"伊茗看着他仍然流血不止的胸口,眼泪如决堤的洪水般不断流淌。

"疼,刻骨铭心!"剑枫想安慰伊茗,强颜笑了笑,手伸向伊茗的脸。

"伊茗,别为我难过。"剑枫深情地强打精神望着她,"终于可以把你还给姚辰熙了,有他照顾你,我没什么不放心的。只要你幸福快乐,就好。从今往后,勿复相思,相思与君绝!……"话未完,剑枫闭上了眼,松了手,脸上带着欣慰的笑容。

"剑枫!"伊茗已没力气喊出口,只是抱着他一个劲儿地流泪。

"嫂子!大哥是幸福地走的……"剑樟上前,扶起了伊茗,泪流满面的脸上带着阳光又忧郁的笑容。

尉迟府。

"爹、娘、大哥,我终于为你们报仇了,姚家是清白的,你们看见了吗?"辰熙跪在地上,目光坚毅地望着北方,心中默默地说着。

忽然一柄剑横在他的面前。"剑心!"抬头,是泪眼朦胧、怒气冲冲,狠狠看着他的剑心。

"姚辰熙!爹和大哥都是被你害死的,可他们不是坏人!"

剑心喝道。

"我人就在这儿,随你处置!"辰熙站起身,"我大仇已报,姚家恢复清誉,伊茗也找到了,没有什么遗憾!"他镇定而冷默地说道。

僵持了片刻,剑心将剑扔在了地上:"我下不了手,大哥已经死了,你要是再死了,姐姐怎么办?"说着背过身,流下了泪。

"辰熙,如果你没有身负报仇大业,姐姐也不是你的妻子,你会爱我吗?"剑心问道。

辰熙看着剑心的背影,没有作答。剑心转回过身,望着他。

"剑心,我无法回答你的问题,因为有伊茗出现在我生命中,所以我不会再接受在她之后的情爱了。"辰熙上前,低头望着她:"你是好姑娘,我一直把你当妹妹一样看待,你会找到一份真正属于你的感情。"

"下辈子,我要赶在姐姐之前认识你!"剑心倔强地说道。

这时,一队人马赶来。

"主公有令,即刻查抄尉迟府!"令下后,官兵们蜂拥而入。

2

襄阳宫书房。

"主公,洛阳出事了!"冥将军进屋,对正在写奏章的司马玮禀告道。

"什么事?"司马玮头也没抬,继续手头的工作。

"尉迟府被汝南王查抄,太傅大人当场毙命,大少爷也伤重而亡!"冥将军小心地说道,一边观察司马玮的表情变化。

"什么?难道说司马亮都知道了?"司马玮一惊,放下手中的笔,"是姚辰熙查出真相了?"

"是的!"冥将军回答。

"潜龙,本王对不住你啊!"司马玮默默说道,"我会为你主持公道的,绝不让你白白牺牲!司马亮,你等着!"他红着眼,折断了手中的笔。

"冥将军,备马,我去皇后宫中!"司马玮下令道。

司马亮宫中。

"主公,楚王率大部人马将宫殿包围了!"维将军急急来报。

司马亮一惊,没料到这么快司马玮就有行动了。随即向议事厅走去。

"汝南王司马亮接旨!"楚王刚进大厅,便喊道,打开手中的圣旨,"奉天承运,皇帝诏曰:汝南王残害朝廷重臣,图谋不轨,证据确凿,即刻处死!"

司马亮听后,笑道:"我一片赤胆丹心,无愧于天地,欲加之罪何患无辞!维将军,传令给诸将.放下兵器,不得抵抗,要杀要剐,悉听尊便!"

司马玮带来的众兵见如此,无人动手,一时僵持不下,好似时间静止于一霎那。

"能斩亮者,赏布千匹!"司马玮见此景,心中一怔,又下令道。

话音落下,一柄长剑飞出,刺穿了司马亮的胸膛。他巍然未动,继而又一士兵上前刺了两剑,司马亮终于倒地身亡。同时,维将军也被砍下了头颅。

"追捕姚辰熙,得而诛之,不得有误!"司马玮见司马亮已死,又密令冥将军。冥将军接令,率小队人马离开。

尉迟府被查抄后,尉迟夫人自缢而亡,秀琳独自离开不知去向。剑心、郭燕带着牧映在辰熙的保护下暂时避于一家农舍。辰熙每日去尉迟府附近等待伊茗和剑樟的归来。

　　伊茗和剑樟安葬完剑枫后回尉迟府，发现府已被查封，家人全都不知去向，便找了个客栈住下，一边打听家人的下落。

　　这一日，辰熙又来到尉迟府门口，忽被一群拿着兵器的人包围住，领头的是位他不认识的将士。

　　"姚辰熙？"将士问道。

　　"阁下是？"辰熙疑惑地问道，他并不知道汝南王已出事，丝毫没有防备，但见这群人来者不善，心中一丝不安。

　　"楚王座前使冥！"冥将军抱拳道，"奉楚王之命，抓捕你。来啊，拿下！"

　　一群人举起兵器，围拢过来。辰熙见势不妙，抽出了紫棱刀，出手打了起来，一连砍杀好几名士兵，身上溅得鲜血淋淋。冥将军在旁观望了一会儿，见辰熙愈战愈勇，于是也拔剑刺向辰熙。刀剑相搏之处，电石火间，一人之躯抵挡众多人，辰熙身受不少皮肉伤，渐渐体力不支。就在危急关头，有人跃入了包围圈，动作轻快利索地打掉了刺向辰熙的剑，站定看着冥将军。

　　"尉迟剑樟！"他抱拳道，"将军是楚王的人？"

　　"住手！"冥将军听来人报了名字，便不敢再动，让众士兵收了手。"二少爷，楚王有令，杀了姚辰熙，请您让开！"冥将军抱拳道。

　　"我不答应，冤冤相报何时了？不能再制造杀戮了！"剑樟吼道。

　　"主公命令不可违抗。二少爷，得罪了！"冥将军严肃地说道。说罢，又一剑向辰熙挥去。剑樟无奈，与士兵们混战起来。

　　又是二十多个回合之后，冥将军将辰熙逼到了墙边。剑樟也已伤痕累累。眼见着冥将军一剑又一剑地刺向辰熙，剑樟无法帮忙。辰熙身中数剑,见冥将军的剑又直直逼来,无力招架,便闭上了眼。绝望时忽然有人快速跑到他眼前,为他挡住了冥将军刺来的那一剑。辰熙一惊,睁眼却见伊茗缓缓倒下,剑刺入了她的后背。辰熙来不及思索,一把将伊茗抱住。

此时一串飞镖从不远处射来,冥将军迟疑的瞬间,被飞镖射中数要害,猝然倒地。又是一串飞镖过后,众士兵无一生还。

"公子,木拓来迟了。"原来是木拓,他急急地跑到辰熙跟前。

伊茗神情恍惚地看了辰熙一眼,口中吐出一口鲜血,晕了过去。

"茗儿!"辰熙心疼地紧紧抱住她。

"公子,不宜久留,快走!"木拓催促。

辰熙忍着身上的伤痛,抱起伊茗,由木拓扶着上了马。

木拓回头看看同样受伤不轻的剑樟。"快走,不用担心我!"剑樟催道。

马儿仰头长啸,扬尘而去。

一座不大的农舍,屋外一大片的地荒芜着。剑心在院子里洗衣服,忽听一阵急促的马蹄声从远处传来。

"辰熙!"剑心打开院门,浑身是血的辰熙抱着奄奄一息的伊茗,身后跟着一名胡人。剑心一惊,用手捂住了嘴。"姐姐!"轻呼道。

"快,进屋!"辰熙低声吼道。

天色渐晚,屋里点起了蜡烛,郭燕在帮伊茗清理背后的伤口,很深很大,血肉模糊,血止不住地流,想必是伤及心脉肺腑了。

"茗儿,你快醒过来,一切都过去了!"辰熙坐在一旁,低声呼唤。

伊茗缓缓地睁开了眼睛:"辰熙!"因为疼痛难忍,转而又闭上了眼,"我不行了……"

"不会的，茗儿，我们终于又在一起了，你说过要和我走到天荒地老的，你不可以离开我，茗儿，茗儿……"辰熙急急地唤道，"你不该为我挡那一剑的，为什么？为什么？"

"辰熙，别难过，你一直是我的大英雄，我记得，全都记得……"伊茗断断续续地说着，"郭燕姐，牧晗就托付给你了，你要让她远离仇恨、远离争斗，快乐地长大成人！"

"心儿，谢谢你一直以来的照顾和陪伴，有你这个妹妹，姐姐真的很开心！"伊茗望向了已泣不成声的剑心。

"辰熙，对不起，等到你回来了，我却要走了！"伊茗又转向怀抱着她的辰熙。

"我会陪着你的，茗儿，一直陪着你，不再离开，你要活着！"辰熙的眼泪不断地滴在伊茗的手上。

"谢谢你,辰熙……"伊茗涣散的眼神中充满了感激和不舍,鲜血顺着嘴角不断流下，慢慢合上了眼睛，之后便失去了意识，气息越来越弱。

"茗儿，茗儿，茗儿……"辰熙呼唤道，心口撕裂般地疼。被无情的命运玩弄于股掌之上，无法喘息，如何才能挣脱这宿命的枷锁！

"木拓，我们回鲜卑！现在就走！"辰熙忽然想到，对木拓点点头，"我要救活她，可汗大哥一定有办法！"

"公子！"木拓皱了皱眉，见辰熙坚定的眼神如此义无反顾，"好，我们现在就回去！"

"郭燕，剑心，我带茗儿走了，等茗儿好了，战事平定了，我们会回来的！"辰熙道，"好好照顾自己！"说罢，跨上了马，转眼消失在苍茫的夜色中。

3

风沙飞扬的关外，月光显得惨淡。宇文普拨正坐在铺满貂毛的大椅子上，焦急地等待着去中原探情报的手下。

"可汗！"门被打开，来人疾步来到普拨面前。

"可有消息？"普拨急急地问。

"庭岳公子重伤不知去向，尉迟父子被汝南王所杀，楚王奉贾皇后诏已将汝南王处死！洛阳城现在已被楚王接管。"来人一一禀告道，"可汗推断果然没错，尉迟父子是楚王安插在汝南王身边的卧底，姚家血案确为他们所做！"

普拨听罢，叹了一口气，随即抬头正色道："传令下去，明日一早，率十万大军攻打雁门关，占邺城，直捣洛阳，不灭司马玮，誓不罢休！想来此仗历时长久，必定艰苦异常，由我亲自领兵！"

"是，可汗！"来人领命退下。

一个月后，鲜卑宇文大军攻占了邺城，将郭崇年、郭鹰父子前后斩杀。

半年后，鲜卑部族全面进入中原，胁迫皇后贾南风诛杀司马玮。迫于压力，贾皇后以伪造诏书害死朝廷重臣之罪，将司马玮处死。

从此，司马诸王争斗愈演愈烈。最终东海王司马越相继杀害成都王、河间王，将惠帝迎回洛阳，大权落入他手，历时十六年的"八王之乱"至此终结。

在这期间，匈奴、羯、氐、羌等西北边境数部落共同大肆参与诸王争斗，给中原汉族带来了几乎毁灭性的打击，社会残破，民变四起。永嘉五年，胡人攻陷洛阳，俘虏了怀帝，史称"永嘉之乱"，京城迁至长安。

五年后,势力日趋庞大的胡人攻入长安,掳了愍帝,西晋王朝正式灭亡。一年后,镇守建康的宗室司马睿在江南重建晋室,史称"东晋",从此开始了更加混乱的东晋十六国时期。

4

江南小镇。一条河流自门前经过,河水很浅,河床上的小石子闪烁着光。河边柳絮纷飞,柳条儿弯弯地垂下来,随风摇曳。

"牧晗,小心点!"一穿着普通民服的少妇正在石阶上浣洗衣服,抬头对正在踩着石子玩水的小女孩叫道。

"娘,这石子真好看,我又捡了几颗,回去写毛笔字时可以用来压着纸。"小女孩冲少妇歪头笑道,一咧嘴,露出两颗未长齐的门牙。女孩七八岁的模样,长相清秀甜美。

"牧晗真乖,今天写了什么字?"少妇慈爱地看着她,问道。

"《乐府民歌》里的一首《江南》,我最喜欢了。"牧晗笑道,"它让我想到水乡秀丽的风光,一望无际的莲叶,无拘无束的小鱼儿,充满了清新的空气和安宁的感觉。"稚气未脱的脸上,才华颇显。

"你呀,真厉害!和你亲娘一样,是个才女!"少妇笑笑,绾了绾头发。

"我亲娘?"牧晗脸上露出一丝期待,"娘,我亲娘她什么时候回来?我想见她!"

少妇放下手中的衣服:"应该快回来了,牧晗不要着急嘛。"

"好,不着急!"牧晗跑到少妇身边,"娘,洗衣服累了吧,我帮您捶捶!"顿了一下,又说道:"我亲娘,有娘长得漂亮吗?"

"当然比娘漂亮啊!又漂亮又聪明,还特别好心肠!有'邺城明月'的美誉,就是像天上的月亮那么美,知道吗?"少妇回忆着,心头万般滋味。

"那我爹呢?"牧暎又问。

"你爹去了好远好远的地方,他是个大英雄!特别爱你娘。"少妇眼睛有些湿润。

"那他会回来吗?什么时候?"牧暎眨巴着眼睛。

"会回来的,牧暎,你要快快长大,等长大了,他们就回来了。"少妇抓住牧暎的小手,心疼地看着她,"你手怎么啦?"见她手上有块瘀青。

"哦,昨天晚上,自己用针灸扎穴位,合谷穴没找准,呵呵!"牧暎不好意思地笑笑,"娘,我长大了想当名大夫,为大家减除病痛。"

"疼不疼啊?"少妇揉揉她的手背。

"不疼,娘,没关系的!姑姑说要天天练剑,个子长得快,看来我得听她的,快快长大!"牧暎抬头望向少妇,"娘,你怎么哭了?"忽然发现她脸上的泪痕。

"哦,不是,是眼睛让风吹进了沙子。"少妇笑说,心头五味杂陈。六年过去了,伊茗和辰熙音讯全无。北方战乱不断,民不聊生,她们这些年辗转来到了江南。

"郭燕姐、牧暎,吃晚饭喽!"剑心从屋中探出头,叫道。

夕阳的余晖洒在清澈见底的小溪中,郭燕想起了尉迟府的池塘。金色的水波倒映着河边碧绿的垂柳,河床上的小石子跳跃着五彩的光。一阵微风拂过……

伊茗,你在哪里?过得好吗?牧暎长大了,聪明、懂事、乖巧,我一直把她当亲生女儿一样,远离仇恨,远离争斗,健康快乐成长。有时感觉你就像风儿一样,一直在我们身边……

落阳残梦

　　牧晗拉了拉郭燕的手,拉回了她的思绪。"娘,姑姑叫我们吃饭了!"

　　"好!"望着牧晗一蹦一跳地往屋里跑,郭燕又忍不住湿润了眼睛。

(全文终)

2014 年 8 月 24 日

后 记

念

初见

眉宇间

玲珑浮现

话铜雀春深

踌躇唯有心坚

星光下月色流连

漫话轻音此情绵绵

齐身并坐奏琴瑟和弦

愿良辰美景驻细水流年

回首间光阴不待红颜

日照生烟山水依然

寥寥痴人空画扇

落花舞皱纱幔

看湖平秋雁

风吹云散

一声叹

长卷

盼

落阳残梦

桌上放着一把扇子,白色丝锦的扇面上,用小篆体密密麻麻地题了这些字,墨迹未干,主人已离开。他缓缓走向窗边,尽量放慢步子来遮掩他的跛足。他似在思考着什么,一脸阳光又忧郁的笑……

2014 年 11 月 5 日